Machado de Assis em sua provável última foto de estúdio, aos 67 anos.
Estúdio Luiz Musso & Cia, 1907.

Memorial de Aires

CLÁSSICOS ATELIÊ

Coordenação
José de Paula Ramos Jr.

CONSELHO EDITORIAL

Aurora Fornoni Bernardini – Beatriz Muyagar Kühl
Gustavo Piqueira – João Angelo Oliva Neto
José de Paula Ramos Jr. – Leopoldo Bernucci – Lincoln Secco
Luís Bueno – Luiz Tatit – Marcelino Freire – Marco Lucchesi
Marcus Vinicius Mazzari – Marisa Midori Deaecto
Paulo Franchetti – Solange Fiúza – Vagner Camilo
Walnice Nogueira Galvão – Wander Melo Miranda

Machado de Assis

Memorial de Aires

Apresentação
Ieda Lebensztayn

Estabelecimento de Texto e Notas
José de Paula Ramos Jr.

Direitos reservados e protegidos pela Lei 9.610 de 19.02.1998.
É proibida a reprodução total ou parcial sem autorização,
por escrito, da editora.

Dados Internacionais de Catalogação na Publicação (CIP)
(Câmara Brasileira do Livro, SP, Brasil)

Assis, Machado de, 1839-1908
  Memorial de Aires / Machado de Assis. – 1. ed. –
Cotia, SP: Ateliê Editorial, 2023. – (Clássicos Ateliê)

  ISBN 978-65-5580-114-9

  1. Romance brasileiro I. Título. II. Série.

23-165589   CDD-B869.3

Índices para catálogo sistemático:
1. Romances: Literatura brasileira   B869.3

Aline Graziele Benitez – Bibliotecária – CRB-1/3129

Direitos reservados à

ATELIÊ EDITORIAL

Estrada da Aldeia de Carapicuíba, 897
06709-300 – Cotia – SP – Brasil
Tel.: (11) 4702-5915
www.atelie.com.br
contato@atelie.com.br
instagram.com/atelie_editorial
facebook/atelieeditorial
blog.atelie.com.br | threads.net/@atelie_editorial

Foi feito depósito legal

Impresso no Brasil 2023

Sumário

"Ao Vencido, Ódio ou Compaixão" – Entre a Desfaçatez
e a Diplomacia: a Fidelidade à Arte de Machado
de Assis – *Ieda Lebensztayn* 9

    I. O Ódio Crítico em Brás Cubas: a Impassibilidade
       Egoísta (e a Melancolia Subjacente) 9

    II. A Compaixão Hermenêutica em Aires: O Espectador
       do Sofrimento e da Necessidade Egoísta 34

Referências Bibliográficas 78
    Do Autor 78
    Sobre o Autor.....................................79
    Bibliografia Geral.................................85

Memorial de Aires

Advertência 91

1888 93

1889 241

"Ao Vencido, Ódio ou Compaixão"[1] – Entre a Desfaçatez e a Diplomacia: a Fidelidade à Arte de Machado de Assis

IEDA LEBENSZTAYN

I. O ÓDIO CRÍTICO EM BRÁS CUBAS: A IMPASSIBILIDADE EGOÍSTA (E A MELANCOLIA SUBJACENTE)

1. Um Veneno e Outro Veneno

"Sorriso franzido"[2]. Criada por Graciliano Ramos (1892--1953), tal imagem, primeira que desejo reter neste ensaio, é expressão lapidar da fusão do sentir e do pensar de Machado de Assis (1839-1908): os lábios, a boca exprimem seu estilo de humor por meio do gesto próprio também à testa cujo interior pensa e sofre. Esse sorriso, contraído como as rugas da maturidade, parece guardar um *fracasso*, um *naufrágio*, um *confrangimento*, palavras com uma acepção de "quebra, fratura, dilaceramento", todas irmãs de *franzir*. Dessa forma,

---

1. "Ao vencido, ódio ou compaixão; ao vencedor, as batatas" (Machado de Assis, *Quincas Borba*, apresentação de Jean Pierre Chauvin, estabelecimento de texto e notas de Jean Pierre Chauvin e José de Paula Ramos Jr., São Paulo, Ateliê Editorial, [1891] 2016, cap. VI).

2. "O velho mestre do conto brasileiro não admite intimidades: é correto demais, vê longe e tem um *sorriso franzido*" (Graciliano Ramos, "Os Amigos de Machado de Assis", *Linhas Tortas*, 14. ed., Rio de Janeiro, Record, 1989, p. 105, *grifos meus*. Também em Hélio de Seixas Guimarães & Ieda Lebensztayn (orgs.), *Escritor por Escritor: Machado de Assis Segundo Seus Pares, 1939-2008*, São Paulo, Imprensa Oficial do Estado de São Paulo, 2019, vol. 2, pp. 59-63).

Graciliano revela a face de Machado de Assis: toda a sua expansão subjetiva contém-se por um movimento de preocupação da consciência que, conhecendo a "impassibilidade egoísta"[3] da ordem natural e social e a raridade de seu reverso, a compaixão pelos vencidos, se recusa a ser enganada, para traduzir-se em arte de ironia amarga.

Entrever esse "sorriso franzido" prendeu-me cedo a Machado de Assis: é a inteligência sempre em ação, capaz de, insone na análise dos males da realidade, *construir* com palavras de verve ferina a *representação* crítica desta e, assim, *expressar*[4] extrema sensibilidade, mesmo sem o admitir, deixando ambiguidades nas mãos do leitor.

Na busca de "entender e sentir"[5] Machado, a segunda imagem que evoco, por inquietar-me, é a que Augusto Meyer atribui à obra final do escritor: o "veneno aguado"[6].

3. Machado de Assis, "O Delírio", *Memórias Póstumas de Brás Cubas*, cap. VII, São Paulo, Ateliê Editorial, [1881] 2016.

4. Meu pressuposto crítico, fundamental para estudos analítico-interpretativos de literatura, são as quatro dimensões que configuram uma obra de arte e se abrem à leitura dialética do círculo hermenêutico: representação social, expressão subjetiva, construção formal e transitividade com o leitor. Cf. Alfredo Bosi, *Reflexões sobre a Arte*, 4. ed., São Paulo, Ática, [1985] 1991; *Brás Cubas em Três Versões*, São Paulo, Companhia das Letras, 2006; "Machado de Assis na Encruzilhada dos Caminhos da Crítica", *Machado de Assis em Linha*, ano 2, n. 4, dez. 2009; e Luigi Pareyson, *Os Problemas da Estética*. Tradução de Maria Helena Nery Garcez, 3. ed., São Paulo, Martins Fontes, 1997.

5. A definição da tarefa de "entender e sentir" Machado é de Graciliano Ramos: "Não é razoável, porém, esperar que o leitor comum, que se agita com excessos literários de meado do século XIX, *entenda e sinta* Machado de Assis, homem frio, medido, explorador de consciências. Em geral não gostamos de que nos explorem a consciência – e, ainda quando sabemos que a exploração é bem-feita, necessitamos algum esforço para nos habituarmos a ela" (Graciliano Ramos, "Os Amigos de Machado de Assis", *Linhas Tortas*, p. 104, *grifos meus*).

6. "[...] Parece que desaprendeu [Machado de Assis] a se interessar profundamente pelo seu exercício de sadismo literário. *O veneno sai mais agua-*

Relendo desde as *Memórias Póstumas de Brás Cubas*, romance inaugural da fase dita realista do escritor, publicado entre março e dezembro de 1880 na *Revista Brasileira* e em livro no ano seguinte, até o *Memorial de Aires*, seu último romance (1908), o crítico aponta a monotonia dos livros: "sempre o mesmo solilóquio desesperado, quase automático". Veja-se que Augusto Meyer é certeiro ao apreender o "homem subterrâneo" de Machado e, a um tempo, causa surpresa ao demonstrar enfado com o todo da segunda fase do romancista. Suas maiores ressalvas, das quais me ressinto, recaem sobre o *Memorial*: por afastar-se este da "petulância irônica" de *Brás Cubas*, considera-o um "livro morto", "bocejado e não escrito", cuja personagem única seria "o Tédio"[7].

No entanto, o antídoto contra esse parecer de Augusto Meyer encontra-se em sua própria compreensão de Machado como o "homem subterrâneo": o crítico desnudou o drama do escritor, de ser condenado à "consciência da miséria moral" devido à "volúpia da análise pela análise"[8]. Se desde o *Brás Cubas* a lucidez excessiva mata as ilusões, no *Memorial* a face trágica dessa atitude ganha contorno a partir da face distanciada, o que garante a força artística do livro. E essa minha observação está de certo modo incluída no olhar do crítico:

[...] Não há nada para dar a impressão do vazio, vazio terrível da vida e da morte, como as últimas cartas ou o *Memorial*. E que revelação esse crepúsculo, momento em que as verdadeiras feições do seu

---

do, as personagens vivem de uma vida incorpórea, como a Flora de *Esaú e Jacob*" (Augusto Meyer, "Relendo", *Machado de Assis*, 1935-1958, Rio de Janeiro, Livraria São José, 1958, p. 23, *grifos meus*).

7. *Idem*, "Entusiasta e Místico", *Machado de Assis*, 1935-1958, p. 50.

8. *Idem*, "O Homem Subterrâneo", *Machado de Assis*, 1935-1958, pp. 16-17.

espírito aparecem – no fundo, ele foi sempre assim, toda a vida: um doente na penumbra, uma sombra falando, dentro da grande sombra do mundo, para ao menos ouvir o eco das suas palavras[9].

Assim, note-se que a própria expressão "veneno aguado" para o *Memorial* contém o antídoto que salva o romance: aguado, o veneno prolonga a vida ao mesmo tempo que faz saber antecipada a morte. Que definição melhor da arte que une os "filhos postiços" ao casal Aguiar?

Mas é preciso ir com calma. Antes de mergulhar no veneno da última obra para reconhecer-lhe o teor, cumpre identificar a dose de água que faz duradouro o veneno primeiro, de *Brás Cubas*.

2. Azul, Embora a Borboleta É Preta

Vislumbra-se a sede de perfeição de Machado na construção do capítulo XXXI das *Memórias Póstumas de Brás Cubas*, "A Borboleta Preta"[10]. Posto que esse capítulo seja estreitamente vinculado ao episódio de Eugênia, a "flor da moita", gostaria de a princípio analisá-lo como uma unidade autônoma, significativa em relação ao todo do romance e da obra de Machado. Base para esse movimento hermenêutico, observe-se que a sequência da ação apresentada no capítulo é narrada duas vezes: a borboleta entra no quarto, esvoaça bastante em torno de Brás Cubas e pousa-lhe na testa; enxotada, pousa na vidraça e, então, no retrato de seu pai, até que Brás a mate com um golpe de toalha. Mais do que mera repetição, a retomada dessa sequência se acompanha de uma elaboração fantasiosa e reflexiva.

9. *Idem*, "Sombra", *Machado de Assis*, 1935-1958, pp. 83-84.
10. Machado de Assis, "A Borboleta Preta", *Memórias Póstumas de Brás Cubas*, cap. XXXI.

Essa estratégia de composição – o reviver ficcional dos fatos passados sob nova perspectiva, alimentada por uma experiência de perda – sinaliza, em sua sutileza, o sentido crítico da arte machadiana. Brás Cubas só reconta a história da borboleta porque obedece a uma necessidade, insuspeitada no lugar-comum egoísta e fútil de seu comportamento: a segunda narrativa é movida pelo sentimento de piedade que ele experimentou após matar o inseto.

> Não caiu morta; ainda torcia o corpo e movia as farpinhas da cabeça. Apiedei-me; tomei-a na palma da mão e fui depô-la no peitoril da janela. Era tarde; a infeliz expirou dentro de alguns segundos. Fiquei um pouco aborrecido, incomodado ("A Borboleta Preta", cap. XXXI).

Nesse parágrafo que inicia a transição para o que se poderia chamar de recriação metafórica do "crime" de Brás Cubas, surpreendem-se vários indícios de sua compaixão. A atenção para a luta da moribunda por viver ("ainda torcia o corpo"), o emprego do diminutivo (as "farpinhas" da cabeça da borboleta), a descrição do gesto de acolhê-la na palma da mão e na janela, a expressão da irreversibilidade do tempo para salvá-la ("Era tarde") e a qualificação "a infeliz" indicam o carinho pela borboleta. Para concluir, os adjetivos "aborrecido" e "incomodado" perfazem a confissão de ter sido o protagonista tocado por certa pungência. Contudo, ele se diz "um pouco" aborrecido, e já se insinuava a atenuação ou a inautenticidade de sua pungência no despropositado uso do verbo "expirar" para o banal de um inseto que morre.

Assim, o capítulo baseia-se na tensão entre o aflorar e o sufocar, por ridículo, da piedade de Brás Cubas em relação ao ser indefeso. A questão vai adensar-se porque, junto com o sentimento de culpa daquela morte (logo negado, conforme a lógica de indiferença da natureza e de descompromisso do protagonista com o que não fosse seu interesse), emerge um sentimento, perverso nesse contexto, da beleza que não se pode perder, da arte. É o desejo vedado e risível de que a borboleta tivesse sido azul e em virtude disso fosse salva de morrer. Ao veneno da consciência de quem presenciou a fragilidade da vida e brinca com o fato, resta apegar-se à arte com *humor*. E o que é o recontar a história da morte da borboleta preta e de Brás Cubas? Augusto Meyer já chamava agudamente a obra de Machado de "perversa e perfeita"[11].

A indagação demoníaca por uma essência azul que salvasse a borboleta, não obstante preta e morta, abre a segunda parte do capítulo, com a contradição irônica, disfarce de tragédia, que o define: "– Também por que diabo não era ela azul? disse comigo".

Veja-se que o próprio narrador, usando de ironia, faz crer na inutilidade desta sua reflexão. Por um lado, sua ênfase é para a irrelevância de se preocupar com a sorte de um inseto. Ao mesmo tempo, ao reputar à natureza – que "inventou" as borboletas e decidiu pela cor preta e não azul para aquela – a causa do infortúnio de sua vítima, parece buscar a isenção de culpas. Tanto é que, em seguida, se diz reconciliado consigo mesmo e consolado do malefício, o que confirma a sua ponta de culpa e de piedade, junto com a autoironia: "E esta reflexão, – uma das mais profundas que se tem feito, desde a invenção das borboletas, – me consolou do malefício, e me reconciliou comigo mesmo".

Completando essa ambiguidade entre a indiferença e a compaixão pela borboleta, o narrador "confessa" que, com "alguma simpatia", se entregou a "contemplar o cadáver". Repare-se primeiramente que a seleção vocabular feita por

---

11. Augusto Meyer, "Flora", *Machado de Assis*, 1935-1958, p. 41.

Machado ("contemplar", "simpatia", "confesso") sugere a singeleza de uma interioridade que se identifica com um ser sofrido e morto. Então, é notável como a sugestão de singeleza surge combinada com a de perversidade: a confissão é de "alguma" simpatia (e não total) e o objeto da contemplação é a vítima de seu golpe – um "cadáver" de inseto, que não inspira propriamente um olhar embevecido.

Eis que se inicia a segunda narrativa, o recontar da história. Parecendo destituir-se, o gesto de simpatia no entanto se conserva nas entrelinhas: da contemplação do cadáver, Brás Cubas passa à imaginação dos últimos momentos de vida da borboleta. Expostas no início do capítulo as circunstâncias do "assassinato", agora elas são recriadas, e o leitor já adivinha que a chave da composição é a ironia quanto aos efeitos contraditórios que a morte do inseto causou ao narrador-protagonista.

Patente é a ironia voltada contra a própria piedade. Compõe-se de dois argumentos, que se combinam e, juntos, têm força ideológica, de naturalização das iniquidades sociais: a "impassibilidade egoísta" da natureza e a da sociedade. Se a princípio Brás Cubas imagina o inseto em comunhão com a "manhã linda" e com o "céu azul", a espairecer, feliz, as suas "borboletices", logo desvela, lição d' "O Delírio", que a natureza é mãe mas também inimiga: a euforia da borboleta seria passageira, pois caminhava para a morte. Apesar de exuberante e acolhedora da vida, ou por isso mesmo, a natureza foi indiferente à borboleta, tão só um exemplar da espécie: "Não lhe valeu [à borboleta] a imensidade azul, nem a alegria das flores, nem a pompa das folhas verdes, contra uma toalha de rosto, dois palmos de linho cru".

Como foi Brás Cubas que desferiu o golpe de toalha, convence-se de ter o poder de arrancar a vida a outro ser: assume a superioridade da natureza. E, na recriação metafórica arquitetada por Machado de Assis, essa superioridade ganha contornos sociais do privilégio de classe de Brás. Em sua "impassibilidade egoísta" de mais forte, ele é "o homem", "o inventor das borboletas", que, julgando-se possuidor de um "ar divino" e de "estatura colossal", se entretém em imaginar a ignorância reverente e o medo que oprimem o miserável inseto.

> Passa [a borboleta] pela minha janela, entra e dá comigo. Suponho que nunca teria visto um homem; não sabia, portanto, o que era o homem; descreveu infinitas voltas em torno do meu corpo, e viu que me movia, que tinha olhos, braços, pernas, um ar divino, uma estatura colossal. Então disse consigo: "Este é provavelmente o inventor das borboletas". A ideia subjugou-a, aterrou-a; [...].

Como chamar de personificação a criação metafórica da borboleta, se ela não passa de um inseto de movimentos servis? Por meio dessa personificação perversa da borboleta preta, Machado desvenda a máscara social do dependente: este necessita adular o dominante, que lhe assegura a vida ("o inventor das borboletas", "seu criador"). Diverte Brás Cubas imaginar um diálogo de movimentos seus e da borboleta, como uma dança desproporcional da dependente bajuladora com o poderoso que a enxota: converte o mero "pousou-me na testa" da primeira narrativa no "beijou-me na testa" e decifra, no fato de ter-se a borboleta preta aproximado do retrato do pai, um pedido de misericórdia ao "pai do inventor das borboletas". Os gestos do protagonista, expressão da indiferença dos dominantes pelos seus subordinados, vão do "sacudir" e "enxotar" até o eliminar da importuna.

> [...] mas o medo, que é também sugestivo, insinuou-lhe [à borboleta] que o melhor modo de agradar ao seu criador era beijá-lo na testa, e

beijou-me na testa. Quando enxotada por mim, foi pousar na vidraça, viu dali o retrato de meu pai, e não é impossível que descobrisse meia verdade, a saber, que estava ali o pai do inventor das borboletas, e voou a pedir-lhe misericórdia.

Pois um golpe de toalha rematou a aventura.

Assim, apreende-se do episódio da borboleta um dos motores da obra de Machado: a indiferença da natureza e da ordem social pelos vencidos, a qual muitas vezes soa como crueldade. Nem o fato de estar integrada à beleza da manhã nem o gesto de agradar a seu protetor salvaram a borboleta preta.

De fato, os argumentos com que Brás Cubas explica a morte da borboleta – o egoísmo caprichoso da natureza e o da sociedade – são aterradores para que se pense em compaixão. Por isso, vangloriando-se de sua superioridade frente às borboletas, ele nega sua hipótese inicial de que a cor azul (ou laranja) pudesse garantir a vida à borboleta. Em seu raciocínio realista e cruel, a arte poderia ser o "recreio dos olhos" de atravessar o inseto vistoso com um alfinete, e não a admiração pelo voo da borboleta azul. De todo modo, como a borboleta era preta, Brás está "consolado" e, com um "piparote", a derruba no jardim, onde a esperam as "próvidas formigas".

Vejam como é bom ser superior às borboletas! Porque, é justo dizê-lo, se ela fosse azul, ou cor de laranja, não teria mais segura a vida; não era impossível que eu a atravessasse com um alfinete, para recreio dos olhos. Não era. Esta última ideia restituiu-me a consolação; uni o dedo grande ao polegar, despedi um piparote e o cadáver caiu no jardim. Era tempo; aí vinham já as próvidas formigas...

Entretanto, surpreendentemente, o narrador volta atrás e defende crer na garantia da vida da borboleta, se fosse azul.

Impele-o a isso a imagem das formigas, que são como os vermes, aos quais dedica ironicamente o livro, a irmanar em decomposição a borboleta preta, o defunto autor e o leitor, outra vítima certa de "piparotes". Contra essa visão da morte, reacende-se em Brás o "amor da vida"[12], que a natureza lhe descortinara no delírio. Então, a "borboleta azul" é a primeira das imagens literárias machadianas que quero destacar: indissociável da "borboleta preta", a azul parece figurar a ânsia de "viver somente"[13] e, em sua impossibilidade, a ânsia de perfeição da arte. Embora – ressalte-se – não se aparte da realidade de limitações (a borboleta era "negra como a noite" e já está morta), esse ideal de plenitude da vida (bela e protegida) ganha expressão artística singular: a identidade da borboleta sonhada, azul, é com o céu, belo, infinito e acolhedor de todas as borboletas, independentemente da cor. Vejam-se as metáforas da "cúpula", do "azul" e a metonímia das "asas": "Veio por ali fora, modesta e negra, espairecendo as suas borboletices, *sob a vasta cúpula de um céu azul, que é sempre azul, para todas as asas*" (*grifos meus*).

Desse modo, por um lado Brás Cubas age como a natureza e a classe dominante, indiferente em sua superioridade à criatura desprotegida. Por outro lado, ele se aproxima da borboleta preta na condição de morto e na piedade sufocada de quem a queria azul, ou seja, bela, viva e livre. Seu desejo é pela natureza-mãe, acolhedora e permanente de vida e de beleza como a arte; sobretudo agora, quando ele é o morto que conserva a vida por meio da escrita de suas memórias.

Portanto, entrevê-se que, além de ter por alvo principal a piedade, a ironia também recai, ressentida e abafada, sobre

12. Machado de Assis, "O Delírio", *Memórias Póstumas de Brás Cubas*, cap. VII.
13. *Idem*.

a indiferença da natureza e da sociedade pelos vencidos[14]. A força do tom cruel, predominante, advém da contradição surda com o que lhe subjaz, morto: o tom compungido. A alternância reiterada entre negar a possibilidade da borboleta azul e trazê-la por instantes à luz define a impassibilidade desse morto que escreve arte. Em certa medida, lembra o coro dos mortos impassíveis de Leopardi – que expressa o impossível "sentimento vivo"[15] na morte –, canto fugaz.

3. Nem Sensaboria, nem Empulhação

Por tratar com certa graça e leveza do episódio de um inseto, o capítulo "A Borboleta Preta" à primeira vista não deixa suspeitar sua força de significação do todo da obra: contém um teor de consciência existencial e social, articulado a uma expressão direta, que dura poucos instantes, do sonho de viver e da compaixão pelos vencidos, – de forma a indicar em que sentido a arte é cara a Machado de Assis.

Em vista da aparência de leveza, atente-se para o início do capítulo seguinte ("Coxa de Nascença"), em que o narrador imagina o empenho de "algum leitor circunspecto" em saber se o capítulo anterior era "apenas uma sensaboria" ou

14. Interpretando "O Delírio", a que significativamente chama "profissão de fé às avessas, manifesto platônico de niilismo", escreve Alcides Maya: "Contrista-o [a Machado de Assis], sobretudo, a nossa fragilidade efêmera; impressiona-o principalmente a falha de relação sensível entre nós e o grande todo; rebela-o o repúdio a que nos condena a indiferença exterior. Desaparecem do céu os deuses e à natureza, vê-lhe de perto, aborrecido, o *fácies*" (Alcides Maya, *Machado de Assis. Algumas Notas sobre o "Humour"*, 2. ed., Rio de Janeiro, Publicações da Academia Brasileira, 1942, pp. 42-43).

15. Cf. Giacomo Leopardi, "Diálogo de Federico Ruysch e Suas Múmias", *Opúsculos Morais (Operette Morali)*, apresentação de Carmelo Distante, tradução e notas de Vilma de Katinszky Barreto de Souza, São Paulo, Editora Hucitec, Istituto Italiano di Cultura, Instituto Cultural Ítalo-brasileiro, 1992, p. 164.

se chegava a "empulhação". A lucidez de Machado provavelmente temia que a hipótese final de salvar a borboleta azul aplacasse o fato nuclear – a morte da borboleta preta –, o que redundaria numa enganação. Mas ele conhece que, longe de ser uma sensaboria, o capítulo encerra vários saberes, de ordem existencial, social e estética, e, por conseguinte, repele qualquer empulhação.

"A Borboleta Preta" possui algo de apólogo, de fábula, cuja lição de moral contraditória seria: *como é bom ser superior às borboletas* – para matá-las, ou para, se forem azuis, salvá-las, mas talvez. Pensando-se no traço anedótico e abstrato do capítulo, vale lembrar um comentário de Barreto Filho bastante sugestivo para se estudar a obra do escritor. Segundo o crítico, houve um "deslocamento curioso" na gênese do conto de Machado: a princípio ele se desenvolveu na escrita de apólogos e de crônicas, até que o interesse pela vida concreta o levasse à criação de personagens mais individualizadas.

> Havia nele [Machado de Assis] uma tendência para a generalização abstrata, que sempre permaneceu em sua obra sob a forma do comentário incessante dos acontecimentos e sua interpretação simultânea, contrariada porém pela avidez da sensibilidade do artista para as vivências concretas. Esse impulso é que o conservou artista, sufocando nele o moralista, o filósofo e o crítico em germe[16].

Esse movimento de criação, que inclui o apólogo, a representação ficcional própria do conto e o pendor ao filosófico, está condensado nas *Memórias Póstumas de Brás Cubas*, por exemplo, no conjunto formado pelo "apólogo" do capítulo XXXI – "A Borboleta Preta", pela história de Eugênia (centralmente, os capítulos XXX – "A Flor da Moita", XXXII – "Coxa

---

16. José Barreto Filho, *Introdução a Machado de Assis*, 2. ed., Rio de Janeiro, Agir, 1980, p. 116.

de Nascença", XXXIII – "Bem-aventurados os que Não Descem" e XXXV – "O Caminho de Damasco"[17]), pela digressão (capítulo XXXIV – "A Uma Alma Sensível") e pela conclusão irônico-filosófica (capítulo XXXVI – "A Propósito de Botas").

Assim, observe-se que o amadurecimento do romancista, patente nas *Memórias Póstumas*, se estende a partir de então (1881) para os contos do escritor (*Papéis Avulsos* foi publicado em 1882), e que é forte a identificação, conforme enfatiza Augusto Meyer, do modo de narrar de Brás Cubas com o próprio estilo ficcional de Machado de Assis[18]. Nesse sentido, importa pensar na recriação particular da "forma shandiana" por Machado, estudada por Sergio Paulo Rouanet[19]. O uso, por exemplo, de digressões pelo escritor brasileiro reveste-se de um teor filosófico de fundo amargo: é um modo de imobilizar o tempo, implacável. Aparentemente leve, o apólogo da borboleta, seguido pela história de Eugênia e por capítulos digressivos, decorre de uma consciência angustiada dos limites da ordem natural e social.

Feito o parêntese, cumpre voltar à suposta objeção quanto a um caráter insípido ou empulhador d'"A Borboleta Preta". Implícita na imagem de circunspeção do leitor que questionaria a validade do capítulo está uma das faces da autocrítica

---

17. E também, no fio narrativo do romance, os capítulos anteriores XII – "Um Episódio de 1814", XXV – "Na Tijuca" e XXIX – "A Visita" e o capítulo posterior CLVIII – "Dois Encontros".

18. "O tom de Brás Cubas insinua-se de tal modo na grande obra da maturidade, que acaba por confundir-se, em nossa impressão imediata, com o próprio estilo do autor" (Augusto Meyer, "Presença de Brás Cubas", *Machado de Assis*, 1935-1958, p. 213).

19. De *The Life and Opinions of Tristram Shandy*, Laurence Sterne. Cf. Sergio Paulo Rouanet, "Tempo e Espaço na Forma Shandiana: Sterne e Machado de Assis", *Estudos Avançados*, São Paulo, Instituto de Estudos Avançados da Universidade de São Paulo, vol. 18, n. 51, pp. 335-354, maio/ago. 2004.

de Brás, que parece agora interessado em negar sua piedade e o ilusório da sua conjectura de que a borboleta seria salva se tivesse nascido azul.

Na ordem da narrativa das memórias, ao passar da história da borboleta preta para a de Eugênia, tudo o que Brás Cubas quer refrear é o sentimento de piedade inspirado por ambas, leviano no passado e mais grave para o morto que escreve. Ao mesmo tempo, incomodara-o a altivez da moça, que não era uma dependente bajuladora. Malgrado o tivessem impressionado a beleza, o "olhar não coxo" e a candura de Eugênia, "criatura tão singela" que lhe entregara o primeiro beijo, ele assumiu em relação a ela o "imenso escárnio" da natureza: enxotou-a, manca e "flor da moita", lembrando-se da conveniência da carreira política e da noiva mais apropriada.

Se Brás se desculpa ao "leitor circunspecto" que lhe recusasse por piegas ou ilusório o caso das borboletas, em seguida justifica-se para a "alma sensível", que tremeria escandalizada ante sua crueldade para com Eugênia: "eu não sou cínico, eu fui homem"[20]. O interesse egoísta de autoconservação da vida e da imagem social move o homem, que, se necessário, troca a compaixão em menosprezo e ódio pelos vencidos. Contra ilusões e moralismos, tudo o que Machado recusa é a empulhação.

Veja-se que, subterrânea ao "diálogo" com a "alma sensível", está a outra face da autocrítica de Brás Cubas: ele relata a sua história com Eugênia para desmascarar a própria desfaçatez. Após confessar que sufocou, no passado, o sentimento de simpatia que a moça lhe despertava, desvela como caiu

20. Machado de Assis, "A Uma Alma Sensível", *Memórias Póstumas de Brás Cubas*, cap. XXXIV.

no extremo oposto, na máxima crueldade. O mesmo homem que diz ter-se apiedado de uma borboleta morta destina à "flor da moita" outros epítetos que desconhecem o sentido de misericórdia: "Tu, minha Eugênia, [...] foste aí pela estrada da vida, manquejando da perna e do amor, triste como os enterros pobres"[21]. Sob a crueza e o veneno dessas expressões, que provocam pungência, guarda-se uma face sombria.

Desse modo, borboleta azul inseparável da preta, "bonita e coxa" – possibilidade enigmática da arte feita dos defeitos do mundo –, sobressai toda a construção simbólica em torno da figura de Eugênia. Permite a Machado, a um tempo, desnudar a impassibilidade da natureza e provocar o olhar crítico para a apropriação ideológica, pelas classes dominantes, dessa postura indiferente. Assim, mostra ao leitor o funcionamento do mundo natural e social segundo a lei da conservação egoísta da vida. Diante dessa lei, oferece como opção aderir à lógica dos vencedores, mas por instantes a nega, insinuando a piedade em relação aos vencidos e apontando para a dignidade de uma moça pobre. Desse movimento que contém um drama, sobressai uma rara atitude artística de compreensão da realidade.

4. Arte com Capricho: Galhofa e Melancolia

A personagem Eugênia e seu vínculo com a imagem da borboleta preta foram objeto do estudo sociológico de Roberto Schwarz. Em *Um Mestre na Periferia do Capitalismo: Machado de Assis*, ele aponta como o golpe mortal de Brás Cubas na borboleta preta prefigura o desfecho da relação com a "flor da moita". O crítico percebe com agudeza que a

---

21. Machado de Assis, "A Propósito de Botas", *Memórias Póstumas de Brás Cubas*, cap. XXXVI.

imagem do inseto, insignificante mas incômodo para Brás, tem relevante desdobramento: é a lembrança de Eugênia, que o filho-família precisa enxotar. Atordoa-o que, embora financeiramente inferior a ele, a moça não lhe haja demonstrado "gesto subalterno"[22].

Assim, Roberto Schwarz entende que o fundo da questão é de classe, sendo o defeito físico de Eugênia um álibi para Brás se desvencilhar dela. A consequência crítica daí extraída é que a relação social injusta – a dependência da moça quanto ao "capricho de classe dominante" – se interioriza como forma do romance, definida pela "volubilidade do narrador". Essa mobilidade do narrador representa a "desfaçatez da classe dominante brasileira", que, de fato, segue tão só seus interesses particulares. Segundo Schwarz, a unilateralidade do narrador é expressiva da assimetria social, já que o leitor assiste ao reflexo da injustiça sofrida por Eugênia na consciência de quem a provocou.

Gostaria de enfatizar que Roberto Schwarz considera Eugênia a "única personagem estimável do livro"[23]: apesar de seu papel (significativamente) quase não passar de uma ponta, é ela que tem "compreensão nítida das relações sociais, gosto de viver e firmeza moral". Repare-se que o crí-

---

22. Roberto Schwarz, "6. A Sorte dos Pobres" – "Eugênia", *Um Mestre na Periferia do Capitalismo: Machado de Assis*, 3. ed., São Paulo, Editora 34, 1997, pp. 81-98.

23. *Idem*, p. 97. Estudando a "presença francesa" nas *Memórias Póstumas*, Gilberto Pinheiro Passos também nota que Eugênia, embora o narrador atribua a ela a tartufice própria (por ser a moça inferior socialmente, coxa e filha adulterina), talvez seja "a mais digna de toda a narrativa" (Gilberto Pinheiro Passos, *A Poética do Legado: Presença Francesa em Memórias Póstumas de Brás Cubas*, São Paulo, Annablume, 1996, p. 55). E Alfredo Bosi destaca Eugênia entre as "figuras de resistência", ao lado de Helena, Lalau, Estela, Dona Fernanda, o casal Aguiar (Alfredo Bosi, "O Enigma do Olhar", *Machado de Assis: O Enigma do Olhar*, São Paulo, Ática, 1999).

tico entrevê, ao analisar Eugênia, a necessidade de Brás de "aniquilar a 'alma sensível' dentro dele mesmo". A percepção sociológica apreende, nessa necessidade do protagonista, a tendência generalizada a "espezinhar as formas de espontaneidade que fujam à ordem da oligarquia" (pp. 91-92).

É significativo acompanhar como o mesmo poder crítico, marcante em Machado de Assis, inspirou Roberto Schwarz e prolongou-se em Sergio Paulo Rouanet, que resenhou *Um Mestre na Periferia do Capitalismo*, atento também a outras leituras. Em "Contribuição para a Dialética da Volubilidade", Rouanet demonstra a necessidade de se reabilitar o exame da psicologia em/de Machado de Assis, que faz falta para completar algumas análises do livro de Schwarz. Ao refletir sobre a passagem do romancista para a segunda fase, defende a legitimidade das "chaves alternativas" de caráter psicológico, que complementam as de caráter sociológico: "A explicação psicológica não somente não está em contradição com a sociológica como fornece os elementos materiais que faltavam para que esta última se tornasse mais verossímil[24].

Buscando uma atitude crítica equilibrada entre as várias dimensões amalgamadas na arte, Rouanet frisa que a "fobia ao universal" limita as interpretações sociológicas, visto que Machado também explorou as contradições da natureza humana. Saliento o fato de, a partir da categoria do *capricho*, estudada sob o viés sociológico por Schwarz (a desfaçatez da classe dominante brasileira formalizada na volubilidade do narrador das *Memórias Póstumas*), Rouanet evoca as interpretações de cunho psicológico que Barreto Filho e Augusto Meyer tinham dado ao tema.

---

24. Sergio Paulo Rouanet, "Contribuição para a Dialética da Volubilidade", *Revista USP*, São Paulo, n. 9, mar./maio 1991, Seção Livros, p. 189.

Segundo destaca Sergio Paulo Rouanet, Barreto Filho compreende o capricho como "inerente à psicologia humana": os homens exercem arbitrariamente uma pressão sobre seus dominados, numa cadeia de obediência à "lei da compensação em série"[25]. Diferentemente de Schwarz, que atribuirá o capricho à marca da classe dominante, Barreto Filho vê no golpe caprichoso contra a borboleta uma resposta de Brás ao capricho das forças superiores desconhecidas. Como se apontou aqui, um dos elementos constitutivos da contradição de Brás Cubas entre a piedade (sufocada) e a indiferença (dominante) é exatamente a dimensão metafísica.

Indo à fonte, interessa-me em Barreto Filho o conceito do "espírito trágico" de Machado: decorre de descobrir em si a contradição entre o desejo vão de eternidade e o absurdo de ter esse desejo para não ser satisfeito. Por depreender esse "espírito trágico" do escritor, o crítico chega a uma compreensão da arte machadiana a que aproximo minha interpretação da "borboleta azul":

O seu grande recurso foi sempre o trabalho artístico, que lhe dava oportunidade de transcender e dominar o lado sombrio da realidade, pela superioridade do espírito. A arte, porém, para desempenhar essa função, tem que ser de uma autenticidade sem jaça. *O espírito trágico exige a perfeição da obra, penhor único de perenidade.* Quando se dá o ajustamento da experiência interna e de expressão, aí se encontra o seu ideal, que foi também o de Machado de Assis[26].

Assim, conforme Barreto Filho, a função da arte para Machado de Assis era a de "consolo metafísico para um mal

---

25. *Idem*, p. 189 (cf. José Barreto Filho, *Introdução a Machado de Assis*, p. 106).
26. José Barreto Filho, *Introdução a Machado de Assis*, p. 99 (*grifos meus*).

metafísico"[27]. Ante o absurdo e o mal da existência, só a arte salva. Por isso, o desejo tragicômico de que a borboleta fosse azul.

Augusto Meyer é o autor da segunda perspectiva psicológica comentada por Sergio Paulo Rouanet: o capricho como "reflexo da personalidade de Machado", das "almas contraditórias" que via em si mesmo. Rouanet observa que essa chave psicológica – a volubilidade como confissão do próprio Machado – é complementar, mais que excludente, em relação à chave sociológica de Schwarz, para a qual a volubilidade funciona como confissão da classe dominante brasileira por meio de Machado[28].

É importante refletir sobre o fato de que a mesma "regra de composição" pelo capricho permitiu a Augusto Meyer depreender em Machado o "homem subterrâneo"[29], com sua gravidade, e foi a base para Roberto Schwarz criar, de Brás Cubas, a categoria do "narrador volúvel", forma da "desfaçatez da classe dominante brasileira".

A resposta para haver essa duplicidade de interpretações legítimas é a força da obra de Machado de Assis. Cumpre ver que a desfaçatez de Brás Cubas, expressão da "pena da galhofa", se escreve com a "tinta da melancolia" e com "rabugens de pessimismo". Nas palavras do próprio Machado, no "Prólogo da Terceira Edição":

O que faz do meu Brás Cubas um autor particular é o que ele chama "rabugens de pessimismo". Há na alma deste livro, por mais riso-

---

27. *Idem*, p. 98.
28. Sérgio Paulo Rouanet, "Contribuição para a Dialética da Volubilidade", pp. 189-190.
29. Augusto Meyer, "O Homem Subterrâneo", *Machado de Assis*, 1935-1958, p. 13.

nho que pareça, um sentimento amargo e áspero, que está longe de vir dos seus modelos[30].

De um lado, a trajetória da borboleta preta, tragicômica, simboliza a vida triste de Eugênia: coxa, inferior socialmente a Brás Cubas e, por isso, enxotada de sua vida, tornando-se até mendiga. Se ele abusa da "pena da galhofa" em relação à "flor da moita", a melancolia se insinua na distância autocrítica quanto à própria crueldade para com uma pessoa pobre e digna.

Então, ao mesmo tempo, a trajetória da borboleta preta simboliza a vida fútil do próprio defunto autor, que não passou de um borboletear, até ser apanhado por uma pneumonia e morrer: não realizou a ideia fixa do emplasto, então não obteve glória, não se casou, não foi ministro. Junto ao descaramento de revelar seu egoísmo (o "caso da borboleta"[31], no dizer de Augusto Meyer) e seus caprichos de ocioso rico, há certa autoironia e melancolia quanto à inconsistência e ao fracasso de suas ações.

Assim, nas *Memórias Póstumas*, o tom de desfaçatez esconde o de melancolia, sobrepujando-o até quando o objetivo é a relativização de verdades cuja referência é o *Eclesiastes*. Após relatar a pungente história de necessidades de dona Plácida, Brás Cubas sente culpa por tê-la transformado em protetora remunerada de seus amores clandestinos com Virgília, mas logo a aplaca: "o vício é muitas vezes o estrume da virtude". A expressão é de galhofa, porém contém verdades: se era negativo para dona Plácida acobertar o adultério de Virgília, tornou-se-lhe positivo, porque assim ficava ampa-

30. Machado de Assis, "Prólogo da Terceira Edição", *Memórias Póstumas de Brás Cubas*.

31. Augusto Meyer, "Sombra", *Machado de Assis, 1935-1958*, pp. 81-82.

rada da mendicidade. Curiosamente, o sentido primeiro da palavra *galhofa* é o pão dado de esmola e, depois, a algazarra dos peregrinos indigentes enquanto aguardavam receber alimentos. Brás Cubas concede mesmo uma galhofa, uma esmola, a dona Plácida, e por fim não padece a sua morte.

De maneira análoga, demonstrando bem a irônica filosofia de *Humanitas*, de Quincas Borba, a relativização cinicamente cruel de verdades surge quando da inesperada morte de Nhã-loló. O fato ruim da perda da jovem, acometida de febre amarela, apresenta seu lado positivo: Brás não foi atingido pela epidemia. De todo modo, o que fica é a expressão, com desfaçatez que oculta melancolia, da consciência de que o egoísmo da autoconservação move os homens e os separa entre vencedores e vencidos.

Na interpretação certeira de José Paulo Paes ("A Armadilha de Narciso"[32]), como a "ética do egoísmo" e o "domínio especular de Narciso" presidem a lógica de Brás Cubas e só há o nada para além do espelho, a forma livre de Sterne se fecha em amargura nas *Memórias Póstumas*. Significativamente, o crítico destaca a "poeticidade" do romance, percebendo com agudeza a rica representação imagética de Eugênia: a metáfora do "olhar não coxo", o "símile impiedoso" da "Vênus manca", a repetição por quatro vezes da locução "ao pé de", o símile com a borboleta enxotada, preta e não azul, e seu retorno "dramaticamente enriquecido" no final, quando Brás reencontra Eugênia, mendiga.

Dessa forma, ante as limitações da natureza (a condição humana; quanto a Eugênia, os "defeitos" de ser coxa e mor-

---

32. José Paulo Paes, "A Armadilha de Narciso", *Gregos & Baianos*, São Paulo, Brasiliense, 1985. Também em Fernando Paixão e Ieda Lebensztayn (orgs.), *José Paulo Paes: Crítica Reunida sobre Literatura Brasileira & Inéditos em Livros*, vol. i. Cotia, SP/Recife, Ateliê Editorial/Cepe Editora, 2023.

tal) e da ordem social iníqua (a inferioridade social, a mendicância, situações de Eugênia), o empenho de Machado de Assis é a criação de sua arte "perversa e perfeita", por meio do trabalho crítico de *emendar* seus textos literários.

Pensando-se na composição artística de Eugênia, personagem cuja vida triste (coxa e por fim mendiga) tanto pede misericórdia quanto não a tem, é iluminador atentar para a etimologia de *emendar*. Verbo utilizado por Machado quando se referia à sua prática de rever e aperfeiçoar textos, vem do latim *emendare*, "corrigir, reformar, curar, punir", de *e-*, "privação", e *mendare*, de *mendum, i*, "defeito físico", ou de *menda, ae*, "erro de escrita"[33]. Curiosamente, tem a mesma origem de *mendigo: mendicus*, "pobre, indigente", com o sentido primeiro de "que tem defeitos físicos, inválido", de *menda*, "defeito". Reveladora dos erros do mundo, que moviam a "pena da galhofa" e a "tinta da melancolia" a escrever, é dramaticamente estimável essa figura concebida por Machado[34].

5. As Duas Faces da Desfaçatez: a Raiz da Diplomacia

Na formação da fortuna crítica machadiana, o "Esquema de Machado de Assis" (1968), de Antonio Candido, já revela

---

33. Nas referências etimológicas, confiram-se José Cretella Jr. & Geraldo de Ulhôa Cintra, *Dicionário Latino-Português*, 3. ed., São Paulo, Companhia Editora Nacional, 1953; e Antonio Houaiss & Mauro de Salles Villar, *Dicionário Houaiss da Língua Portuguesa*, Rio de Janeiro, Objetiva, 2001.

34. Tal a força da arte machadiana, Sidney Chalhoub, em seu texto "Sobre Borboletas, Superstição e Superioridade Natural" (o qual conheci em leitura posterior à minha análise), aproxima as borboletas aos escravos, por terem a vida nas mãos dos "senhores", sem "vontade própria ou espaço de ação autônoma". Ao tratar de Eugênia, Chalhoub sugere a ironia de o nome significar "a bem-nascida" (como fizera também Gilberto Passos) e aponta para as questões de eugenia (Sidney Chalhoub, *Machado de Assis: Historiador*, São Paulo, Companhia das Letras, 2003).

o porquê de o romancista provocar interpretações muito diferentes porém válidas:

Nas obras dos grandes escritores é mais visível a polivalência do texto literário. [...] Por isso, as sucessivas gerações de leitores e críticos brasileiros foram encontrando níveis diferentes em Machado de Assis, estimando-o por motivos diversos e vendo nele um grande escritor devido a qualidades por vezes contraditórias. O mais curioso é que provavelmente todas essas interpretações são justas, porque ao apanhar um ângulo não podem deixar de ao menos pressentir os outros[35].

Significativamente, a Antonio Candido refere-se Roberto Schwarz como "autoridade [...] autêntica em sentido próprio, pois prescinde de poder material"[36], e a Antonio Candido "Uma Figura Machadiana", a interpretação do *Memorial de Aires*, por Alfredo Bosi, é dedicada. Candido, autoridade como estudioso de literatura, conquistou, à semelhança do Conselheiro machadiano, a arte de conciliar a esfera da argúcia crítica com a esfera da sensibilidade, dos afetos.

Eis que é ocasião de iniciar a passagem da *desfaçatez* para a *diplomacia*. De *des-* + *faz*, "face, cara, rosto" (do latim *facies, ei*, do verbo *facio*) + *-ado*, *desfaçado* significa "descarado", "sem face", aludindo a "não fazer". Considerando-se que o uso da palavra para caracterizar Brás Cubas se firmou na leitura sociológica de Roberto Schwarz, é interessante pensar no sentido de "não fazer". Corresponde à "boa fortuna" de Brás de "não comprar o pão com o suor"[37] do seu rosto,

35. Antonio Candido, "Esquema de Machado de Assis" [1968], *Vários Escritos*, 3. ed. rev. e ampl., São Paulo, Duas Cidades, 1995, p. 21.

36. Roberto Schwarz, "Saudação *Honoris Causa*", *Sequências Brasileiras: Ensaios*, São Paulo, Companhia das Letras, 1999, p. 9.

37. Machado de Assis, "Das Negativas", *Memórias Póstumas de Brás Cubas*, cap. CLX.

base de sua "desfaçatez de classe dominante". O "não fazer" e o decorrente "não ter rosto", a identidade volúvel, são sinais do não compromisso desse rentista com o que é alheio a seus interesses particulares. O "desfaçado" toma a pena da galhofa para assumir a impassibilidade da natureza ante o sofrimento humano, o que serve ideologicamente à indiferença pelos pobres. Em sua superioridade de rico, Brás Cubas abusa da crueldade para com os dependentes, os vencidos.

Ao mesmo tempo, em sua superioridade de morto, tem o artifício de ser impassível a qualquer dor (conforme o ensinamento objetivo das múmias de Leopardi) e indiferente quanto à própria imagem social, já que o "olhar da opinião [...] perde a virtude"[38] com a morte.

No entanto, a desfaçatez e a impassibilidade (etimologicamente, a falta de face e o não sofrer de Brás Cubas) são máscaras que escondem uma melancolia. Cumpre perceber, desde a autoironia de Brás frente aos vermes, que ele também sofre a impassibilidade da Natureza, dona da "desfaçatez" primeira, cuja figura escapa à compreensão humana:

[...] Tudo nessa figura [da Natureza] tinha a vastidão das formas selváticas, e tudo escapava à compreensão do olhar humano, porque os contornos perdiam-se no ambiente, e o que parecia espesso era muita vez diáfano.

[...]

Só então pude ver-lhe de perto o rosto, que era enorme. [...] a feição única, geral, completa, era a da impassibilidade egoísta [...]. Ao mesmo tempo, nesse rosto de expressão glacial, havia um ar de juventude, mescla de força e viço, diante do qual me sentia eu o mais débil e decrépito dos seres[39].

38. Machado de Assis, "Curto Mas Alegre", cap. XXIV.
39. Machado de Assis, "O Delírio", cap. VII.

Veja-se que, n' "O Delírio", também o último dos séculos futuros – que passam rapidamente aos olhos de Brás, vibrantes a princípio mas logo miseráveis – não tem rosto: "Redobrei de atenção; fitei a vista; ia enfim ver o último, – o último!; mas então já a rapidez da marcha era tal, que escapava a toda a compreensão; ao pé dela o relâmpago seria um século". Se o futuro não possui face, a consciência das limitações da ordem natural e social a um tempo traz sofrimento e pede a máscara da impassibilidade. Por isso, é melancólico e desfaçado o tom do capítulo "Das Negativas", de quem *não teve filhos, não transmitiu a nenhuma criatura o legado da nossa miséria*.

Para melhor compreender a melancolia da desfaçatez de Brás, convém lembrar ainda a angústia do vazio de Jacobina[40] quando abandonado pelo olhar alheio (da tia, dos escravos). Se a imagem esgarçada no espelho se recompôs quando o alferes vestiu a farda, a autoconsciência crítica de quem viu o vazio de seu rosto marcou-o como cáustico, casmurro. Tanto que, após narrar sua história de ascensão, Jacobina desce as escadas e desaparece. Já nas *Memórias Póstumas*, a desfaçatez sobressai, máscara da melancolia.

Desse modo, o único fazer de Brás Cubas foi o romance, quando defunto. Sua *construção* artística de aparência risonha e volúvel, *expressão* de uma subjetividade que oculta amargura, sensibiliza devido ao potencial crítico da *representação* da crueldade egoísta dos vencedores.

A combinação do desejo do escritor de ser impassível e venenoso ante os males da realidade – ou seja, *desfaçado* – com o desejo de expor a *face trágica* aí subjacente define o esforço de flexibilização próprio do *diplomata*. Traço do

40. Machado de Assis, "O Espelho. Esboço de uma Nova Teoria da Alma Humana", *Papéis Avulsos*, São Paulo, Jackson, 1957.

Conselheiro Aires, o olhar dividido entre as duas faces da moeda, a flexibilização – base do movimento de compreensão da realidade –, está na raiz da *diplomacia*: vem do francês *diplomatie*, a partir do adjetivo *diplomatique*, calcado no grego *díploma*, "objeto duplo", "tablete de papel dobrado em dois", em latim *diploma*, "papel dobrado".

II. A COMPAIXÃO HERMENÊUTICA EM AIRES: O ESPECTADOR DO SOFRIMENTO E DA NECESSIDADE EGOÍSTA

1. Feito Criança, Aires Queria Risonho o Casal de Velhos

Há no diário do Conselheiro uma passagem que me inspira um movimento de interpretação análogo ao que me suscitam as borboletas preta e azul: é a recordação de um encontro de Aires com crianças, esquecido na ordem da narrativa, contudo recontado por um seu sonho subsequente e iluminador do todo do *Memorial*.

Na tarde de 9 de setembro de 1888, Aires deparou na rua com sete crianças, que andavam em linha, "presas pelas mãos". Atraíram-no "a idade, o riso e a viveza" delas que, bastante graciosas e parecendo muito amigas, o fizeram "rir de gosto". Apesar da singeleza desse quadro, o próprio Aires sublinha que seria banal, não fosse a fala de uma menina: aponta-o para as demais crianças como o "moço" que ria para elas.

– Olha aquele moço que está rindo para nós.
Esta palavra me mostrou o que são olhos de crianças. A mim, com estes bigodes brancos e cabelos grisalhos, chamaram-me moço! Provavelmente dão este nome à estatura da pessoa, sem lhe pedir certidão de idade (9 de setembro de 1888).

Note-se a sutileza de Machado: desvela que o contentamento do Conselheiro não adveio meramente de ver-se jovem, mas de assim se descobrir ao partilhar do riso e do olhar da meninada.

No entanto, até a felicidade de Aires com as crianças sofre uma cisão: enquanto aquelas ainda riam, o Conselheiro vê outras que já trabalhavam, carregando o peso de cestas ou trouxas. "Algumas destas carregavam trouxas ou cestas, que lhes pesavam à cabeça ou às costas, começando a trabalhar, ao tempo em que as outras não acabavam ainda de rir".

Então, diante dos meninos que trabalham, a consciência da iniquidade social se expressa reverberando no sentimento de culpa de Aires. Ele se vê igualado às primeiras crianças, que o teriam chamado de "moço" exatamente porque, como elas, não trabalhou na meninice. A indagação do Conselheiro, concisa e contundente, flagra o penalizar-se de sua consciência, que faz esvair-se a sua alegria inicial da mocidade dividida com as crianças: "Dar-se-á que a não ter carregado nada na meninice devo eu o aspecto de 'moço' que as primeiras me acharam agora?"

Em seguida, Aires parece voltar atrás em sua culpa de não ter trabalhado na infância, entendendo que as crianças trabalhadoras também o veriam como moço, se houvesse sorrido para elas: embora conhecessem limites sociais, não conheciam limites de idade. "Não, não foi isso. A idade dá o mesmo aspecto às cousas; a infância vê naturalmente verde".

Entretanto, uma vez instalada em sua consciência, a culpa – por ter sido livre de carga na infância e agora por não ter sorrido para as crianças com carga – oscila entre mostrar-se e ocultar-se:

Também estas, se eu risse, achariam que "aquele moço ria para elas", mas eu ia sério, pensando, acaso doendo-me de as sentir cansadas; elas, não vendo que os meus cabelos brancos deviam ter-lhes o aspecto de pretos, não diziam cousa nenhuma, foram andando e eu também.

É notável a contradição do narrador entre apontar sua culpa de não ter sorrido para as crianças trabalhadoras e atribuí-la à seriedade de quem se compadeceu delas. A culpa a um tempo é redobrada e relativizada na expressão lapidar do diplomata: "mas eu ia sério, pensando, acaso doendo-me de as sentir cansadas". Num átimo, desafortunadamente, o mesmo ímpeto de simpatia de Aires pelos meninos pobres resultou no seu contrário: impediu-o de sorrir para eles. O ideal seria que, com o gesto único de rir, satisfizesse uma necessidade sua (de sua consciência social) e das crianças desamparadas.

Na sequência, ao voltar para casa, o Conselheiro encontra seu criado José à porta. E exatamente o gesto de ficar à porta de casa permite ao criado mostrar-se gentil com o patrão ("vim esperar Vossa Excelência cá embaixo") e, a um tempo, "distrair as pernas à rua, ou ver passar criadas vizinhas, também necessitadas de distração".

Veja-se como Machado de Assis tramou com primor essa passagem da história das crianças para a do criado. Revela que o difícil ideal é satisfazer-se uma necessidade pessoal (mascarada ou não) fazendo-a coincidir com uma necessidade alheia. Para agradar ao patrão e aos próprios desejos, José preferiu "mentir nobremente a confessar a verdade". Embora Aires o percebesse, foi dormir, visto que mentira ou verdade nesse caso de "distrair as pernas" seriam igualmente nobres.

Eis que Machado esboça o sonho do Conselheiro, borboleta azul: retoma a experiência de culpa vivida – a cisão com as crianças trabalhadoras devida à diferença social e de idade –, para superá-la por meio de uma imagem alusiva a uma comunhão dos homens, fugaz, eterna só enquanto arte.

Dormi pouco, uns vinte minutos, apenas o bastante para sonhar que todas as crianças deste mundo, com carga ou sem ela, faziam um grande círculo em volta de mim, e dançavam uma dança tão alegre que quase estourei de riso. Todas falavam "deste moço que ria tanto". Acordei com fome, lavei-me, vesti-me e vim primeiro escrever isto. Agora vou jantar. Depois, irei provavelmente ao Flamengo (9 de setembro, à tarde).

O sonho, natural apesar da hora estranha (antes do jantar), durante vinte minutos intensos ("o bastante") mas escassos ("pouco"), desnuda e dissolve a culpa social de Aires. No plano da realidade, ele foi "moço" ao rir para as crianças que não trabalhavam, e foi velho, maduro a ponto de compreender as diferenças e sentir culpa por não ter sorrido para as mais necessitadas. Já no sonho, a atitude do velho encontrou-se com a do moço: riu para "todas as crianças deste mundo, com carga ou sem ela" ("Todas falavam 'deste moço que ria tanto'"). Ele é o centro, rejuvenescido e feliz, em torno do qual todas, até as "com carga", dançam num círculo de plenitude. O pleonasmo ("dançavam uma dança") e a hipérbole ("tão alegre que quase estourei de riso") sinalizam a euforia de uma entrega à arte, capaz de, por instantes, superar limites sociais e de idade.

Assim, uma das vertentes de seu sonho fugaz é aplacar a dor da iniquidade social pelo riso partilhado com todas as crianças. A outra vertente do desejo, ser moço entre a meninada, é romper o limite de idade, combater a morte.

Mas repare-se que, mesmo no sonho, Machado não quebra o fundamento realista, antes conserva criticamente as duplicidades da vida. Sonhando, o Conselheiro encontra sua compensação individual ao sorrir também para as crianças trabalhadoras, e isso lhes atenua a carga, porém não elimina a desigualdade social. E até na fantasia, numa hipérbole dialética, a euforia da mocidade está ameaçada de acabar: "quase estourei de riso".

O fundamento realista de Machado comanda as ações das personagens, cujos resultados possuem gosto amargo. Foram movimentos naturais de Aires aderir à viveza das primeiras crianças, correspondendo-lhes ao riso, e fazer-se sério diante das segundas, cansadas, malgrado estas precisassem mais de seu sorriso. Apesar da nobreza de sua intenção de identificar--se com a dor destas, seu gesto (sério, porque compungido) teve efeito contrário (não partilhou riso com as crianças). Se nas *Memórias Póstumas* a inspiração no *Eclesiastes* era desfaçada ao tratar, por exemplo, da troca de "proteções" de Brás Cubas com dona Plácida ("o vício como estrume da virtude"), no *Memorial de Aires* o tom tende ao trágico: agora é a virtude que se decompõe em efeitos negativos.

Já se faz necessário delinear a ponte da história das crianças – as cheias de vivacidade e as abandonadas do riso –, para a dos adultos – o casal viçoso e o de velhos, por fim abandonados.

Logo na abertura do episódio com as crianças, Aires insinua, numa ironia que se deseja graciosa sendo amarga, o dilema do *Memorial*, entre o apegar-se dos Aguiar a filhos e o sentir-lhes a ausência: "Parece que a gente Aguiar me vai pegando o gosto de filhos, ou a saudade deles, que é expressão mais engraçada" (9 de setembro de 1888, à tarde).

O cerne do livro é o efeito terrível de abandono em que resultou a desmesurada afeição do casal Aguiar pelos "filhos postiços". A singeleza trágica advém de que, por mais que o narrador desvele interesses outros do casal jovem (cujo destino é Portugal), não nega a sinceridade de seu afeto pelos padrinhos. Até bons sentimentos podem redundar na desolação própria e alheia.

Por isso, o encontro e o sonho de Aires com as crianças valem por si e são simbólicos do todo do *Memorial*. Assim como ele foi sincero tanto no riso para as crianças vivazes quanto na simpatia, logo nostálgica, pelas abandonadas, Tristão e Fidélia eram verdadeiros tanto no projeto de viver o amor, e ele a carreira, em Portugal, quanto em seu afeto, por fim saudoso, pelos velhos. Mas como mensurar a sinceridade e a intensidade dos afetos, sujeitas as pessoas a múltiplos desejos, limitações e circunstâncias?

Dessa forma, uma face do "papel dobrado" do diplomata é o veneno, a negatividade de quem conhece a lei egoísta de conservação da vida, do interesse material: a viúva Fidélia casa-se novamente, e o marido Tristão quer ser deputado em Portugal, ou seja, a força do *viver* obriga ao abandono dos mortos e dos velhos. A outra face é o sonho de plenitude por meio da arte e dos afetos verdadeiros, o desejo vão de apaziguar as tensões, de eliminar os limites naturais e sociais[41]. A combinação dessas faces permite ao Conselheiro

---

41. Minha análise interpretativa enriqueceu-se sobretudo da leitura de três ensaios sobre o *Memorial*. "Um Aprendiz de Morto", de José Paulo Paes, é primoroso, na medida em que, ativando a força poética do romance (ao chamá-lo de "livro oblíquo e dissimulado", ao deter-se na cena do cemitério, ao iluminar os "nomes e sobrenomes" etc.), esclarece a dualidade de Aires entre os jovens e os velhos/mortos (*Gregos & Baianos*, São Paulo, Brasiliense, 1985). Nessa mesma linha, "Uma Figura Machadiana", de Alfredo Bosi, sobressai principalmente pela comparação da perspectiva de Brás Cubas com a do Conselheiro, pela análise estilística do olhar dúplice do diplomata, reveladora das ambiguidades de Fidélia e de Tristão, e pela sensibilidade às "formas de exceção" do diário – a memória, a música e o amor (*Machado de Assis: o Enigma do Olhar*). Destaco, do estudo de Luiz Costa Lima, "Sob a Face de um Bruxo", a percepção de que, no *Memorial*, a crueldade se aplaca em rela-

identificar-se compreensivamente com o casal de jovens e, ao mesmo tempo, compungir-se estoicamente do casal de velhos. Caracterizando o "veneno aguado"[42], igualmente letal, a projeção da segunda face sobre a primeira é o que faz trágico e doce o tom do *Memorial*. Essa definição da duplicidade de Aires como o diplomata aposentado que prolonga docemente as dores da vida surge também em *Esaú e Jacó*, na metáfora da *pílula*:

> Mas este Aires, – José da Costa Marcondes Aires, – tinha que nas controvérsias uma opinião dúbia ou média pode trazer a oportunidade de uma pílula, e compunha as suas de tal jeito, que o enfermo, se não sarava, não morria, e é o mais que fazem pílulas. Não lhe queiras mal por isso; *a droga amarga engole-se com açúcar*[43].

Por ora, enfatize-se o círculo de dança alegre do Conselheiro moço com as crianças: figura seu desejo pela comunhão entre os dois casais, eliminada a diferença de idade e, por conseguinte, a solidão derradeira de dona Carmo e Aguiar. Essa imagem da arte como plenitude de movimentos e graça – crianças risonhas dançando – lembra o "Elogio dos Pássaros"[44], de Leopardi. O poeta revela que os pássaros, semelhantes às crianças na agilidade e no ânimo, possuem a perfeição simultânea do canto e do voo, o que lhes permite proporcionar satisfação a todos os animais. O gorjeio é um

---

ção às personagens dos romances anteriores e importam antes os efeitos de *Humanitas*, que age também no terreno do amor (*Dispersa Demanda: Ensaios sobre Literatura e Teoria*, Rio de Janeiro, Francisco Alves, 1981).

42. Conforme se apontou, a expressão é de Augusto Meyer ("Relendo", *Machado de Assis*, 1935-1958, p. 23).

43. Machado de Assis, *Esaú e Jacó*, 2 vols., São Paulo, Clube do Livro, 1956, vol. I, p. 51 (*grifos meus*).

44. Giacomo Leopardi, "Elogio dos Pássaros", *Opúsculos Morais (Operette Morali)*, pp. 198-205.

riso, e participam os pássaros do "privilégio de rir", próprio dos homens, até dos infelizes.

2. Dona Carmo: a Natureza-Mãe; Sem Filhos
(O "Eclesiastes Moderno" de Aires)

A criação dessa personagem condensa todo o sentido artístico de "veneno aguado" do *Memorial*. Para além de reviver em arte Carolina, a companheira recém-falecida, a um tempo dona Carmo figura uma possibilidade de plenitude amorosa e a consciência de Machado sobre ser rara e finita essa plenitude. Todo o livro parece voltado para a construção dessa imagem de uma Natureza-mãe íntegra, despida da face inimiga d' "O Delírio" de Brás Cubas, mas cujo desdobramento é trágico: dona Carmo não tem filhos. Generosidade sem destino para renovar-se, imobiliza-se ao lado do marido, à espera da morte.

Cumpre atentar para o veneno com que Machado compõe a dor de dona Carmo[45]. Desde a cena no cemitério com Rita, o leitor segue Aires na aposta de que a viúva Fidélia se renderá a um novo amor. O Conselheiro, como se explicita na identificação com as crianças vivazes, conhece a força de atração da vida e, portanto, confia num casamento futuro de Fidélia. Nesse mesmo fio narrativo, o leitor acompanha, junto com Aires, o ideal de plenitude de dona Carmo, seu sonho de ver casados os "filhos postiços" e compartilhar de sua felicidade. Contudo, depois de postular em seu diário o casamento da viúva e sobretudo a euforia "familiar" que de-

---

45. "Graças à técnica progressiva do diário, disfarçando a onisciência do romancista, o narrador ignora em teoria o que se passará na entrada seguinte". Antonio Candido, "Música e Música" (*O Observador Literário*), em *Brigada Ligeira e Outros Escritos*, São Paulo, Editora da Universidade Estadual Paulista, 1992, p. 145.

correria de sua união com o outro afilhado do casal Aguiar, Aires sucumbe, ao lado dos velhos, à desolação final de ver os jovens casarem-se mas se mudarem para Portugal.

É aqui que pesa o diferencial do diplomata aposentado: tem distanciamento para, além de consolar o casal Aguiar, compreender a perspectiva dos jovens. Aires, que sempre apostou num novo casamento da viúva, entende a urgência de Fidélia e de Tristão para viverem seu amor e ele, sua carreira (no caso, fora do Brasil). Essa verdade tinha força para se sobrepor à outra, ao afeto, sincero, pelos velhos. Assim, o veneno de Machado assume lucidez trágica: intenta desmistificar para o leitor que até os gestos movidos por bons sentimentos, aparentemente harmoniosos, podem carregar aspectos negativos ou resultar em seu contrário. Esse o *Eclesiastes* moderno de Aires.

A 24 de agosto de 1888, o narrador Aires explicita a vontade de compor "outro *Eclesiastes*, à moderna", mesmo sabendo, com o próprio livro de Salomão, que "nada é novo debaixo do sol". Confirmou-lhe que tudo é fugaz, contraditório e vago no mundo a lágrima passageira que entreviu na pálpebra de Fidélia ao falarem da dissidência do pai e do marido morto.

Como sabe o leitor do *Memorial*, a vida de Fidélia marcou-se pela repetição da sequência entre uma escolha amorosa e o acarretar de tristeza própria e alheia. Contraditoriamente, sua vontade de viver redundava num círculo de sofrimentos (depois, ao menos para ela, atenuados). No primeiro casamento, sofreu em dobro, pois optou pelo amor ao noivo, desagradando ao pai, para em seguida enviuvar. No segundo casamento a força de viver a fez preferir o novo marido ao morto e aos pais postiços, o que implicou a dor destes e desvelou um aspecto vão do primeiro casamento e da dedicação dos padrinhos. Assim, provêm males aos justos e tudo é vanidade: bem o ensinam o *Eclesiastes* e a experiência de Fidélia e do casal Aguiar.

Diversamente do relativismo cínico de Brás Cubas, cujo critério é o egoísmo (e, por contraste, sensibiliza o leitor para as infelicidades de dona Plácida e Nhã-loló), o relativismo de Aires é trágico, por responder aos afetos. Dona Carmo e o marido são vencidos não no plano dos interesses econômicos (o que seria até lugar-comum) mas na esfera dos sentimentos, – e isso garante, apesar e por causa do sabor doce do *Memorial*, seu efeito terrivelmente amargo. O sabor doce, o afeto extremado do casal Aguiar, é a "água" que faz poderoso o "veneno", já que prolonga em ilusão a vida e acaba por antecipar a morte: dona Carmo e Aguiar se enganam de viver mais com os filhos postiços, para depois se imobilizarem como mortos, quando abandonados.

Então, a novidade do *Memorial* talvez seja nada mais que a ação do tempo sobre o *Brás Cubas*: a maturidade necessita e pode desdobrar a desfaçatez, desvendando-lhe, dentro da reserva diplomática, a melancolia. Junto com a face de lucidez de Aires, que lhe recomenda, na linha "Das Negativas" de Brás, distanciar-se do "gosto de filhos" dos Aguiar, expõe-se sua face amorosa e trágica, que não resiste à figura de dona Carmo. Ele se apega aos modos singelos da generosidade da mulher e por fim se identifica com seu sofrimento, de mãe sem filhos.

O congraçamento de Aires com a dança das crianças no sonho repete-se na arte com que faz viver dona Carmo. Se a natureza é "mãe e inimiga", significa um consolo a existência de uma pessoa como ela, a amiga natural, cuja "falta de justiça" consistia em perdoar a todos. Leiam-se estas passagens, de 23 de junho de 1888:

[...] ela [dona Carmo] sabe dar ao gesto e à palavra um afago *sem intenção*, verdadeiramente delicioso.

[...] esta senhora não conhece a língua do próprio louvor.

– [...] Você repare que tudo naquela senhora é bom, até a opinião, que nem sempre é justa, porque ela perdoa e desculpa a todos. [...] Dona Carmo não é capaz de criticar ninguém. Algum reparo que aceite é sempre explicando; quando menos, calando.

Machado soube criar com palavras uma personagem extremamente afável, com quem Aires estabelece uma dança de cortesias, plena de arte como a ciranda de riso das crianças. Veja-se como, num diálogo com dona Carmo, o diplomata acompanha-lhe a alma, numa valsa guiada pela admiração que essa mãe tão singela desperta:

[...] Tornamos à viúva, depois voltamos a Tristão, e ela só passou a terceiro assunto porque a cortesia o mandou; eu, porém, *para ir com a alma dela, guiei* a conversa novamente aos filhos postiços. Era o meu modo de ser cortês, com a boa senhora. Custa-me dizer que saí de lá encantado, mas saí, e mana Rita também (23 de junho de 1888). [*grifos meus*]

Embora desgoste a Aires confessá-lo, cativa-o o encanto daquela "boa senhora", sua arte de ter por assunto único o amor pelos filhos de criação.

Desse modo, no todo do diário, Aires revela como era raro o egoísmo de dona Carmo, cujo prazer seria tão só ter os afilhados unidos e ao pé de si. O Conselheiro se compadece desse egoísmo generoso que, não concretizado, se converteu em "ternura mórbida". Ao mesmo tempo, distancia-se da loucura desse amor materno tão entregue a si mesmo que não cuidou de seu traço postiço e frágil.

Ao cotejar a vida dos Aguiar com o teor das frases do filósofo Quincas Borba sobre os motivos da "alegria da vitória" segundo a teoria de *Humanitas*, vislumbra-se o caráter de exceção dos "pais postiços", e encara-se que o caminho deles era o abandono e o desconsolo:

> Daí a alegria da vitória, os hinos, aclamações, recompensas públicas e todos os demais efeitos das ações bélicas. Se a guerra não fosse isso, tais demonstrações não chegariam a dar-se, pelo *motivo real de que o homem só comemora e ama o que lhe é aprazível ou vantajoso*, e pelo *motivo racional de que nenhuma pessoa canoniza uma ação que virtualmente a destrói*. Ao vencido, ódio ou compaixão; ao vencedor, as batatas[46].

Porque desvinculada de vantagens econômicas, parece irreal a dedicação de dona Carmo e Aguiar aos afilhados. Ainda que lhes fosse aprazível essa relação, tanto não era racional "canonizarem" esse amor pelos filhos não naturais, que, por fim, ele os destruiu. Assim, em seu realismo desencantado, Machado tem consciência do traço de exceção dessas personagens: "De dona Carmo [Tristão] fala entusiasmado; diz que a afeição, o carinho, a bondade, tudo faz dela uma criatura particular e rara, por ser tudo de espécie também rara e particular" (19 de agosto de 1888). Sobretudo revela como a bondade dos velhos os levou ao sofrimento. Num encantamento que se deseja reservado, coloca-se ao lado dos vencidos, dos abandonados, o que faz do *Memorial* uma forma singular de oposição ao lugar-comum.

3. Tarde, É Abandono a Liberdade e a Euforia

Não se canoniza uma ação virtualmente negativa. Essa ideia de Quincas Borba talvez servisse para traduzir o porquê de Aires não ter comemorado a Lei Áurea. Com seu senso de equilíbrio, confessa em 13 de maio de 1888 que

---

46. Machado de Assis, *Quincas Borba*, cap. vi (*grifos meus*).

sentiu "grande prazer" ao saber da abolição da escravatura. Mas acrescenta que a índole e os costumes diplomáticos o obrigaram a recusar-se "com pena" a aderir à comemoração pública: não se entenderia se o fizesse.

Por um lado, a "alegria da vitória" pela abolição expressa o alívio da justiça. Por outro, alegria e vitória parecem não se coadunar com uma situação errada de saída, irreparável: o sufocamento do ser, a espoliação dos escravos e suas consequências – a violência, a desigualdade social, a educação precária que marcam o país de origem colonial. A atitude de aparente indiferença do diplomata, em que muitos críticos[47] veem o desejo real de Machado (embora em 1888 ele tenha participado da comemoração), corresponderia ao distanciamento de quem previa frágil a situação dos ex--escravos, abandonados num sistema de que só conheciam a exploração[48].

47. Colaboraram para minha análise alguns capítulos centrados no tema da escravidão em Machado de Assis: "Machado de Assis e a Abolição", de R. Magalhães Júnior (*Machado de Assis Desconhecido*, 3. ed., Rio de Janeiro, Civilização Brasileira, 1957), "Operários e Escravos: Hierarquia e Vingança", de Raymundo Faoro (*Machado de Assis: a Pirâmide e o Trapézio*, 4. ed. rev., São Paulo, Globo, 2001), "*Bons Dias! e Memorial de Aires*", de John Gledson (*Machado de Assis: Ficção e História*, tradução de Sônia Coutinho, 2. ed. rev., São Paulo, Paz e Terra, 2003), e "A Escravidão", de Brito Broca (*Machado de Assis e a Política Mais Outros Estudos*, São Paulo/Brasília, Polis/INL, Fundação Nacional Pró-Memória, 1983). Gostaria de destacar como Brito Broca apresenta objetivamente a contribuição de Machado para o tema: nos contos "Pai contra Mãe", "O Caso da Vara", "Mariana", no poema "Sabina", nas figuras de Prudêncio e Cotrim das *Memórias Póstumas*, no *Memorial de Aires* e em algumas crônicas.

48. Cf. *O Abolicionismo*, de Joaquim Nabuco: "[...] eu não acredito que a escravidão deixe de atuar, como até hoje, sobre o nosso país quando os escravos forem todos emancipados. A lista de subscrição, que resulta na soma necessária para a alforria de um escravo, dá um *cidadão* mais ao rol dos brasileiros; mas é preciso muito mais do que as esmolas dos compassivos, ou a generosidade do senhor, para fazer desse novo cidadão uma unidade, digna

Só na aparência Aires é indiferente à questão dos ex-escravos. Se, conforme a crítica já sublinhou[49], marca-o a ociosidade de um membro da classe dominante aposentado, é impossível esquecer sua carga de culpa ante as crianças trabalhadoras na cena analisada. Como se apreendeu do sonho de Aires, afligiam-no dois problemas: não só o desamparo da velhice (a condição humana), mas também o sofrimento dos meninos explorados (a iniquidade social). O fato é que o olhar crítico perante a questão histórico-social da escravidão, da exploração do trabalho alheio, está configurado no *Memorial* sutilmente, junto com a perspectiva desenganada ante o problema afetivo e existencial dos velhos.

"Não há alegria pública que valha uma boa alegria particular." Numa primeira leitura, essa frase sinaliza, com sua dose de sarcasmo, a prática humana de priorizar o interesse individual em detrimento do coletivo: mais do que a alforria dos escravos, causou euforia ao casal Aguiar a carta de Tristão, em que anunciava seu retorno, depois de longa ausência. Como numa aula de hermenêutica, do movimento entre aproximar-se e se distanciar do outro, Aires, junto com o olhar de sarcasmo, reconhece no prazer individual dos velhos a razão do egoísmo humano. Então, enfatiza apreciar-lhes a sinceridade e, finalmente, compraz-se da chegada da carta:

de concorrer, ainda mesmo infinitesimalmente, para a formação de uma nacionalidade americana. Da mesma forma com o senhor. [...] / Em um e outro caso, é preciso mais do que a cessação do sofrimento, ou da inflição do cativeiro, para converter o escravo e o senhor em homens animados do espírito de tolerância, de adesão aos princípios de justiça, [...]" (Joaquim Nabuco, *O Abolicionismo*, Rio de Janeiro/São Paulo, Nova Fronteira/Publifolha, 2000, p. 142).

49. Cf. Augusto Meyer, "O Romance Machadiano", *Textos Críticos*, seleção e introdução de João Alexandre Barbosa, São Paulo/Brasília, Perspectiva/INL, Fundação Nacional Pró-Memória, 1986, p. 336.

Compreendi. Eis aí como, no meio do prazer geral, pode aparecer um particular, e dominá-lo. Não me enfadei com isso; ao contrário, achei-lhes razão, e gostei de os ver sinceros. Por fim, estimei que a carta do filho postiço viesse após anos de silêncio pagar-lhes a tristeza que cá deixou. Era devida a carta; como a liberdade dos escravos, ainda que tardia, chegava bem (14 de maio, meia-noite).

No entanto, no comentário sobre a alegria oriunda da carta, alguns pormenores funcionam como uma ponta que, se desdobrada em relação ao todo do livro, ensina a difícil arte da interpretação – o relativizar de certezas.

A carta de Tristão se compara a uma carta de alforria, que "paga" a tristeza do casal: "como a liberdade dos escravos, ainda que tardia, chegava bem". A combinação do verbo *pagar*, da ordem dos interesses materiais, com o substantivo abstrato *tristeza*, alusivo ao sofrimento que não se apaga ("a tristeza que cá deixou"), e a referência ao caráter tardio, embora necessário, da Lei Áurea, sugerem dois fatos em que a compensação não supre o mal de origem.

No todo do livro, a volta de Tristão e seu casamento com Fidélia, a princípio plenos de euforia para o casal Aguiar, terminam por causar-lhes desolação, desnudando a base postiça daquela relação familiar. Cabe ao leitor apreender, a partir do olhar crítico de Machado, a recusa a enganar-se com euforias assentadas em base postiça, cujo fim só pode ser o desalento. Então, é necessário projetar esse movimento experienciado pelos protagonistas do *Memorial* para o problema da abolição da escravatura. Se a tristeza de dona Carmo e Aguiar por não terem filhos apenas provisoriamente foi compensada pelos adotivos mas acirrou-se mais tarde em seu abandono, também contra o mal da escravidão não bastava a tardia Lei Áurea, que de maneira geral resultou no abandono dos libertos.

Dessa forma, assumindo um sentido de moderação próprio do *Eclesiastes* e uma perspectiva histórica crítica, mesmo desenganada, Machado revela como a euforia da vida em liberdade – dos pais adotivos, dos escravos, no paralelo histórico, e dos jovens apaixonados, virtualmente – é uma situação postiça e finita, se não nos planos afetivo ou social, no da condição humana. Portanto, entendo que a composição do *Memorial*, preocupada com os efeitos das ações (até à primeira vista boas) sobre os vencidos, configura, juntos, a derrota do afeto dos velhos e o malogro da liberdade dos escravos. Tal *construção* artística sobressai porque, a um tempo, cria consciência crítica – por meio da *representação* do egoísmo da sociedade (os jovens que deixam os velhos / a sociedade desigual fundada na escravidão) – e comove, graças à *expressão*, moderada, de angústia em relação aos abandonados.

Em algumas passagens, a crítica ao sistema escravista é mais direta, porém ela sempre permeia o enredo, não só por ser a personagem Fidélia dona de fazenda e de escravos, mas sobretudo por causa do paralelo, já explicitado, entre a situação dos velhos e a dos escravos (passam todos da alegria fugaz para o abandono).

É notável a ironia crítica de Machado à instituição escravista quando expõe a revolta de um proprietário ante a perspectiva da abolição. O barão de Santa-Pia, pai de Fidélia, resolve antecipar-se (a 10 de abril) ao governo e alforriar seus escravos: ostentando-se poderoso, quer provar que é uma "espoliação" o governo intervir no direito de propriedade. De fato, a lei estava com o proprietário, contudo o uso da palavra *espoliação* em seu discurso de vítima desmascara ironicamente a ilegitimidade ética de sua posição: "– Quero deixar provado que julgo o ato do governo uma espoliação, por intervir no exercício de um direito que só pertence ao proprietário, e do qual uso com perda minha, porque assim o quero e posso" (10 de abril de 1888).

Evocam-se inevitavelmente aqui algumas crônicas de 1888 de "Bons Dias!" Na de 11 de maio, remexendo "o mais íntimo das consciências", Machado se utiliza de uma estratégia semelhante à de *Brás Cubas*: adota o raciocínio do vencedor para denunciar a opressão dos vencidos. Embora afirme gostar da liberdade, de início defende, por legítimo, o "princípio da propriedade". No passo seguinte, observando que escravos fugidos eram contratados por outros fazendeiros, desnuda como o direito de propriedade sobre os escravos não tinha força legítima, sequer para os fazendeiros, tão só para os vencedores dentre eles. De todo modo, se a lei não impedia que se roubassem escravos alheios, eles continuariam os explorados, antes como escravos, agora como alugados. A ironia machadiana em relação à luta egoísta entre os proprietários indica-o a favor do "liberalismo democrático"[50] mas descrente de mudanças capazes de afetar a ordem de vencedores e vencidos.

Quem os contratou? Quem é que foi a Ouro Preto contratar com esses escravos fugidos aos fazendeiros A, B, C? Foram os fazendeiros D, E, F. Estes é que saíram a contratar com aqueles escravos de outros colegas, e os levaram consigo para as suas roças.

Não quis saber mais nada; desde que os interessados rompiam assim a solidariedade do direito comum, é que a questão passava a

50. É o "novo liberalismo", na expressão de Joaquim Nabuco: iniciado em 1868, queria reformas amplas, por oposição ao "liberalismo oligárquico", escravocrata e conservador. Acompanhou-se do evolucionismo (Spencer) e do positivismo (Comte), os quais, no entanto, Machado recusava. Cf. Alfredo Bosi, "A Escravidão entre Dois Liberalismos", *Dialética da Colonização*, 2. ed., São Paulo, Companhia das Letras, 1992.

ser de simples luta pela vida, e eu, em todas as lutas, estou sempre do lado do vencedor[51].

Na continuação dessa crônica, ao conjecturar o absurdo de que Clapp, o presidente da Confederação Abolicionista, resgatasse os escravos fugidos para seus donos, Machado denuncia a verdadeira condição deles: deixariam de ser propriedade com a abolição, mas ficariam desamparados no mercado de trabalho. No final do texto, com a contradição de desejar a democracia porém não confiar na evolução social, sugere que, como a abolição, também a República não alterará o domínio oligárquico da sociedade brasileira.

Mais conhecida é a crônica de 19 de maio, sobre o escravo Pancrácio. O cronista assume a voz de um proprietário que, antecipando-se ao 13 de maio como o pai de Fidélia, liberta um escravo e ainda oferece um jantar aos amigos. Expressão da descrença de Machado quanto ao caráter ilusório do progresso[52] que acompanhava a abolição e a República, a li-

---

51. Machado de Assis, "Bons Dias!" [11 de maio], *Obra Completa*, vol. iii (Poesia, Crônica, Crítica, Miscelânea e Epistolário), organizada por Afrânio Coutinho, Rio de Janeiro, Aguilar, 1962, p. 489.

52. Embora longa, a citação é esclarecedora: "A juventude de Machado decorre numa época em que o país vivia a fase final de uma decadência secular marcada por um imobilismo social cimentado na escravidão. Essa fase é seguida por outra de grandes transformações cujo sentido, na época, não deveria ser fácil captar. O observador corrente se inebriava com o 'progresso' que não era mais do que o transplante superficial de uma civilização material cujo embasamento tecnológico não existia entre nós. Cabe formular a hipótese de que Machado, com sua agudeza telescópica para perscrutar o futuro, percebeu a fragilidade do progresso que se exaltava em sua época. Como não encontrou um horizonte utópico em que refugiar-se, deslizou para um amargo ceticismo. Sua obra continua a ser atual porque o quadro de perplexidade que ele esboçou ainda é o retrato fiel da alma do brasileiro" (Celso Furtado, "Machado de Assis: Contexto Histórico", *O Longo Amanhecer: Reflexões sobre a Formação do Brasil*, Rio de Janeiro, Paz e Terra, 1999, p. 109).

bertação do moleque Pancrácio rende, a este, um ordenado baixo e agressões físicas alegremente aceitos e, ao proprietário, "libertador admirável", uma candidatura a deputado.

Voltando à análise da abolição no *Memorial*, o paralelo entre o cativeiro dos pais adotivos e o dos africanos (cativeiros que resultam em futuro abandono) insinua-se no momento em que os libertos da fazenda desejam permanecer ao lado de Fidélia. Astuciosamente, Machado chama a formosura da moça de "outro cativeiro", do qual não há carta ou lei que liberte: assim como o casal Aguiar sucumbe ao "dom de cativar" da moça até o desamparo da separação, o caminho dos escravos é perderem-se sem a proteção dela. A consciência histórica crítica de Machado desvela ter sido um problema para os escravos livres garantirem seu sustento e atenderem à necessidade de trabalhar:

> [...] Parece que os libertos vão ficar tristes; sabendo que ela [Fidélia] transfere a fazenda pediram-lhe que não, que a não vendesse, ou que os trouxesse a todos consigo. Eis aí o que é ser formosa e ter o dom de cativar. Desse outro cativeiro não há cartas nem leis que libertem; são vínculos perpétuos e divinos. Tinha graça vê-la chegar à Corte com os libertos atrás de si, e para quê, e como sustentá-los? Custou-lhe muito fazer entender aos pobres sujeitos que eles precisam trabalhar, e aqui não teria onde os empregar logo (10 de agosto de 1888).

Por mais que o diplomata declare desinteresse pela fazenda e seus escravos, a preocupação tão só com sua dona se acompanha inevitavelmente das questões políticas e econômicas. Um passo a mais e se percebe que a política lhe inspira desconfiança e leva ao mesmo desengano dos velhos a que assiste, com a diferença de agradar-lhe ser espectador de figuras como Fidélia, Tristão e os Aguiar. Parece inverossímil que Fidélia entregue a fazenda aos escravos, já que eles preferiram conservar a enxada por amor a ela. Mas esse fato permite ao romancista sinalizar sua consciência crítica quanto à situação dos escravos antes e depois da abolição e, a um tempo, compor a ambiguidade do casal de jovens, base da tragédia singular do casal de velhos.

Nos dias 15 e 28 de abril de 1889, Aires questiona se os libertos conseguirão lidar com a "responsabilidade nova ou primeira" de administrar a fazenda e fazer a "obra comum". Sua incerteza, quase uma negativa, relativizando amargamente a euforia da fazenda concedida e, assim, também a de 13 de maio, assinala a dificuldade de superar-se o passado de escravidão[53].

Quanto ao casal de jovens, despertam a afeição de Aires, em que pese certa desconfiança: o comportamento de Fidélia ao dar a fazenda aos libertos é admirável, apesar e por causa de seu substrato realista, feito de contradições. A ação generosa explica-se: Tristão desejava eliminar suspeitas de um casamento por interesse, e ambos eram capazes de renunciar ao valor da fazenda, até porque possuíam bastan-

---

53. Confiram-se as seções "Os Antigos Senhores" e "Os Antigos Escravos" da *Pequena História da República*, de Graciliano Ramos. Nelas, o escritor apresenta a situação de desamparo em que ficaram antigos senhores e ex-escravos após a Abolição. Depois de ganhar o mundo, a "preta velha" retornou arrependida, mas encontrou mudanças: "os brancos arriados, murchos, bambos; as plantações murchas, bambas, arriadas; a fazenda quase deserta. A autoridade soberba do patriarca encolhera. [...] Pobreza, devastação, indícios de miséria". Graciliano desnuda a miséria da sociedade brasileira, que, constituída sobre as iniquidades da base escravocrata, não ofereceu aos ex-escravos condições para se manterem: "A alegria tumultuosa dos negros foi substituída por uma vaga inquietação. Escravos, tinham a certeza de que não lhes faltaria um pedaço de bacalhau, uma esteira na senzala e a roupa de baeta com que se vestiam; livres, necessitavam prover-se dessas coisas – e não se achavam aptos para obtê-las" (Graciliano Ramos, "Pequena História da República [1940]", *Alexandre e Outros Heróis*, 3. ed., São Paulo, Martins, [1962] 1966).

te dinheiro. Aí reside o realismo trágico do *Memorial*, com seu sabor de *Eclesiastes*: também ações de afeto, a princípio benéficas – como o casamento não movido por interesses materiais (impulsionado pelo amor entre os noivos e pelo carinho aos mesmos pais postiços) e a doação da fazenda aos ex-escravos –, podem ter resultados ruins, como o abandono destes e dos velhos.

Nesse sentido, entendo que a complexidade do *Memorial* advém de Tristão e Fidélia não serem meros interesseiros. Não concebo que "uma herança de duzentos contos" seja o centro da narrativa, segundo indica Augusto Meyer retomando Alcides Maya[54]. Inegavelmente, os jovens têm interesses materiais, tanto que Tristão prioriza a carreira política em Portugal. Mas eles deixam para trás também a fazenda, não só os velhos, e o narrador reitera que eram ricos e que era verdadeiro seu padecimento por se separarem dos pais adotivos.

Se os moços omitem que a política os deterá em Portugal, essa omissão surge como uma "mentira nobre", pois tentaram, sem êxito, levar os Aguiar a bordo. Fidélia ficou "sinceramente desconsolada" e, na despedida, ia "realmente triste". É certo que, no que tange a Tristão, Aires continuamente cultiva e dissipa a ambiguidade entre interesseiro e afetuoso. O diplomata equilibra-se em destinar ao rapaz "um pouco de fel" e "um pouco de justiça": compreende seu desejo de poder, a política como sua "grande necessidade", e lhe entrevê "um coração bom" (19 de agosto de 1888). Na estratégia narrativa do *Memorial*, muito do veneno do Conselheiro é emprestado de Cesária, uma conhecida que atribuía a Tristão uma "afeição de interesse". E Aires se delicia com esse fel,

---

54. Augusto Meyer, *Machado de Assis*, 1935-1958, p. 116; Alcides Maya, *Machado de Assis. Algumas Notas sobre o "Humour"*, p. 87.

não lhe escapando que o alvo de Cesária era Fidélia: "Preterida pela política ou preferida pelo dinheiro, tudo é diminuir a outra dama" (13 de janeiro de 1889).

Assim, garantindo a riqueza da composição de Tristão e de Fidélia, uma sombra da esfera dos interesses incide sobre a esfera dos afetos e se atenua pela compreensão de Aires, de que os jovens obedeciam à necessidade egoísta de viver. A escolha por doarem a fazenda e viajarem a Portugal respondia à sinceridade de seu amor, a despeito de sofrerem também por abandonar os pais adotivos. Ao mesmo tempo, tal opção possibilita apreender-se a crítica e o desencanto de Machado em relação à ordem de injustiças da sociedade, e, especificamente, da sociedade brasileira de origem colonial (mesmo com a abolição, tardia). Ironia amarga, o Brasil tem de ser deixado e o destino é Portugal, país a partir do qual se iniciaram os problemas daqui.

Desse modo, amadurecimento da obra anterior de Machado, agitada por desvelar o móvel egoísta das ações, o *Memorial*, de forma realista, crítica e trágica, erige personagens como Fidélia e Tristão, em que se relativiza o automatismo egoísta, e figuras que até o dispensam, como Carmo e Aguiar. Conforme se percebe no emprego do adjetivo *rara*, muito repetido para dona Carmo, sua bondade e seu privilegiar o mundo dos afetos não têm lugar na realidade e morrem, porque sozinhos, por antecipação. Diante da ordem do mundo, dos interesses egoístas, Aguiar e dona Carmo representam exatamente a raridade dos afetos despidos de interesse material, abandonados porque exceção.

4. *"Um Sonho e Outro Sonho": Origens de Fidélia*

Com um componente de incompreensível, de ambiguidade insolúvel, o drama do *Memorial* decorre de que os jovens seguem sua necessidade/interesse egoísta de ir para Portugal, apesar de provocarem a desolação dos pais postiços, por quem verdadeiramente sentem afeto, segundo Aires. Pode o leitor julgar ingratos Tristão e Fidélia, conjecturar que gostaria de vê-los mais atenciosos e flexíveis para com os velhos, ou entender como é poderosa a força da vida, dos sonhos da juventude.

Considerando a duplicidade entre fidelidade à vida e ingratidão, seria interessante pensar num percurso que vai da criação, por Machado, da Genoveva de "Noite de Almirante" (1884, publicação de *Histórias Sem Data*) à Genoveva de "Um Sonho e Outro Sonho" (1892, *A Estação*; 1906, *Relíquias de Casa Velha*)[55], tendo como passo seguinte Fidélia.

Quanto à primeira Genoveva, a verdade do juramento de fidelidade ao marinheiro Deolindo, ainda que sincera no passado, converte-se em mentira, do ponto de vista do homem traído. Ele a acusa de "ingratidão e perjúrio", causando pasmo a Genoveva. Conforme o narrador, ela era "próxima da natureza", sendo-lhe verdade mais imperiosa o egoísmo de viver: substituiu o marujo ausente pelo mascate, porque estava sozinha e necessitava amar e sentir-se protegida. Na leitura de Alfredo Bosi, como Genoveva já mentira o suficiente ao trair o juramento e unir-se ao mascate, "alternativa

---

55. Machado de Assis, "Noite de Almirante", *Histórias Sem Data*, São Paulo, Jackson, 1957, pp. 229-242. Machado de Assis, "Um Sonho e Outro Sonho", *Relíquias de Casa Velha*, 1º vol., São Paulo, Jackson, 1955, pp. 301-322. Vale pensar também na construção machadiana de personagens viúvas, com destaque para Emília e seu desejo de viver. Ela se casa com Tito, um antecessor de Aires, mas correspondido, que se dizia incapaz de amar e desconfiado da fidelidade. Cf. Machado de Assis, "Linha Reta e Linha Curva", *Contos Fluminenses* (1870), baseado na sua comédia *As Forcas Caudinas* (1865).

mais rendosa"[56], pode sustentar sua verdade diante de Deolindo. Assim, resta ao leitor dividir-se entre julgá-la ingrata e interesseira ou compreender suas necessidades e até interesses egoístas, de todo modo percebendo como é difícil a "fiança recíproca"[57].

Se em "Noite de Almirante", ausente o marinheiro, o amor/a necessidade/o interesse material empurram Genoveva para o mascate, em "Um Sonho e Outro Sonho" está em jogo tão só o amor, mas o amado ausente é um morto: a segunda Genoveva é uma viúva rica. Como Fidélia, a princípio resiste ao segundo amor e, dada a ironia que recai sobre os componentes romanescos e fantasiosos do conto, de certa forma permanece fiel ao morto quando decide casar-se de novo. Anunciando um dos elementos do *Memorial*, o cerne do conto é a dúvida sobre a possibilidade de a viúva jovem entregar-se a um novo amor. A estratégia narrativa é, por meio de sonhos que são antes pesadelos, ironizar a crença em fantasias e duvidar da fidelidade a um morto, de forma a apontar a força da vida e da realidade.

Note-se como Machado faz a astúcia do pretendente começar a dissuadir Genoveva da viuvez. Bacharel como o marido morto, Oliveira venceu facilmente uma demanda para a mãe da moça e, encantado pela viúva, não o demonstrou de saída como faziam outros homens. As famílias de Genoveva e Oliveira passaram a frequentar-se, numa simetria de afetos ressaltada pelo narrador (que aqui parece prenunciar Aires). Tornando-se amigos, um dia o rapaz afirmou para a moça que, se fosse casado e enviuvasse, iria para um convento. Isso a perturbou intensamente: ele a censurava ou, ao con-

---

56. Alfredo Bosi, "A Máscara e a Fenda", *Machado de Assis: o Enigma do Olhar*, São Paulo, Ática, 1999, p. 115.
57. Machado de Assis, "Noite de Almirante", *Histórias Sem Data*, p. 232.

trário, queria insinuar-lhe que não a desejava recolhida num mosteiro? E por que se confessava capaz de amar a ponto de fugir ao mundo se perdesse a mulher? Repare-se com que sutileza Machado tece não só o ardil do homem apaixonado, como também o mecanismo psicológico da viúva que se descobre apaixonada e resiste a aceitá-lo.

Eis que, aturdida, começando a amar Oliveira, Genoveva tem um "sonho extraordinário": surge-lhe Nhonhô, o finado marido, e, acusando-a de amar a outro, cobra-lhe um juramento de amor e fidelidade. Ele o obtém e inicia então uma "valsa lúgubre" com a viúva. Embora ela jure no sonho amar o morto, as palavras que ironicamente Machado atribui a este já sinalizam a precariedade dessa jura: o finado diz que a mulher lhe perturbou "a vida da morte" e questiona se ela ainda o ama, "apesar de morto, esquecido dos homens, hóspede dos vermes". De fato, como queria e pensava Oliveira, a atração da vida seria mais forte. Seus modos respeitosos para com a viúva e uma declaração de que jamais se casaria intentavam provocar Genoveva a desmenti-lo. E esse plano de conquista termina em êxito: Oliveira pede Genoveva em casamento e é aceito.

Machado é magistral ao desvelar como os sonhos expressavam os temores da mulher e, por contraste, seus desejos. Ela receava dormir, pois poderia sonhar novamente com o finado e desistir do novo amor. E é exatamente esse o sentido do segundo sonho: condenada como traidora, Genoveva vai para o inferno, tendo Oliveira por carrasco, e Nhonhô lhe profetiza a morte se ela se casar. No entanto, passado o susto, o desejo de viver impele a viúva a espantar, por tolos, os receios: "São sonhos!"

Ao final, a concisão do escritor ("Casou e não morreu") reata uma ironia lançada no início do conto. Ao optar pelo novo amor, Genoveva obedeceu antes ao amor que teve na realidade por Nhonhô do que aos sonhos com o finado. O primeiro casamento fora romanesco: os noivos apreciavam a mesma linha de um romance, eram muito apaixonados e Nhonhô escrevera aos vinte anos *A Bela do Sepulcro*. O narrador é implacável com esse romance, qualificando-o como "ilegível" e "pecado literário". Afirma que Genoveva o lera mais de vinte vezes, editara-o e o distribuíra aos parentes e amigos quando da morte do marido. E, na ironia de Machado ao romanesco e ao fantasioso, a decisão da viúva em casar-se e viver parece seguir, por oposição, o romance escrito por Nhonhô. A heroína de *A Bela do Sepulcro* era uma viúva que, apaixonando-se por um viúvo no cemitério em que visitavam os cônjuges, recusou seu pedido de casamento e morreu oito dias depois.

Assim, quanto à segunda Genoveva, caminho para Fidélia, a traição é imaginária, porque fere um juramento feito a um morto e em sonho. O que impele a moça ao segundo casamento é o sentimento amoroso e a fidelidade à vida. Nesse mesmo sentido, a verdade do romance escrito pelo marido morto tem maior força de persuasão sobre ela do que a ameaça feita no segundo sonho.

Dessa forma, preparando o *Memorial*, o quadro de ambos os contos é a traição ao passado/aos ausentes/aos mortos compreendida como priorização do apego à vida, sendo que, na passagem de um para o outro conto, importa a escolha pelo amor e se esfuma a questão do interesse material. Como no diário de Aires, a arte desses contos vem do drama que é conciliar *um sonho* – a fidelidade ao passado, ao morto – e *outro sonho* – o desejo de viver, contra a ameaça da morte.

Esse dilema entre o desejo de viver e a ingratidão é marcante na obra de Machado de Assis, conforme ensinou Lúcia Miguel Pereira[58]. Estudando argutamente os romances da primeira fase, Lúcia revelou como o escritor projetou nas figuras femininas o drama entre a ambição e a ingratidão, o qual ele teria vivido em sua ascensão social: segundo uma versão contada por Coelho Neto e divulgada por Francisca Cordeiro, Machado se atormentava porque, ao casar-se com Carolina e dedicar-se à carreira literária, havia deixado de lado a madrasta Maria Inês. Eis que a figura de Fidélia – filha que ama e sofre ("definha"), num contexto em que avulta a generosidade de dona Carmo, a Natureza-mãe amiga – pode ser lida como a resolução, por meio da arte, da dor de consciência de Machado.

É pura arte a forma como Machado, depois de insistir na fidelidade da viúva ao Noronha, apresenta o novo amor da moça como continuidade natural do primeiro:

> [...] Tudo poderia existir na mesma pessoa, sem hipocrisia da viúva nem infidelidade da próxima esposa. Era o acordo ou o contraste do indivíduo e da espécie. A recordação do finado vive nela, sem embargo da ação do pretendente; vive com todas as doçuras e melancolias antigas, com o segredo das estreias de um coração que aprendeu na escola do morto. Mas o gênio da espécie faz reviver o extinto em outra forma, e aqui lho dá, aqui lho entrega e recomenda. Enquanto pôde fugir, fugiu-lhe, como escrevi há dias, e agora o repito, para me não esquecer nunca (9 de janeiro de 1889).

Ainda que haja aí uma ponta de fel, Aires afirma crer nas afeições de Fidélia e "crer que as duas formam uma só, continuada" (8 de abril de 1889). É o impulso de amar, próprio à espécie, que faz a moça preferir, ao morto e ao casal de

---

58. Cf. Lúcia Miguel Pereira, *Machado de Assis. Estudo Crítico e Biográfico*, 5. ed., Rio de Janeiro, José Olympio, 1955, em especial os capítulos II – "O Moleque", VII –"Carolina" e XI –"Confissões".

velhos, o jovem namorado e, depois, a viagem para Lisboa. Dessa maneira, na visão do Conselheiro, relativiza-se até praticamente desaparecer a ideia de uma traição de Fidélia: ela era igualmente verdadeira no amor ao primeiro marido, aos pais postiços e a Tristão, contudo a necessidade de viver a levou a optar por este.

Também Tristão não é simplesmente um interesseiro e traidor: à parte alguma desconfiança, Aires vê com simpatia sua dedicação apaixonada ao amor e à política. Por oposição a Brás Cubas, que, tratando futilmente a vida amorosa e a carreira política, termina em "absoluta desilusão"[59], Machado parece projetar no escolhido de Fidélia uma justa felicidade nessas duas áreas. Já se vê que o contraponto relativizador dessa projeção é o infortúnio dos Aguiar.

Junto com o insinuar e atenuar da ingratidão dos jovens, a solução artística do *Memorial* se completa ao erigir a imagem do afeto e do abandono dos pais adotivos. Embora o diplomata, atraído por Fidélia, cite o verso de Shelley "*I can give not what men call love*" dizendo-se incapaz de amar, o diário é, nas palavras de Lúcia Miguel Pereira, um "poema de amor conjugal"[60]. Nesse sentido, como os olhos de Fidélia, "juntamente lindos e graves", responderam à força da vida sofrendo pelos abandonados, a beleza e a gravidade da arte de Machado transmitem-se aos olhos do leitor.

Ao saberem-se definitivamente "órfãos" dos filhos, dona Carmo e Aguiar "olhavam para lá, para longe, para onde se perde a vida presente, e tudo se esvai depressa" (29 de agosto de 1889). O diplomata encontra a justa medida de expressar

---

59. Cf. Brito Broca, "O Desencanto", *Machado de Assis e a Política Mais Outros Estudos*, p. 39.

60. Lúcia Miguel Pereira, *Machado de Assis. Estudo Crítico e Biográfico*, p. 259.

um conteúdo e causar comoção: o horizonte que os velhos miravam era exatamente o "onde se perde a vida presente", ou seja, viam na distância dos filhos a própria morte. Conforme Aires, "os velhos ainda vão mais depressa que os mortos" (30 de agosto de 1889), já que a lei da vida, dos jovens apaixonados, era deixar de lado o finado marido e os padrinhos. Mas é ele também quem ressaltara o vínculo do amor dos moços com a música, que tem a "vantagem grande" de "falar a mortos e ausentes" (*Sem data*). Ora, para suprir a solidão, dona Carmo e Aguiar tinham um ao outro: apesar da afeição pelos filhos, o amor ao marido impediu-a de acompanhá-los na viagem, porque não podia afastar-se de Aguiar, gerente de banco. O amor, a música e também a literatura, sobretudo quando plena de sentido hermenêutico tal qual o *Memorial*, a um tempo revelam e eliminam as distâncias, os limites, preenchendo-os.

Assim, retomando aqui Lúcia Miguel Pereira: desde as primeiras projeções do drama entre gratidão e ambição, até a "cruel lucidez" de Brás Cubas e, finalmente, a mais branda "lucidez de espectador" de Aires, a opção única para Machado reagir aos limites foi, ao lado de Carolina, a fidelidade à literatura, a "grande razão de sua vida"[61].

5. A Fortuna do Memorial: as Saudades de Nós Mesmos

A passagem do tempo desde a primeira versão deste ensaio, que saiu no volume da revista *Teresa* dedicado ao autor de *Quincas Borba*, incluiu a organização, com Hélio de Seixas Guimarães, dos dois volumes de *Escritor por Escritor: Machado de Assis Segundo Seus Pares (1908-1939; 1939-*

61. *Idem*, p. 267.

-2008)[62]. Assim, mesmo circunscritos às limitações do tempo presente, fizeram-se necessárias alterações no texto e um novo olhar para a fortuna crítica do *Memorial de Aires*. Além da contribuição aqui evocada de estudos essenciais, como os de Augusto Meyer (reunidos em *Machado de Assis, 1935-1958*), José Paulo Paes ("Um Aprendiz de Morto") e Alfredo Bosi ("Uma Figura Machadiana"), ora se esboçam diálogos entre escritores/críticos da época de Machado e posteriores, até contemporâneos nossos.

À releitura do *Memorial*, chamou-me a atenção um comentário de Aires, de 5 de julho de 1888, a respeito da introdução e da acolhida certa, no país, do jogo de pôquer. Embora o Conselheiro se afastasse desse jogo, preferindo a ele a língua afiada de dona Cesária, os fatos e mecanismos da sociedade sobre os quais o diplomata se debruça falam dos sentidos do pôquer e do blefe, comparado por Aires com o conto do vigário (de *vicarium*, o que faz as vezes de outro, substituto): basta recordar, entre valores reais e supostos, a aposta no novo casamento da viúva, as apostas dos fazendeiros diante da abolição da escravatura, a aposta afetiva do casal Aguiar nos filhos postiços. Tal a pertinência do pôquer como alusão ao jogo de aparências, disfarces e logros movidos por interesses financeiros da vida social, sua naturalização na realidade brasileira é representada também no romance de estreia de Graciliano Ramos, *Caetés*, de 1933, em que se diz: "O *bluff* é uma grande instituição".

O costume de Machado de Assis de ir com Carolina, pontualmente às oito horas, aos serões de jogos de cartas e tabuleiro em casa do barão Rodolfo Smith Vasconcelos, vizinho e

---

62. Hélio de Seixas Guimarães & Ieda Lebensztayn (orgs.), *Escritor por Escritor: Machado de Assis Segundo Seus Pares* (1908-1939; 1939-2008), São Paulo, Imprensa Oficial do Estado de São Paulo, 2019, 2 vols.

amigo cuja sogra se tornaria cunhada de Carolina, é reportado pelo poeta Thiago de Mello em *O Cruzeiro*, a 4 de outubro de 1958. Ele conta que o escritor a princípio jogava copas, sete e meio ou *nain-jaune* com umas tias solteironas e com as crianças, inclusive com o afilhado Jaime, que viria a ser barão de Vasconcelos e seu médico até a morte. Na sequência, vinha uma partida de xadrez ou gamão muito disputada; certa vez, instando o barão para que o inteligente adversário jogasse depressa, eis a resposta de Machado, que nos faz rir: "Que culpa tenho eu de ter a compreensão lenta!"[63]

Num ensaio recente, "A Expressão Sem Nome", Humberto Brito[64], professor da Universidade Nova de Lisboa, analisa, com base na imagem do pôquer no *Memorial*, a distinção entre sentimento e expressão, apreendendo a teatralidade de Cesária, a circunspeção de Fidélia e a diplomacia do Conselheiro. E, interessado nas simetrias machadianas, destaca, como também se analisou aqui, a analogia entre a emancipação dos filhos postiços e a dos escravos, e a consequente assimetria, os dramas do abandono, tanto do casal Aguiar como dos libertos.

Igualmente se aproximam estes movimentos ambíguos de Aires, no plano dos afetos pessoais e no da consciência social: a atração e o distanciamento em relação a Fidélia, o desejo e a recusa quanto a participar das comemorações do Treze de Maio. É o que apontam Abel Barros Baptista e Clara

---

63. Thiago de Mello, "Machado de Assis", *O Cruzeiro*, Rio de Janeiro, 4 out. 1958, em Hélio de Seixas Guimarães & Ieda Lebensztayn (orgs.), *Escritor por Escritor: Machado de Assis Segundo Seus Pares* (1939-2008), vol. 2, pp. 275-287.

64. Humberto Brito, "A Expressão Sem Nome", em Abel Barros Baptista, Clara Rowland & Pedro Meira Monteiro (orgs.), *Esse Aires*, e-book, São Paulo, e-galáxia, 2020.

Rowland em "I Can Not Etc."[65], ao analisarem a mesma queixa de Aires – "e é pena" –, complemento ao verso de Shelley citado pelo Conselheiro para aludir à sua incapacidade de amar ("I can give not what men call love")[66] e comentário sobre sua ausência na festa da Abolição. Desse paradoxo entre o desejo e a frustração depreendem o "tom extraordinário" da obra, sublinhando suas "figurações límpidas" – o "pequeno milagre" do encontro de Aires com as crianças e de seu sonho de dança alegre, justamente as cenas que realço neste prefácio. Ao mesmo tempo, diante da confessada falta de "pachorra" de Aires/Machado para criar a forma de seu diário/romance, os críticos observam que ele passa a abreviar com *etc.* o verso de Shelley; e assim o parodiam, para realçar a dificuldade moderna do romance: "I can give not what critics call fiction..."

Tais ensaios, entre outros, integram o volume *Esse Aires*: lançado em 2020 por Abel Barros Baptista, Clara Rowland

---

65. Abel Barros Baptista & Clara Rowland, "I Can Not Etc.", em Abel Barros Baptista, Clara Rowland & Pedro Meira Monteiro (orgs.), *Esse Aires*, 2020.

66. Em "Aires e o Amor", Eugênio Gomes busca o todo do poema de Shelley cujo verso é o mote do Conselheiro, de maneira a analisar-lhe a ambiguidade entre desejo e sentimento espiritual por Fidélia. O crítico evoca também os "remorsos de envelhecer" que o diplomata sente diante da "inexplicável" Flora, atraente e inefável, de *Esaú e Jacó*. E relembra as semelhanças, apontadas por Lúcia Miguel Pereira, de Aires com o cônego de *Casa Velha*, que vive um amor impossível por Lalau (Eugênio Gomes, "Aires e o Amor", *Correio da Manhã*, Rio de Janeiro, 28 dez. 1957; também em *Machado de Assis*, Rio de Janeiro, São José, 1958, pp. 170-174). A tradução do verso de Shelley ("I can give not what men call love") também moveu a interpretação de Marta de Senna, "A Tradução do Conselheiro" [Lúcia Granja, Marcia Ligia Guidin & Francine Ricieri (orgs.), *Machado de Assis: Ensaios da Crítica Contemporânea*, São Paulo, Editora Unesp, 2008], e a de Mirella Márcia Longo, "Um Último Romance" [Marli Fantini (org.), *Crônicas da Antiga Corte: Literatura e Memória em Machado de Assis*, Belo Horizonte, Editora UFMG, 2008].

e Pedro Meira Monteiro, traz estudos dedicados a esse personagem dos dois últimos romances de Machado de Assis.

Do paralelo entre leituras desses críticos novos, contemporâneos nossos, e de críticos antigos, contemporâneos de Machado de Assis, sobressai a força artística do *Memorial de Aires*. Note-se, por exemplo, como a mesma forma do diário do Conselheiro, fonte de inquietação de Abel Barros Baptista e Clara Rowland, despertara o questionamento do escritor Medeiros e Albuquerque. Em sua "Crônica Literária" de *A Notícia*, a 16 de setembro de 1908, quando da recepção inicial da obra, acusa a inverossimilhança de um diário cujo autor não se volta a contar a própria vida, e sim a de uma família amiga, aparentemente sem nada de excepcional. Ao mesmo tempo, Medeiros e Albuquerque reconhece a finura das observações minuciosas alcançadas por tal estratégia machadiana. Sobretudo compreende que os leitores carregarão a dúvida quanto à ingratidão do jovem casal, e entrevê singelamente, apesar da crueza da naturalidade, o drama de dona Carmo e Aguiar: "Não é, porém, isso o que está previsto, desde o segundo capítulo do *Gênesis*? Pois, se pelo amor se abandonam pais e mães verdadeiros, quanto mais os que são apenas 'postiços'!..."[67]

Incluindo o sentido de incerteza quanto à fidelidade, marca de *Dom Casmurro*, essa questão da infidelidade dos filhos, a qual paralisa em abandono o casal Aguiar, entra no traçado do "futuro abolido", que Pedro Meira Monteiro, da Princeton University, apreende em leituras sensí-

---

67. Medeiros e Albuquerque, "Machado de Assis – *A Mão e a Luva* – *Memorial de Aires*", *A Notícia*, Rio de Janeiro, "Crônica Literária", 16 set. 1908, p. 1, em Hélio de Seixas Guimarães, *Os Leitores de Machado de Assis: o Romance Machadiano e o Público de Literatura no Século 19*, São Paulo, Edusp/Nankin Editorial, 2004, pp. 424-427.

veis do *Memorial*, presentes em *Esse Aires* e em periódicos diversos. O crítico assinala que, como tantos narradores modernos, Aires escreve "desde as ruínas do tempo, já desenganado das promessas vertiginosas do progresso"[68]. E o "futuro abolido" diz respeito à realidade brasileira da época e sobretudo atual, bem como ao desaparecimento então iminente do homem Machado de Assis, permanecendo embora o artista.

Filho de José de Alencar e amigo próximo de Machado, o escritor Mário de Alencar, acompanhando-lhe os últimos dias, observou que ele sofreu a "orfandade às avessas", as saudades dos filhos que não teve: "Amava as crianças, e há páginas que o revelam no *Memorial*, posto que sabia que também a maldade se aninha ou já vem formada no coração das crianças. O que em outra época lhe havia merecido a crítica parecia-lhe agora desculpável e amável"[69]. Se o substrato biográfico se constituía de doença, sofrimento e solidão pela perda de Carolina, a mesma dimensão afetiva, com o gosto pela literatura, garantia o empenho pela arte. Assim, havendo confiado a Mário de Alencar a leitura do *Memorial de Aires* em primeira mão, o escritor confirma, em carta de 22 de dezembro de 1907, ser Carolina a principal figura

---

68. Pedro Meira Monteiro, "O Futuro Abolido: Anotações sobre o Tempo no *Memorial de Aires*", *Machado de Assis em Linha*, n. 1, jun. 2008. Confira-se também, do mesmo autor, "O Outono da Escrita. As Últimas Páginas de Machado de Assis e a Promessa Não Cumprida do Brasil", *Novos Estudos Cebrap*, 105, jul. 2016, pp. 227-239; "Minados pelo Tempo: o Sujeito e o Instante no *Memorial de Aires*", em Abel Barros Baptista, Clara Rowland & Pedro Meira Monteiro (orgs.), *Esse Aires*, 2020.

69. Mário de Alencar, "Machado de Assis: Páginas de Saudade", *Alguns Escritos*, Rio de Janeiro, Garnier, 1910, pp. 28-53. Também em Hélio de Seixas Guimarães & Ieda Lebensztayn (orgs.), *Escritor por Escritor: Machado de Assis Segundo Seus Pares (1908-1939)*, vol. 1, pp. 137-155.

da obra, mas, a 8 de fevereiro de 1908, pede a discrição do amigo quanto a isso. De todo modo, importa a forma como o "modelo íntimo" lhe possibilitou criar uma personagem com "verdade humana"[70].

Um destaque da mobília simples da sala de jantar da casa de Machado de Assis na rua do Cosme Velho ficou guardado na recordação de Rodrigo Otávio, membro fundador da Academia Brasileira de Letras: uma cadeira de balanço dupla, em que Machado e Carolina podiam olhar-se de frente e se balançar ao mesmo impulso. Tal peça singular compõe o cenário de Carmo e Aguiar, de alcance afetivo projetado ao infinito: nas duas cadeiras de balanço, "unidas e trocadas, em forma de conversadeira", eles passavam as "horas solitárias"[71].

Do balanço entre a plenitude dos afetos e o sofrimento do vazio das cadeiras, outro contemporâneo de Machado, o amigo dramaturgo e contista Artur Azevedo, se referiu ao *Memorial de Aires*, em *O País* a 30 de setembro de 1908, como "doloroso romance"[72].

---

70. *Idem*. Também em Sergio Paulo Rouanet, Irene Moutinho e Sílvia Eleutério (orgs.), *Correspondência de Machado de Assis. Tomo V – 1905-1908*, Rio de Janeiro, ABL, 2015, pp. 270-271, 291-293.

71. Rodrigo Otávio, "Minhas Memórias dos Outros: Machado de Assis", *Dom Casmurro*, Rio de Janeiro, 20 maio 1939, p. 8. Publicado em *Minhas Memórias dos Outros*, Rio de Janeiro, José Olympio, 1935, vol. 2, pp. 58-92. Versão inicial: "Cousas Velhas sobre Machado de Assis", *Ilustração Brasileira*, Rio de Janeiro, out. 1926, Discurso pronunciado na Academia Brasileira de Letras a 30 set. 1926, em sessão comemorativa do 18º aniversário de falecimento de Machado de Assis. Transcrições: *Revista da Academia Brasileira de Letras*, Rio de Janeiro, fev. 1928, n. 74, vol. XXVI, pp. 755-762; *Jornal do Commercio*, Rio de Janeiro, 23 set. 1934. Também em: Hélio de Seixas Guimarães & Ieda Lebensztayn (orgs.), *Escritor por Escritor: Machado de Assis Segundo Seus Pares (1908-1939)*, vol. 1, pp. 273-289.

72. Artur Azevedo [A. A.], "Palestra", *O País*, Rio de Janeiro, 30 set. 1908.

Ressalto aqui também as palavras de mais alguns escritores a respeito do último livro de Machado de Assis. No *post--scriptum* de carta a Godofredo Rangel, enviada de Areias, a 1º de março de 1909, Monteiro Lobato exalta a força artística do *Memorial de Aires*, longe de ser alcançada por romancistas e pelos leitores. Considera-o "o livro mais difícil de ser feito de quantos livros difíceis se fizeram no mundo. Do que nós chamamos *nada*, Machado de Assis tirou *tudo* – tirou uma obra--prima. Mas quantos compreenderão a beleza desse livro?"[73]

Já em 1943, vendo em Bento, Capitu, Brás Cubas e Rubião a "grandeza da perfeição literária e opróbrio da condição humana", José Lins do Rego identifica em Aires "a maior bondade que Machado conseguira reunir, para com ele pretender no fim da vida dar uma demonstração de que acreditava no gênero humano". Se Zé Lins surpreende o romancista "possuído de ternura, de paz, de uma filosofia de quem sentia a morte rondar-lhe a cama de doente", ao mesmo tempo reconhece no velho Conselheiro, ranzinza contra a impertinência dos cachorros, o Machado de Assis que "não perdoa nem aos homens nem às coisas"[74].

Nesse sentido, vale salientar a rica digressão propiciada pela imagem do cachorro na entrada de 18 de setembro do

---

73. Monteiro Lobato, *A Barca de Gleyre*, São Paulo, Companhia Editora Nacional, 1944; São Paulo, Brasiliense, 1948, 1º tomo, p. 236; São Paulo, Globo, 2010, p. 195. Também em Hélio de Seixas Guimarães & Ieda Lebensztayn (orgs.), *Escritor por Escritor: Machado de Assis Segundo Seus Pares (1908--1939)*, vol. 1, p. 354.

74. José Lins do Rego, "Machado de Assis", em *Conferências no Prata: Tendências do Romance Brasileiro – Raul Pompeia – Machado de Assis*, conferências lidas no Colégio Livre de Estudos Superiores, de Buenos Aires, em outubro de 1943, Rio de Janeiro, Casa do Estudante do Brasil, 1946, pp. 81-105. Também em Hélio de Seixas Guimarães & Ieda Lebensztayn (orgs.), *Escritor por Escritor: Machado de Assis Segundo Seus Pares (1939-2008)*, vol. 2, pp. 135-147.

Memorial. Também fruto de um afeto e dor domésticos de Machado e Carolina, que tiveram uma cadelinha, a recordação do cachorro amado e sepultado pelo casal Aguiar e por Tristão é caminho para o Conselheiro louvar, a Aguiar, o caráter estimável do afilhado, e para considerar, entre ironia e simpatia, as lágrimas de um gerente de banco. E sobretudo serve para Aires ouvir a filosofia da natureza de um cão que late na rua e atribuí-la a um cachorro presente em seu próprio cérebro. Quando o diplomata, culpando ludicamente o cozinheiro, confessa que pode ter engolido um "cão filósofo", e que não lhe era novo o hábito de comparar "vozes vivas com vozes defuntas", delineia a nossos olhos não só a história de Fidélia e dos pais postiços, mas também as de Brás Cubas e de Quincas Borba.

Como vimos, as dimensões afetiva e existencial estão amalgamadas à vertente social no diário de Aires. E esta recebe a ênfase de Gondin da Fonseca no artigo "Machado de Assis e a Reforma Agrária", publicado na *Gazeta de Notícias* a 23 de junho de 1963[75]. De maneira original, Gondin apreende do *Memorial de Aires* a consciência machadiana quanto à necessidade de reforma agrária. Aponta que, entregando Fidélia a fazenda de Santa-Pia aos ex-escravos, fica evidente que, longe da exploração econômica, eles se fixariam à terra, como donos dela. O crítico cobra, então, da Academia Brasileira de Letras, um revolucionário apoio à reforma agrária, para fazer jus à lição de seu patrono.

Quanto à vertente de intertextualidade, de construção do romance, ela foi contemplada, entre outros, pelo artigo

---

75. Gondin da Fonseca, "Machado de Assis e a Reforma Agrária", *Gazeta de Notícias*, 23 jun. 1963, em Hélio de Seixas Guimarães & Ieda Lebensztayn (orgs.), *Escritor por Escritor: Machado de Assis Segundo Seus Pares (1939--2008)*, vol. 2, pp. 344-347.

recente de Marcelo da Rocha Lima Diego, "Memória Musical no Diário do Conselheiro Aires", publicado na revista *Teresa* em 2018[76]. Retomando o ensaio de Antonio Candido "A Música e a Música", Marcelo analisa a importância da música e, em especial, da ópera no *Memorial*. Ele relembra que Aires não odeia "nada nem ninguém: *perdono a tutti*, como na ópera", sendo a ópera referida *Ernani* (1843), de Verdi. Detém-se no vínculo dos nomes Fidélia e Tristão com *Fidelio* e *Tristan und Isolde*, óperas respectivamente de Beethoven e de Wagner, e nas ressonâncias wagnerianas das óperas *Lohengrin* e *Tannhäuser*, sublinhando a aproximação amorosa do casal por meio da música. Assinala que também a forma do diário, com seu esgarçamento, se associa ao teor de abstração da música.

Por fim, este balanço entre leitores contemporâneos da publicação do *Memorial de Aires* e atuais só se completa com algumas imagens apresentadas, em carta de 1º de setembro de 1908 a Machado de Assis, pelo poeta e romancista Salvador de Mendonça[77]. A primeira é um lencinho de linho bordado, feito por uma senhora de sua terra, Itaboraí,

---

76. Marcelo da Rocha Lima Diego, "Memória Musical no Diário do Conselheiro Aires", *Teresa: Revista de Literatura Brasileira*, USP, 19, 2018, pp. 149-167.

77. Salvador de Mendonça, Carta a Machado de Assis, Gávea, 1º de setembro de 1908, em "Memorial de Aires", *Jornal do Commercio*, Rio de Janeiro, 6 set. 1908, p. 1; "Salvador de Mendonça a Machado de Assis", *Gutenberg*, Maceió, 13 out. 1908; "Memorial de Aires", *Revista da Academia Brasileira de Letras*, Rio de Janeiro, mar. 1921, n. 17, vol. IX, pp. 49-54; "Uma Carta de Salvador de Mendonça a Machado de Assis", *Letras Brasileiras*, Rio de Janeiro, jun. 1943, n. 2, pp. 52-54; Ubiratan Machado, *Machado de Assis: Roteiro da Consagração*, Rio de Janeiro, Eduerj, 2003, pp. 297-301; Anexo em Hélio de Seixas Guimarães, *Os Leitores de Machado de Assis: o Romance Machadiano e o Público de Literatura no Século 19*, 2. ed., 2012, pp. 421-424; *Correspondência de Machado de Assis. Tomo V – 1905-1908*, 2015, pp. 422-427.

no Rio de Janeiro, peça cujo destino consta ter sido a corte brasileira ou europeia. Por trazer esse lenço "figuras belíssimas e de rara perfeição artística", de cavaleiros, donas e ginetes, copiadas de alguma velha gravura Renana composta por algum discípulo de Dürer, Salvador o compara ao *Memorial*, cuja aparência de composição fácil, o "simplesmente simples", é a marca das obras-primas. Entende que uma das dificuldades enfrentadas por Machado foi na forma do estilo: os períodos curtos necessitaram encurtar-se mais, por exigência da escrita de um diário, rendendo páginas que são "verdadeiras miniaturas".

Leitor e amigo de Machado de Assis, Salvador de Mendonça apreende do *Memorial* "o perfume da tristeza", significativamente "as borboletas azuis da saudade" e um chamado longínquo da "Musa companheira, a mãe consoladora, a Esperança", a que o escritor responde do fundo da cantiga do rei trovador, para retirar-se discreto como Aires, de maneira a não perturbar "o mudo colóquio de dois corações amantíssimos". Considerando *Dom Casmurro* a melhor obra de Machado, a mais forte, Salvador julga a última a mais perfeita, a mais reveladora dos "tons delicados de sua pena". A uma objeção quanto à falta de enredo, defende que não cabe aos velhos fazer enredos, mas desenredá-los.

Merece especial atenção uma imagem poética criada por Salvador de Mendonça para Machado de Assis e o *Memorial*, obra que ouviu lida, pois à época não enxergava. Ele destaca a beleza de uma teia de aranha à beira da estrada, "recamada de pérolas de orvalho, irisadas com a luz da manhã". Apontando que essa teia seria quase vulgar a olhos incapazes de ver, Salvador se pergunta quem se imaginaria apto a duplicar sua beleza. Ao explicar que, para isso, seriam necessários a aranha, o orvalho e o sol, com suas singularidades, deixa ver traços do talento e empenho artístico únicos de Machado de Assis, de suas dores sublimadas e do seu desejo de viver, base de sua prosa, atenta à face egoísta e à conservação da vida. No paralelo com o escritor, a aranha detém o monopólio da matéria-prima que a natureza lhe concedeu "sem exigir que arquivasse a fórmula da composição e a dosagem dos ingredientes". Na teia perolada em que o romancista nos prende, o orvalho são as "lágrimas que a noite recolhe de todos os sofrimentos ignorados". E o arco-íris refletido na teia vem do sol, o grande centro da vida, fonte "de luz e de calor que são a alma das coisas criadas".

Assim, o *Memorial de Aires* é como a teia de aranha à beira da estrada, "recamada de pérolas de orvalho, irisadas com a luz da manhã": fruto do talento e da dedicação do escritor, dá forma ao desejo de viver e às "saudades de nós mesmos". Dolorosamente poética, tal expressão, cuja compreensão é suscitada pelo casal Aguiar e tem teor universal, ora nos atinge em cheio no tempo histórico da pandemia.

6. *A Inestimável Arte: Absurdo mas Música*

Diante da obra de Machado de Assis, que desvenda o móvel utilitário das ações e se marca pela "maldição de trágica impossibilidade de perfeição moral e alegria"[78], Mário de Andrade considerava impossível amar o escritor. Essa face central da obra seria, para usar a expressão de Sérgio Buar-

---

78. Mário de Andrade, "Machado de Assis", *Aspectos da Literatura Brasileira*, São Paulo, Martins, s/d, p. 102. Também em Hélio de Seixas Guimarães & Ieda Lebensztayn (orgs.), *Escritor por Escritor: Machado de Assis Segundo Seus Pares (1908-1939)*, vol. 1, pp. 293-312.

que de Holanda, a ideia de um "mundo absurdo"[79], ou seja, "desagradável ao ouvido". Em uma palavra: sobretudo por meio da desfaçatez de Brás Cubas, Machado desnuda até à crueldade como os homens, conforme a impassibilidade da natureza, priorizam suas necessidades egoístas, destinando ódio aos inimigos, aos vencidos.

No entanto, corroborando o próprio Brás Cubas e críticos aqui estudados, a perturbação de Mário de Andrade ao afirmar-se incapaz de amar o escritor e o "sentimento de penúria" que Sérgio Buarque entrevê na ironia machadiana atestam que há a face subterrânea de gravidade, a compaixão pelos vencidos.

Cumpre, então, ver em Aires a representação realista da velhice, da proximidade com a morte, que permite a Machado desdobrar a máscara da desfaçatez e revelar, junto com a face do distanciado e impassível, a face abafada do melancólico. Por um lado, é cruel compreender, com o Conselheiro, que os jovens obedeçam à necessidade egoísta de abandonar os velhos, mesmo gostando deles. Por outro, é fortalecedor partilhar com ele a compaixão pelo sofrimento dos velhos, embora se tivessem um ao outro.

"Um olhar que mede os eternos dois lados de todas as coisas"[80]. A expressão de Alfredo Bosi sintetiza ser a marca de Aires o justo empenho de compreensão, alicerçado num movimento de flexibilização, de distanciar-se e aproximar-

---

79. Sérgio Buarque de Holanda, "A Filosofia de Machado de Assis", *O Espírito e a Letra. Estudos de Crítica Literária I, 1920-1947*; organização, introdução e notas de Antonio Arnoni Prado, São Paulo, Companhia das Letras, 1996, p. 311.

80. Alfredo Bosi, "Uma Figura Machadiana", *Machado de Assis: o Enigma do Olhar*, p. 131.

-se dos outros. Como o Conselheiro "sente por simpatia"[81] a desolação dos velhos, instila e atenua o fel em relação aos jovens. Segundo ensina Schopenhauer, a crueldade tem por oposto exato a compaixão, que é "a própria motivação moral". Citando Rousseau, o filósofo assinala como a comiseração depende de "o animal espectador identificar-se com o animal que sofre". Assim, o leitor compraz-se no último livro de Machado com uma hermenêutica moral: Aires é, ao mesmo tempo, espectador do egoísmo de Tristão e Fidélia e espectador da tristeza dos Aguiar, sendo ambos, egoísmo e tristeza, aplacados dentro de uma esfera de sentimentos sinceros. Mas fica também para o leitor um sabor amargo por causa do "ao vencedor as batatas" no plano dos afetos desse *Eclesiastes* moderno.

Desse modo, procurei apreender como as *construções* artísticas das *Memórias Póstumas de Brás Cubas* e do *Memorial de Aires* são marcadas por ironia e ambiguidade e pela presença rara de sonhos de plenitude; tecem a *representação* do predomínio das necessidades egoístas, impostas pelas limitações da morte e da ordem social iníqua, e *expressam* o drama de Machado entre a crueldade realista e o sentimento de piedade pelos vencidos. Com ironia e ambiguidades, as cenas da morte da borboleta preta e do não riso para as crianças com carga desvelam como o escritor se dedicou a criar consciência ante a desigualdade social e a condição humana, projetando raramente sonhos como a borboleta azul e a ciranda das crianças risonhas.

---

81. Cf. Arthur Schopenhauer, *Sobre o Fundamento da Moral*, tradução de Maria Lúcia Mello Oliveira Cacciola, 2. ed., São Paulo, Martins Fontes, 2001, Coleção Clássicos, p. 162, pp. 167 e 186. Devo a indicação desse livro ao ensaio "O Enigma do Olhar", de Alfredo Bosi (*Machado de Assis: o Enigma do Olhar*, p. 70).

No mesmo sentido desses sonhos fugazes, destaca-se a construção poética que envolve o casal de velhos, especialmente no momento do abandono final: "Os dois velhos ficaram fulminados, a mulher verteu algumas lágrimas silenciosas, e o marido cuidou de lhas enxugar" (29 de agosto de 1889). O emprego de orações coordenadas e a escolha dos adjetivos expressam com perfeição seu desconsolo e o amor que os unia: a perda dos filhos é mortal ("fulminante") e a verdade dessa dor e da atenuação possível se traduz na singela discrição das "lágrimas silenciosas" amparadas pelo marido. Na sequência, novamente orações coordenadas presentificam com contundência a harmonia do casal e seu silêncio, sua paralisia diante da carta de despedida dos filhos postiços, que não mais "os ajudariam a morrer": "Dona Carmo pediu-lha [a carta, para Aguiar] com o gesto, ele meteu-a na carteira. A boa velha não insistiu".

Veja-se como, sem ânimo para trocarem palavra, Aguiar e Carmo compreendem-se mutuamente, sobressaindo o gesto amoroso dele, preocupado em minorar o sofrimento da esposa. Em seu amor, à espera da morte, viviam entre a ausência antecipada de si mesmos e a memória de sua juventude, de sua felicidade junto aos filhos. "Queriam ser risonhos e mal se podiam consolar. Consolava-os a saudade de si mesmos" (sem data).

O egoísmo singular de Aires é a escrita de suas memórias, em que pode rever Fidélia e Tristão unidos pelo piano e fazendo felizes os pais adotivos, como em sonho por minutos o cercara de juventude a dança das crianças risonhas. Nas palavras de Alfredo Bosi:

Talvez a memória, a música e sobretudo o amor sejam na obra final de Machado as formas de exceção que conciliam e resolvem por alto, em brevíssimos instantes, os antagonismos da vida social, fazendo emergir do tempo histórico uma ilha de atemporalidade e de prazer[82].

Portanto, essas figuras de sonho – a borboleta azul, a dança das crianças felizes e a bondade de dona Carmo e Aguiar (a que se poderia acrescentar a ilusão poética d' "A Mosca Azul") –, embora efêmeras, têm um fator de permanência: a fidelidade de Machado de Assis à arte, forma única de vencer os limites da ordem social e da condição humana. A criação dessas "formas de exceção" decorre de forte realismo, que está exatamente em sua raridade frente à lógica egoísta. Igualmente rara é a existência de um escritor como Machado de Assis, capaz de sorrir em seu sofrimento consciente ante os egoísmos e de cessar o riso ao surpreender bondades sofridas com que se identifica. Mário de Alencar o expressou com perfeição:

> [...] Pode o sofrimento pensado fazer sorrir; mas aquele que é verdadeiramente sentido apaga o sorriso e abre os olhos para a bondade dos homens, onde a encontra. É gosto dos que sofrem achá-la e rever-se nela, comprazer-se dela e senti-la[83].

É o "sorriso franzido" de Machado de Assis. Depois de ironizar que se cultuasse o escritor desconhecendo-lhe a obra, Graciliano Ramos lembra como são necessárias "imagens para segurar as noções de justiça, bondade, santidade e outras coisas caídas em desuso"[84].

82. Alfredo Bosi, "Uma Figura Machadiana", *Machado de Assis: o Enigma do Olhar*, p. 133.

83. Mário de Alencar, *"Memorial de Ayres", Jornal do Commercio*, 24 jul. 1908, p. 2, em Hélio de Seixas Guimarães, *Os Leitores de Machado de Assis: o Romance Machadiano e o Público de Literatura no Século 19*, São Paulo, Edusp/Nankin Editorial, 2004, p. 481.

84. Graciliano Ramos, "Os Amigos de Machado de Assis", *Linhas Tortas*, p. 105.

REFERÊNCIAS BIBLIOGRÁFICAS

Do Autor

ACERVO ACADÊMICO da Academia Brasileira de Letras, ABL. Coleção Arquivo Machado de Assis. Documento Textual – Acadêmico. Manuscrito do *Memorial de Aires*: http://servbib.academia.org.br/arquivo/index.html.

ASSIS, Machado de. *Correspondência de Machado de Assis. Tomo V – 1905-1908.* Org. Sergio Paulo Rouanet, Irene Moutinho e Sílvia Eleutério. Rio de Janeiro, ABL, 2015.

_____. *Esaú e Jacó.* 2 vols. São Paulo, Clube do Livro, [1904] 1956.

_____. "Linha Reta e Linha Curva". *Contos Fluminenses* (1870). *Obra Completa.* Rio de Janeiro, Nova Aguilar, 1994, vol. II.

_____. *Memorial de Aires.* Rio de Janeiro/Brasília, Civilização Brasileira/ INL, 1975. Edições Críticas de Obras de Machado de Assis, vol. 10.

_____. *Memórias Póstumas de Brás Cubas.* Prefácio e Notas de Antônio Medina Rodrigues. São Paulo, Ateliê Editorial, [1881] 2016.

_____. "Noite de Almirante". *Histórias Sem Data.* São Paulo, Jackson, [1884] 1957.

_____. "O Espelho". *Papéis Avulsos.* São Paulo, Jackson, [1882] 1957.

_____. *Obra Completa.* Organizada por Afrânio Coutinho. Rio de Janeiro, Aguilar, [1959] 1962; 2004, 3 vols.

_____. *Obra Completa em Quatro Volumes.* 2. ed. Organização de Aluizio Leite Neto, Ana Lima Cecílio, Heloisa Jahn, Rodrigo Lacerda. Rio de Janeiro, Nova Aguilar, 2008.

_____. *Quincas Borba.* Apresentação de Jean Pierre Chauvin, estabelecimento de texto e notas de Jean Pierre Chauvin e José de Paula Ramos Jr., São Paulo, Ateliê Editorial, [1891] 2016.

_____. "Um Sonho e Outro Sonho". *Relíquias de Casa Velha.* 1º vol. São Paulo, Jackson, [1906] 1955.

Machado de Assis.net: machadodeassis.net/index.htm.

Sobre o Autor

ALBUQUERQUE, Medeiros e. "Machado de Assis – *A Mão e a Luva* – *Memorial de Aires*". *A Notícia*, Rio de Janeiro, "Crônica Literária", 16 set. 1908, p. 1. Também em GUIMARÃES, Hélio de Seixas. *Os Leitores de Machado de Assis: o Romance Machadiano e o Público de Literatura no Século 19*. São Paulo, Edusp/Nankin Editorial, 2004, pp. 424-427.

ALENCAR, Mário de. "Machado de Assis: Páginas de Saudade". *Alguns Escritos*. Rio de Janeiro, Garnier, 1910, pp. 28-53. Também em: GUIMARÃES, Hélio de Seixas & LEBENSZTAYN, Ieda (orgs.), *Escritor por Escritor: Machado de Assis Segundo Seus Pares (1908-1939)*, vol. 1, pp. 137-155.

_____. "*Memorial de Ayres*". *Jornal do Commercio*, 24 jul. 1908, p. 2. *In*: GUIMARÃES, Hélio de Seixas. *Os Leitores de Machado de Assis: o Romance Machadiano e o Público de Literatura no Século 19*, 2004, p. 481.

ANDRADE, Mário de. "Machado de Assis". *Aspectos da Literatura Brasileira*. São Paulo, Martins, s. d. pp. 89-108. Também em: GUIMARÃES, Hélio de Seixas & LEBENSZTAYN, Ieda (orgs.). *Escritor por Escritor: Machado de Assis Segundo Seus Pares (1908-1939)*, vol. 1, pp. 293-312.

AZEVEDO, Artur [A. A.]. "Palestra". *O País*, Rio de Janeiro, 30 set. 1908.

BAPTISTA, Abel Barros & ROWLAND, Clara. "I Can Not Etc.". *In*: BAPTISTA, Abel Barros; ROWLAND, Clara & MONTEIRO, Pedro Meira (orgs.). *Esse Aires*. E-book. São Paulo, e-galáxia, 2020.

BARRETO FILHO, José. *Introdução a Machado de Assis*. 2. ed. Rio de Janeiro, Agir, 1980.

BOSI, Alfredo. *Brás Cubas em Três Versões*. São Paulo, Companhia das Letras, 2006.

_____. "Figuras do Narrador Machadiano". *Cadernos de Literatura Brasileira: Machado de Assis*, n. 23/24, jul. 2008, Instituto Moreira

Salles, SP. Consultores: Hélio de Seixas Guimarães e Vladimir Sacchetta, pp. 126-162.

____. *Machado de Assis: o Enigma do Olhar*. São Paulo, Ática, 1999.

____. "Machado de Assis na Encruzilhada dos Caminhos da Crítica". *Machado de Assis em Linha*, ano 2, n. 4, dez. 2009. Disponível em: http://machadodeassis.fflch.usp.br/node/12. Acesso em: 22 nov. 2014.

____. "O Teatro Político nas Crônicas de Machado de Assis". *Estudos Avançados*. Coleção Documentos, Série Literatura, n. 1, São Paulo, Instituto de Estudos Avançados da Universidade de São Paulo, fev. 2004.

____. "Raymundo Faoro Leitor de Machado de Assis". *Estudos Avançados*. São Paulo, Instituto de Estudos Avançados da Universidade de São Paulo, vol. 18, n. 51, maio/ago. 2004, pp. 355-376.

Bosi, Alfredo (org.). *Machado de Assis*. São Paulo, Ática, 1982.

Brito, Humberto. "A Expressão Sem Nome". *In*: Baptista, Abel Barros; Rowland, Clara & Monteiro, Pedro Meira (orgs.). *Esse Aires*. E-book. São Paulo, e-galáxia, 2020.

Broca, Brito. *Machado de Assis e a Política Mais Outros Estudos*. São Paulo/Brasília, Polis/INL, Fundação Nacional Pró-Memória, 1983.

Cadernos de Literatura Brasileira: Machado de Assis, n. 23/24, jul. 2008, Instituto Moreira Salles, SP. Consultores: Hélio de Seixas Guimarães e Vladimir Sacchetta.

Candido, Antonio. "Esquema de Machado de Assis". *In*: *Vários Escritos*. 3. ed. rev. e ampl. São Paulo, Duas Cidades, 1995, pp. 17-39.

____. "Música e Música", *O Observador Literário*. *In*: *Brigada Ligeira e Outros Escritos*. São Paulo, Editora da Universidade Estadual Paulista, 1992, pp. 145-150.

Carpeaux, Otto Maria. "Uma Fonte da Filosofia de Machado de Assis", *Respostas e Perguntas*, 1953. *Ensaios Reunidos 1942-1978*. Rio de Janeiro, UniverCidade & Topbooks, 1999, vol. I, pp. 477-480.

Chalhoub, Sidney. *Machado de Assis: Historiador*. São Paulo, Companhia das Letras, 2003.

DIEGO, Marcelo da Rocha Lima. "Memória Musical no Diário do Conselheiro Aires". *Teresa: Revista de Literatura Brasileira*, USP, 19, 2018, pp. 149-167. Disponível em: https://doi.org/10.11606/issn.2447-8997.teresa.2018.146140.

DUARTE, Eduardo de Assis. Seleção, notas, ensaios. *Machado de Assis Afrodescendente: Antologia e Crítica*. 3. ed. rev. e ampl. Rio de Janeiro, Malê, 2020.

FAORO, Raymundo. *Machado de Assis: a Pirâmide e o Trapézio*. 4. ed. rev. São Paulo, Globo, 2001.

FONSECA, Gondin da. "Machado de Assis e a Reforma Agrária". *Gazeta de Notícias*, 23 jun. 1963. *In*: GUIMARÃES, Hélio de Seixas & LEBENSZTAYN, Ieda (orgs.). *Escritor por Escritor: Machado de Assis Segundo Seus Pares (1939-2008)*, vol. 2, pp. 344-347.

FURTADO, Celso. "Machado de Assis: Contexto Histórico". *O Longo Amanhecer: Reflexões sobre a Formação do Brasil*. Rio de Janeiro, Paz e Terra, 1999, pp. 103-109.

GLEDSON, John. *Machado de Assis: Ficção e História*. Tradução de Sônia Coutinho. 2. ed. rev. São Paulo, Paz e Terra, 2003.

GOMES, Eugênio. "Aires e o Amor", *Correio da Manhã*, Rio de Janeiro, 28 dez. 1957. Também em: *Machado de Assis*. Rio de Janeiro, São José, 1958, pp. 170-174.

GUIMARÃES, Hélio de Seixas. *Os Leitores de Machado de Assis: o Romance Machadiano e o Público de Literatura no Século 19*. São Paulo, Edusp/Nankin Editorial, 2004; 2. ed., 2012.

GUIMARÃES, Hélio de Seixas & LEBENSZTAYN, Ieda (orgs.). *Escritor por Escritor: Machado de Assis Segundo Seus Pares (1908-1939; 1939-2008)*. São Paulo, Imprensa Oficial do Estado de São Paulo, 2019, 2 vols.

HOLANDA, Sérgio Buarque de. "A Filosofia de Machado de Assis". *O Espírito e a Letra. Estudos de Crítica Literária I, 1920-1947*. Organização, introdução e notas de Antonio Arnoni Prado. São Paulo, Companhia das Letras, 1996, pp. 305-312.

LEBENSZTAYN, Ieda (org.). *Escritor por Escritor: Machado de Assis Segundo Seus Pares (1939-2008)*. São Paulo, Imprensa Oficial do Estado de São Paulo, 2019, vol. 2, pp. 275-287.

LIMA, Luiz Costa. "Sob a Face de um Bruxo". *Dispersa Demanda: Ensaios sobre Literatura e Teoria*. Rio de Janeiro, Francisco Alves, 1981, pp. 57-123.

LOBATO, Monteiro. *A Barca de Gleyre*, São Paulo, Companhia Editora Nacional, 1944; São Paulo, Brasiliense, 1948, 1º tomo, p. 236; São Paulo, Globo, 2010, p. 195. Também em: GUIMARÃES, Hélio de Seixas & LEBENSZTAYN, Ieda (orgs.). *Escritor por Escritor: Machado de Assis Segundo Seus Pares (1908-1939)*, vol. 1, p. 354.

MACHADO, Ubiratan. *Machado de Assis: Roteiro da Consagração*. Rio de Janeiro, Eduerj, 2003.

MAGALHÃES JÚNIOR, R. *Machado de Assis Desconhecido*. 3. ed. Rio de Janeiro, Civilização Brasileira, 1957.

MAYA, Alcides. *Machado de Assis. (Algumas Notas sobre o "Humour")*. 2. ed. Rio de Janeiro, Publicações da Academia Brasileira, 1942.

MELLO, Thiago de. "Machado de Assis". *O Cruzeiro*, Rio de Janeiro, 4 out. 1958. *In*: GUIMARÃES, Hélio de Seixas & LEBENSZTAYN, Ieda (orgs.). *Escritor por Escritor: Machado de Assis Segundo Seus Pares (1939-2008)*. São Paulo, Imprensa Oficial do Estado de São Paulo, 2019, vol. 2, pp. 275-287.

MENDONÇA, Salvador de. Carta a Machado de Assis, Gávea, 1º de setembro de 1908, em "Memorial de Aires", *Jornal do Commercio*, Rio de Janeiro, 6 set. 1908, p. 1; MACHADO, Ubiratan. *Machado de Assis: Roteiro da Consagração*. Rio de Janeiro, Eduerj, 2003, pp. 297-301; Anexo em GUIMARÃES, Hélio de Seixas. *Os Leitores de Machado de Assis: o Romance Machadiano e o Público de Literatura no Século 19*, 2. ed., 2012, pp. 421-424; *Correspondência de Machado de Assis. Tomo V – 1905-1908*, 2015, pp. 422-427.

MEYER, Augusto. *Machado de Assis, 1935-1958*. Rio de Janeiro, Livraria São José, 1958.

_____. *Textos Críticos*. Seleção e introdução de João Alexandre Barbosa. São Paulo/Brasília, Perspectiva/INL/Fundação Nacional Pró-Memória, 1986.

MONTEIRO, Pedro Meira. "Minados pelo Tempo: o Sujeito e o Instante no *Memorial de Aires*". *In*: BAPTISTA, Abel Barros; ROWLAND, Clara & MONTEIRO, Pedro Meira (orgs.). *Esse Aires*. E-book. São Paulo, e-galáxia, 2020.

_____. "O Futuro Abolido: Anotações sobre o Tempo no *Memorial de Aires*". *Machado de Assis em Linha*, n. 1, jun. 2008. Disponível em: http://machadodeassis.net/download/numero01/num01artigo05.pdf.

_____. "O Outono da Escrita. As Últimas Páginas de Machado de Assis e a Promessa Não Cumprida do Brasil". *Novos Estudos Cebrap*, 105, jul. 2016, pp. 227-239. Disponível em: http://novosestudos.com.br/wp-content/uploads/2017/09/12_PedroMeira_105_p226a239.pdf.

MOOG, Vianna. *Heróis da Decadência: Petrônio, Cervantes, Machado de Assis*. Porto Alegre, Edição da Livraria do Globo, 1939. OTÁVIO, Rodrigo. "Minhas Memórias dos Outros: Machado de Assis", *Dom Casmurro*, Rio de Janeiro, 20 maio 1939, p. 8. Também em: GUIMARÃES, Hélio de Seixas & LEBENSZTAYN, Ieda (orgs.). *Escritor por Escritor: Machado de Assis Segundo Seus Pares (1908-1939)*, vol. 1, pp. 273-289.

PAES, José Paulo. "A Armadilha de Narciso"; "Um Aprendiz de Morto". *Gregos & Baianos*. São Paulo, Brasiliense, 1985. Também em PAIXÃO, Fernando e LEBENSZTAYN. Ieda (orgs.), *José Paulo Paes: Crítica Reunida sobre Literatura Brasileira & Inéditos em Livros*, vol. I. Cotia, São Paulo/Recife, Ateliê Editorial/Cepe Editora, 2023.

PASSOS, Gilberto Pinheiro. *A Poética do Legado: Presença Francesa em Memórias Póstumas de Brás Cubas*. São Paulo, Annablume, 1996.

PASSOS, José Luís. *Machado de Assis: o Romance com Pessoas*. São Paulo, Edusp/Nankin Editorial, 2007.

PEREIRA, Lúcia Miguel. *Machado de Assis. Estudo Crítico e Biográfico*. 5. ed. Rio de Janeiro, José Olympio, 1955.

RAMOS, Graciliano. "Os Amigos de Machado de Assis". *Linhas Tortas*. 14. ed. Rio de Janeiro, Record, 1989, pp. 103-105. Também em GUIMARÃES, Hélio de Seixas & LEBENSZTAYN, Ieda (orgs.). *Escritor por Escritor: Machado de Assis Segundo Seus Pares (1939-2008)*, vol. 2, pp. 59-63.

REGO, José Lins do. "Machado de Assis". *Conferências no Prata: Tendências do Romance Brasileiro – Raul Pompeia – Machado de Assis*, conferências lidas no Colégio Livre de Estudos Superiores, de Buenos Aires, em outubro de 1943. Rio de Janeiro, Casa do Estudante do Brasil, 1946, pp. 81-105. Também em: GUIMARÃES, Hélio de Seixas & LEBENSZTAYN, Ieda (orgs.). *Escritor por Escritor: Machado de Assis Segundo Seus Pares (1939-2008)*, vol. 2, pp. 135-147.

ROUANET, Sergio Paulo. "Contribuição para a Dialética da Volubilidade". *Revista USP*. São Paulo, n. 9, mar./maio 1991, Seção Livros, pp. 175-194.

_____. "Tempo e Espaço na Forma Shandiana: Sterne e Machado de Assis". *Estudos Avançados*. São Paulo, Instituto de Estudos Avançados da Universidade de São Paulo, vol. 18, n. 51, maio/ago. 2004, pp. 335-354.

SARAIVA, Juracy Assmann. *O Circuito das Memórias: Narrativas Autobiográficas Romanescas de Machado de Assis*. São Paulo, Edusp/Nankin, 2009.

SCHWARZ, Roberto. *Ao Vencedor as Batatas. Forma Literária e Processo Social nos Inícios do Romance Brasileiro*. 4. ed. São Paulo, Duas Cidades, 1992.

_____. *Sequências Brasileiras: Ensaios*. São Paulo, Companhia das Letras, 1999.

_____. *Um Mestre na Periferia do Capitalismo: Machado de Assis*. 3. ed. São Paulo, Editora 34, 1997.

SENNA, Marta de. "A Tradução do Conselheiro". *In*: GRANJA, Lúcia; GUIDIN, Marcia Ligia & RICIERI, Francine (orgs.). *Machado de Assis: Ensaios da Crítica Contemporânea*. São Paulo, Editora Unesp, 2008.

TELES, Adriana da Costa. *O Labirinto Enunciativo em Memorial de Aires*. São Paulo, Annablume, 2009.

VILLAÇA, Alcides. "Machado de Assis, Tradutor de Si Mesmo". *Novos Estudos Cebrap*. São Paulo, n. 51, jul. 1998, pp. 3-14.

Bibliografia Geral

BOSI, Alfredo. *Dialética da Colonização*. São Paulo, Companhia das Letras, 1992.

_____. *Reflexões sobre a Arte*. 4. ed. São Paulo, Ática, 1991.

CRETELLA JR., José & ULHÔA CINTRA, Geraldo de. *Dicionário Latino-Português*. 3. ed. São Paulo, Companhia Editora Nacional, 1953.

HOUAISS, Antonio & VILLAR, Mauro de Salles. *Dicionário Houaiss da Língua Portuguesa*. Rio de Janeiro, Objetiva, 2001.

LEOPARDI, Giacomo. *Opúsculos Morais (Operette Morali)*. Apresentação de Carmelo Distante. Tradução e notas de Vilma de Katinszky Barreto de Souza. São Paulo, Editora Hucitec/Istituto Italiano di Cultura, Instituto Cultural Ítalo-brasileiro, 1992.

NABUCO, Joaquim. *O Abolicionismo*. Rio de Janeiro/São Paulo, Nova Fronteira/Publifolha, 2000. Grandes Nomes do Pensamento Brasileiro.

PAREYSON, Luigi. *Os Problemas da Estética*. Tradução de Maria Helena Nery Garcez. 3. ed. São Paulo, Martins Fontes, 1997.

RAMOS, Graciliano. "Pequena História da República" [1940]. *Alexandre e Outros Heróis*. 3. ed. São Paulo, Martins, [1962] 1966.

RICOEUR, Paul. *Interpretação e Ideologias*. Organização, tradução e apresentação de Hilton Japiassu. 4. ed. Rio de Janeiro, Francisco Alves, 1990.

SCHOPENHAUER, Arthur. *Sobre o Fundamento da Moral*. Tradução de Maria Lúcia Mello Oliveira Cacciola. 2. ed. São Paulo, Martins Fontes, 2001. Coleção Clássicos.

MACHADO DE ASSIS

DA ACADEMIA BRAZILEIRA

Memorial de Ayres

Ao querido am.º J. Verissimo lembrança do velho amigo

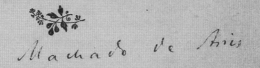

Machado de Assis

H. GARNIER, LIVREIRO-EDITOR

7, RUA DO OUVIDOR, 7
RIO DE JANEIRO

6, RUE DES SAINTS-PÈRES, 6
PARIS

Frontispício da primeira edição de *Memorial de Aires*, 1908, Rio de Janeiro, H. Garnier, Livreiro-Editor.

Em Lixboa, sobre lo mar,
Barcas novas mandey lavrar...

Cantiga de JOHAM ZORRO[1]

Para veer meu amigo
Que talhou preyto comigo,
Alá vou, madre.
Para veer meu amado
Que mig'a preyto talhado,
Alá vou, madre.

Cantiga d'el rei DOM DENIS[2]

1. *Johan Zorro* (século XIII): jogral galego-português.
2. *Dom Denis* ou *Dom Dinis* (1261-1325): sexto rei de Portugal, criador da primeira universidade do país, primeiro localizada em Lisboa, depois transferida para Coimbra. É um dos mais importantes trovadores galego-portugueses.

Advertência

Quem me leu *Esaú e Jacó* talvez reconheça estas palavras do prefácio: "Nos lazeres do ofício escrevia o *Memorial*, que, apesar das páginas mortas ou escuras, apenas daria (e talvez dê) para matar o tempo da barca de Petrópolis".

Referia-me ao conselheiro Aires. Tratando-se agora de imprimir o *Memorial*, achou-se que a parte relativa a uns dous anos (1888-1889), se for decotada de algumas circunstâncias, anedotas, descrições e reflexões, pode dar uma narração seguida, que talvez interesse, apesar da forma de diário que tem. Não houve pachorra de a redigir à maneira daquela outra, nem pachorra, nem habilidade. Vai como estava, mas desbastada e estreita, conservando só o que liga o mesmo assunto. O resto aparecerá um dia, se aparecer algum dia.

M. de A.

1888

1888

9 de Janeiro.

Ora bem, faz hoje um ano que voltei definitivamente da Europa. O que me lembrou esta data foi, estando a beber café, o pregão de um vendedor de vassouras e espanadores: "Vai vassouras! vai espanadores!" Costumo ouvi-lo outras manhãs, mas desta vez trouxe-me à memória o dia do desembarque, quando cheguei aposentado à minha terra, ao meu Catete, à minha língua. Era o mesmo que ouvi há um ano, em 1887, e talvez fosse a mesma boca.

Durante os meus trinta e tantos anos de diplomacia algumas vezes vim ao Brasil, com licença. O mais do tempo vivi fora, em várias partes, e não foi pouco. Cuidei que não acabaria de me habituar novamente a esta outra vida de cá. Pois acabei. Certamente ainda me lembram cousas e pessoas de longe, diversões, paisagens, costumes, mas não morro de saudades por nada. Aqui estou, aqui vivo, aqui morrerei.

Cinco horas da tarde.

Recebi agora um bilhete de mana Rita, que aqui vai colado:

9 de Janeiro.

"Mano,

"Só agora me lembrou que faz hoje um ano que você voltou da Europa aposentado. Já é tarde para ir ao cemitério de São João Batista, em visita ao jazigo da família, dar graças pelo seu regresso; irei amanhã de manhã, e peço a você que me espere para ir comigo. Saudades da

"Velha mana,

"Rita."

Não vejo necessidade disso, mas respondi que sim.

---

10 de Janeiro.

Fomos ao cemitério. Rita, apesar da alegria do motivo, não pôde reter algumas velhas lágrimas de saudade pelo marido que lá está no jazigo, com meu pai e minha mãe. Ela ainda agora o ama, como no dia em que o perdeu, lá se vão tantos anos. No caixão do defunto mandou guardar um molho dos seus cabelos, então pretos, enquanto os mais deles ficaram a embranquecer cá fora.

Não é feio o nosso jazigo; podia ser um pouco mais simples – a inscrição e uma cruz –, mas o que está é bem feito. Achei-o novo demais, isso sim. Rita fá-lo lavar todos os meses, e isto impede que envelheça. Ora, eu creio que um velho túmulo dá melhor impressão do ofício, se tem as negruras do tempo, que tudo consome. O contrário parece sempre da véspera.

Rita orou diante dele alguns minutos, enquanto eu circulava os olhos pelas sepulturas próximas. Em quase todas havia a mesma antiga súplica da nossa: "Orai por ele! Orai por ela!" Rita me disse depois, em caminho, que é seu costume atender ao pedido das outras, rezando uma prece por todos os que ali estão. Talvez seja a única. A mana é boa criatura, não menos que alegre.

A impressão que me dava o total do cemitério é a que me deram sempre outros; tudo ali estava parado. Os gestos das figuras, anjos e outras, eram diversos, mas imóveis. Só alguns pássaros davam sinal de vida, buscando-se entre si e pousando nas ramagens, pipilando ou gorjeando. Os arbustos viviam calados, na verdura e nas flores.

Já perto do portão, à saída, falei a mana Rita de uma senhora que eu vira ao pé de outra sepultura, ao lado esquerdo do cruzeiro, enquanto ela rezava. Era moça, vestia de preto, e parecia rezar também, com as mãos cruzadas e pendentes. A cara não me era estranha, sem atinar quem fosse. E bonita, e gentilíssima, como ouvi dizer de outras em Roma.

– Onde está?

Disse-lhe onde estava. Quis ver quem era. Rita, além de boa pessoa, é curiosa, sem todavia chegar ao superlativo romano. Respondi-lhe que esperássemos ali mesmo, ao portão.

– Não! pode não vir tão cedo, vamos espiá-la de longe. É assim bonita?

– Pareceu-me.

Entramos e enfiamos por um caminho entre campas, naturalmente. A alguma distância, Rita deteve-se.

– Você conhece, sim. Já a viu lá em casa, há dias.

– Quem é?

– É a viúva Noronha. Vamos embora, antes que nos veja.

Já agora me lembrava, ainda que vagamente, de uma senhora que lá apareceu em Andaraí, a quem Rita me apresentou e com quem falei alguns minutos.

– Viúva de um médico, não é?

– Isso; filha de um fazendeiro da Paraíba do Sul, o barão de Santa-Pia.

Nesse momento, a viúva descruzava as mãos, e fazia gesto de ir embora. Primeiramente espraiou os olhos, como a ver se estava só. Talvez quisesse beijar a sepultura, o próprio nome do marido, mas havia gente perto, sem contar dous coveiros que levavam um regador e uma enxada, e iam falando de um enterro daquela manhã. Falavam alto, e um escarnecia do outro, em voz grossa: "Eras capaz de levar um daqueles ao morro? Só se fossem quatro como tu". Tratavam de caixão pesado, naturalmente, mas eu voltei depressa a atenção para a viúva, que se afastava e caminhava lentamente, sem mais olhar para trás. Encoberto por um mausoléu, não a pude ver mais nem melhor que a princípio. Ela foi descendo até o portão, onde passava um bonde em que entrou e partiu. Nós descemos depois e viemos no outro.

Rita contou-me então alguma cousa da vida da moça e da felicidade grande que tivera com o marido, ali sepultado há mais de dous anos. Pouco tempo viveram juntos. Eu, não sei por que inspiração maligna, arrisquei esta reflexão:

– Não quer dizer que não venha a casar outra vez.

– Aquela não casa.

– Quem lhe diz que não?

– Não casa; basta saber as circunstâncias do casamento, a vida que tiveram e a dor que ela sentiu quando enviuvou.

– Não quer dizer nada, pode casar; para casar basta estar viúva.

– Mas eu não casei.

– Você é outra cousa, você é única.

Rita sorriu, deitando-me uns olhos de censura, e abanando a cabeça, como se me chamasse "peralta". Logo ficou séria, porque a lembrança do marido fazia-a realmente triste.

Meti o caso à bulha; ela, depois de aceitar uma ordem de ideias mais alegre, convidou-me a ver se a viúva Noronha casava comigo; apostava que não.

– Com os meus sessenta e dous anos?

– Oh! não os parece; tem a verdura dos trinta.

Pouco depois chegamos a casa e Rita almoçou comigo. Antes do almoço, tornamos a falar da viúva e do casamento, e ela repetiu a aposta. Eu, lembrando-me de Goethe[1], disse-lhe:

– Mana, você está a querer fazer comigo a aposta de Deus e de Mefistófeles[2]; não conhece?

– Não conheço.

Fui à minha pequena estante e tirei o volume do *Fausto*[3], abri a página do prólogo no céu, e li-lha, resumindo como pude. Rita escutou atenta o desafio de Deus e do Diabo, a propósito do velho Fausto, o servo do Senhor, e da perda infalível que faria dele o astuto. Rita não tem cultura, mas tem finura, e naquela ocasião tinha principalmente fome. Replicou rindo:

– Vamos almoçar. Não quero saber desses prólogos nem de outros; repito o que disse, e veja você se refaz o que lá vai desfeito. Vamos almoçar.

Fomos almoçar; às duas horas Rita voltou para Andaraí, eu vim escrever isto e vou dar um giro pela cidade.

---

1. *Johann Wolfgang von Goethe* (1749-1832): poeta, dramaturgo e prosador alemão. Um dos mais importantes escritores da literatura universal.

2. *Mefistófeles*: personagem da tragédia *Fausto*, de Goethe. Demônio que aposta com Deus que conquistaria a alma do doutor Fausto.

3. *Fausto*: poema trágico de Goethe em que o sábio Fausto celebra um pacto com o demônio Mefistófeles. Em troca da felicidade plena, a alma de Fausto seria propriedade do diabo

12 de Janeiro.

Na conversa de anteontem com Rita esqueceu-me dizer a parte relativa a minha mulher, que lá está enterrada em Viena. Pela segunda vez falou-me em transportá-la para o nosso jazigo. Novamente lhe disse que estimaria muito estar perto dela, mas que, em minha opinião, os mortos ficam bem onde caem; redarguiu-me que estão muito melhor com os seus.

– Quando eu morrer, irei para onde ela estiver, no outro mundo, e ela virá ao meu encontro – disse eu.

Sorriu, e citou o exemplo da viúva Noronha que fez transportar o marido de Lisboa, onde faleceu, para o Rio de Janeiro, onde ela conta acabar. Não disse mais sobre este assunto, mas provavelmente tornará a ele, até alcançar o que lhe parece. Já meu cunhado dizia que era seu costume dela, quando queria alguma cousa.

Outra cousa que não escrevi foi a alusão que ela fez à gente Aguiar, um casal que conheci a última vez que vim, com licença, ao Rio de Janeiro, e agora encontrei. São amigos dela e da viúva, e celebram daqui a dez ou quinze dias as suas bodas de prata. Já os visitei duas vezes e o marido a mim. Rita falou-me deles com simpatia e aconselhou-me a ir cumprimentá-los por ocasião das festas aniversárias.

– Lá encontrará Fidélia.

– Que Fidélia?

– A viúva Noronha.

– Chama-se Fidélia?

– Chama-se.

– O nome não basta para não casar.

– Tanto melhor para você, que vencerá a pessoa e o nome, e acabará casando com a viúva. Mas eu repito que não casa.

———————————

14 de Janeiro.

A única particularidade da biografia de Fidélia é que o pai e o sogro eram inimigos políticos, chefes de partido na Paraíba do Sul. Inimizade de famílias não tem impedido que moços se amem, mas é preciso ir a Verona[4] ou alhures. E ainda os de Verona dizem comentadores que as famílias de Romeu e Julieta[5] eram antes amigas e do mesmo partido; também dizem que nunca existiram, salvo na tradição ou somente na cabeça de Shakespeare[6].

Nos nossos municípios, ao norte, ao sul e ao centro, creio que não há caso algum. Aqui a oposição dos rebentos continua a das raízes, e cada árvore brota de si mesma, sem lançar galhos a outra, e esterilizando-lhe o terreno, se pode. Eu, se fosse capaz de ódio, era assim que odiava; mas eu não odeio nada nem ninguém, *perdono a tutti*[7], como na ópera.

Agora, como foi que eles se amaram – os namorados da Paraíba do Sul – é o que Rita me não referiu, e seria curioso saber. Romeu e Julieta aqui no Rio, entre a lavoura e a advocacia – porque o pai do nosso Romeu era advogado na

---

4. *Verona*: cidade italiana onde transcorre a tragédia *Romeu e Julieta*, de Shakespeare. Romeu e Julieta não resistem ao amor que é forte e recíproco, a despeito da hostilidade entre as respectivas famílias, que acaba sendo a causa da morte do jovem casal.

5. *Romeu e Julieta*: protagonistas da tragédia homônima de Shakespeare. O amor do casal supera a hostilidade das respectivas famílias, mas morre por um equívoco, em última análise, decorrente da desavença familiar.

6. *William Shakespeare* (1564-1616): poeta e dramaturgo inglês, autor de obras-primas como *Hamlet*, *Rei Lear* e *Macbeth*, entre outras. É considerado um dos mais importantes escritores da literatura universal.

7. *Perdono a tutti* (italiano): "perdoo a todos". A expressão é extraída do terceiro ato da ópera *Ernani* (1843), de Giuseppe Verdi (1813-1901), com libreto de Francesco Maria Piave (1810-1876), baseada em *Hernani ou l'Honneur Castillan*, drama de Victor Hugo.

cidade da Paraíba –, é um desses encontros que importaria conhecer para explicar. Rita não entrou nesses pormenores; eu, se me lembrar, hei de pedir-lhos. Talvez ela os recuse imaginando que começo deveras a morrer pela dama.

———————

16 de Janeiro.

. . . .

Tão depressa vinha saindo do Banco do Sul encontrei Aguiar, gerente dele, que para lá ia. Cumprimentou-me muito afetuosamente, pediu-me notícias de Rita, e falamos durante alguns minutos sobre cousas gerais.

Isso foi ontem. Hoje pela manhã recebi um bilhete de Aguiar, convidando-me, em nome da mulher e dele, a ir lá jantar no dia 24. São as bodas de prata. "Jantar simples e de poucos amigos", escreveu ele. Soube depois que é festa recolhida. Rita vai também. Resolvi aceitar, e vou.

———————

20 de Janeiro.

Três dias metido em casa, por um resfriamento com pontinha de febre. Hoje estou bom, e segundo o médico, posso já sair amanhã; mas poderei ir às bodas de prata dos velhos Aguiares? Profissional cauteloso, o doutor Silva me aconselhou que não vá; mana Rita, que tratou de mim dous dias, é da mesma opinião. Eu não a tenho contrária, mas se me achar lépido e robusto, como é possível, custar-me-á não ir. Veremos; três dias passam depressa.

Seis horas da tarde.

Gastei o dia a folhear livros, e reli especialmente alguma cousa de Shelley[8] e também de Thackeray[9]. Um consolou-me de outro, este desenganou-me daquele; é assim que o engenho completa o engenho, e o espírito aprende as línguas do espírito.

Nove horas da noite.

Rita jantou comigo; disse-lhe que estou são como um pero[10], e com forças para ir às bodas de prata. Ela, depois de me aconselhar prudência, concordou que, se não tiver mais nada, e for comedido ao jantar, posso ir; tanto mais que os meus olhos terão lá dieta absoluta.

– Creio que Fidélia não vai – explicou.

– Não vai?

– Estive hoje com o desembargador Campos, que me disse haver deixado a sobrinha com a nevralgia do costume. Padece de nevralgias. Quando elas lhe aparecem é por dias, e não vão sem muito remédio e muita paciência. Talvez vá visitá-la amanhã ou depois.

Rita acrescentou que para o casal Aguiar é meio desastre; contavam com ela, como um dos encantos da festa. Que-

---

8. *Percy Bysshe Shelley* (1792-1822): um destacado poeta do romantismo na Inglaterra. Foi dramaturgo e escreveu contos e romances. Autor de alguns dos mais célebres poemas ingleses, como *To a Skylark* [*A Uma Cotovia*], entre outros.

9. *William Makepeace Thackeray* (1811-1863): nascido na Índia, foi um profícuo escritor inglês, autor de obras famosas, como o romance *Vanity Fair* [*Feira das Vaidades*].

10. *Pero*: denominação que os índios davam aos portugueses, pioneiros da colonização.

rem-se muito, eles a ela, e ela a eles, e todos se merecem, é o parecer de Rita e pode vir a ser o meu.

– Creio. Já agora, se me não sentir impedido, irei sempre. Também a mim parece boa gente a gente Aguiar. Nunca tiveram filhos?

– Nunca. São muito afetuosos, dona Carmo ainda mais que o marido. Você não imagina como são amigos um do outro. Eu não os frequento muito, porque vivo metida comigo, mas o pouco que os visito basta para saber o que valem, ela principalmente. O desembargador Campos, que os conhece desde muitos anos, pode dizer-lhe o que eles são.

– Haverá muita gente ao jantar?

– Não, creio que pouca. A maior parte dos amigos irá de noite. Eles são modestos, o jantar é só dos mais íntimos, e por isso o convite que fizeram a você mostra grande simpatia pessoal.

– Já senti isso, quando me apresentaram a eles, há sete anos, mas então supus que era mais por causa do ministro que do homem. Agora, quando me receberam, foi com muito gosto. Pois lá vou no dia 24, haja ou não haja Fidélia.

---

25 de Janeiro.

Lá fui ontem às bodas de prata. Vejamos se posso resumir agora as minhas impressões da noite.

Não podiam ser melhores. A primeira delas foi a união do casal. Sei que não é seguro julgar por uma festa de algumas horas a situação moral de duas pessoas. Naturalmente a ocasião aviva a memória dos tempos passados, e a afeição dos outros como que ajuda a duplicar a própria. Mas não é isso. Há neles alguma cousa superior à oportunidade e diversa da alegria alheia. Senti que os anos tinham ali reforçado e aparado a natureza, e que as duas pessoas eram, ao cabo, uma só e única. Não senti, não podia sentir isto logo que entrei, mas foi o total da noite.

Aguiar veio receber-me à porta da sala – eu diria que com uma intenção de abraço, se pudesse havê-la entre nós e em tal lugar; mas a mão fez esse ofício, apertando a minha efusivamente. É homem de sessenta anos feitos (ela tem cinquenta), o corpo antes cheio que magro, ágil, ameno e risonho. Levou-me à mulher, a um lado da sala, onde ela conversava com duas amigas. Não era nova para mim a graça da boa velha, mas desta vez o motivo da visita e o teor do meu cumprimento davam-lhe à expressão do rosto algo que tolera bem a qualificação de radiante. Estendeu-me a mão, ouviu-me e inclinou a cabeça, olhando de relance para o marido.

Senti-me objeto dos cuidados de ambos. Rita chegou pouco depois de mim; vieram vindo outros homens e senhoras, todos de mim conhecidos, e vi que eram familiares da casa. Em meio da conversação, ouvi esta palavra inesperada a uma senhora, que dizia à outra:

– Não vá Fidélia ter ficado pior.

– Ela vem? – perguntou a outra.

– Mandou dizer que vinha; está melhor; mas talvez lhe faça mal.

O mais que as duas disseram, relativamente à viúva, foi bem. O que me dizia um dos convidados apenas foi ouvido por mim, sem lhe prestar atenção maior que o assunto nem perder as aparências dela. Pela hora próxima do jantar supus que Fidélia não viesse. Supus errado. Fidélia e o tio foram os últimos chegados, mas chegaram. O alvoroço com que dona Carmo a recebeu mostrava bem a alegria de a ver ali, apenas convalescida, e apesar do risco de voltar à noite. O prazer de ambas foi grande.

Fidélia não deixou inteiramente o luto; trazia às orelhas dous corais, e o medalhão com o retrato do marido, ao peito, era de ouro. O mais do vestido e adorno escuro. As joias e um raminho de miosótis à cinta vinham talvez em homenagem à amiga. Já de manhã lhe enviara um bilhete de cumprimentos acompanhando o pequeno vaso de porcelana, que estava em cima de um móvel com outros presentinhos aniversários.

Ao vê-la agora, não a achei menos saborosa que no cemitério, e há tempos em casa de mana Rita, nem menos vistosa também. Parece feita ao torno, sem que este vocábulo dê nenhuma ideia de rigidez; ao contrário, é flexível. Quero aludir somente à correção das linhas – falo das linhas vistas; as restantes adivinham-se e juram-se. Tem a pele macia e clara, com uns tons rubros nas faces, que lhe não ficam mal à viuvez. Foi o que vi logo à chegada, e mais os olhos e os cabelos pretos; o resto veio vindo pela noite adiante, até que ela se foi embora. Não era preciso mais para completar uma figura interessante no gesto e na conversação. Eu, depois de alguns instantes de exame, eis o que pensei da pessoa. Não pensei logo em prosa, mas em verso, e um verso justamente de Shelley, que relera dias antes em casa, como lá ficou dito atrás, e tirado de uma das suas estâncias de 1821:

I can give not what men call love.

Assim disse comigo em inglês, mas logo depois repeti em prosa nossa a confissão do poeta, com um fecho da minha composição: "Eu não posso dar o que os homens chamam amor… e é pena!"

Esta confissão não me fez menos alegre. Assim, quando dona Carmo veio tomar-me o braço, segui como se fosse para um jantar de núpcias. Aguiar deu o braço a Fidélia, e sentou-se entre ela e a mulher. Escrevo estas indicações sem outra necessidade mais que a de dizer que os dous cônjuges, ao pé um do outro, ficaram ladeados pela amiga Fidélia e por mim. Desta maneira pudemos ouvir palpitar o coração aos dous – hipérbole permitida para dizer que em ambos nós, em mim ao menos, repercutia a felicidade daqueles vinte e cinco anos de paz e consolação.

A dona da casa, afável, meiga, deliciosa com todos, parecia realmente feliz naquela data; não menos o marido. Talvez ele fosse ainda mais feliz que ela, mas não saberia mostrá-lo tanto. Dona Carmo possui o dom de falar e viver por todas as feições, e um poder de atrair as pessoas, como terei visto em poucas mulheres, ou raras. Os seus cabelos brancos, colhidos com arte e gosto dão à velhice um relevo particular, e fazem casar nela todas as idades. Não sei se me explico bem, nem é preciso dizer melhor para o fogo a que lançarei um dia estas folhas de solitário.

De quando em quando, ela e o marido trocavam as suas impressões com os olhos, e pode ser que também com a fala. Uma só vez a impressão visual foi melancólica. Mais tarde ouvi a explicação a mana Rita. Um dos convivas – sempre há indiscretos –, no brinde que lhes fez aludiu à falta de filhos, dizendo "que Deus lhos negara para que eles se amassem melhor entre si". Não falou em verso, mas a ideia suportaria o metro e a rima, que o autor talvez houvesse cultivado em rapaz; orçava agora pelos cinquenta anos, e tinha um filho. Ouvindo aquela referência, os dous fitaram-se tristes, mas logo buscaram rir, e sorriram. Mana Rita me disse depois que essa era a única ferida do casal. Creio que Fidélia percebeu também a expressão de tristeza dos dous, porque eu a vi inclinar-se para ela com um gesto do cálix e brindar a dona Carmo cheia de graça e ternura:

– À sua felicidade.

A esposa Aguiar, comovida, apenas pôde responder logo com o gesto; só instantes depois de levar o cálix à boca, acrescentou, em voz meia surda, como se lhe custasse sair do coração apertado esta palavra de agradecimento:

– Obrigada.

Tudo foi assim segredado, quase calado. O marido aceitou a sua parte do brinde, um pouco mais expansivo, e o jantar acabou sem outro rasto de melancolia.

De noite vieram mais visitas; tocou-se, três ou quatro pessoas jogaram cartas. Eu deixei-me estar na sala, a mirar aquela porção de homens alegres e de mulheres verdes e maduras, dominando a todas pelo aspecto particular da velhice dona Carmo, e pela graça apetitosa da mocidade de Fidélia; mas a graça desta trazia ainda a nota da viuvez recente, aliás de dous anos. Shelley continuava a murmurar ao meu ouvido para que eu repetisse a mim mesmo: *I can give not what men call love.*

Quando transmiti esta impressão a Rita, disse ela que eram desculpas de mau pagador, isto é, que eu, temendo não vencer a resistência da moça, dava-me por incapaz de amar. E pegou daqui para novamente fazer a apologia da paixão conjugal de Fidélia.

– Todas as pessoas daqui e de fora que os viram – continuou – podem dizer a você o que foi aquele casal. Basta saber que se uniram, como já lhe disse, contra a vontade dos dous pais, e amaldiçoados por ambos. Dona Carmo tem sido confidente da amiga, e não repete o que lhe ouve por discreta, resume só o que pode, com palavras de afirmação e de admiração. Tenho-as ouvido muita vez. A mim mesma Fidélia conta alguma cousa. Converse com o tio... Olhe, ele que lhe diga também da gente Aguiar...

Neste ponto interrompi:

– Pelo que ouço, enquanto eu andava lá fora, a representar o Brasil, o Brasil fazia-se o seio de Abraão[11]. Você, o casal Aguiar, o casal Noronha, todos os casais, em suma, faziam-se modelos de felicidade perpétua.

– Pois peça ao desembargador que lhe diga tudo.

– Outra impressão que levo desta casa e desta noite é que as duas damas, a casada e a viúva, parecem amar-se como mãe e filha, não é verdade?

– Creio que sim.

– A viúva também não tem filhos?

– Também não. É um ponto de contato.

– Há um ponto de desvio; é a viuvez de Fidélia.

– Isso não; a viuvez de Fidélia está com a velhice de dona Carmo; mas se você acha que é desvio tem nas suas mãos consertá-lo, é arrancar a viúva à viuvez, se puder; mas não pode, repito.

A mana não costuma dizer pilhérias, mas quando lhe sai alguma tem pico. Foi o que eu lhe disse então, ao metê-la no carro que a levou a Andaraí, enquanto eu vim a pé para o Catete. Esqueceu-me dizer que a casa Aguiar é na Praia do Flamengo, ao fundo de um pequeno jardim, casa velha mas sólida.

Sábado.

Ontem encontrei um velho conhecido do corpo diplomático e prometi ir jantar com ele amanhã em Petrópolis. Subo hoje e volto segunda-feira. O pior é que acordei de mau humor, e antes quisera ficar que subir. E daí pode ser que a

---

11. *Abraão*: personagem bíblica do Gênesis; patriarca do povo judeu e reverenciado pelo cristianismo e pelo islamismo.

mudança de ar e de espetáculo altere a disposição do meu espírito. A vida, mormente nos velhos, é um ofício cansativo.

———————

Segunda-feira.

Desci hoje de Petrópolis. Sábado, ao sair a barca da Prainha, dei com o desembargador Campos a bordo, e foi um bom encontro, porque daí a pouco o meu mau humor cedia, e cheguei a Mauá já meio curado. Na estação de Petrópolis estava restabelecido inteiramente.

Não me lembra se já escrevi neste *Memorial* que o Campos foi meu colega de ano em São Paulo. Com o tempo e a ausência perdemos a intimidade, e quando nos vimos outra vez, o ano passado, apesar das recordações escolásticas que surgiram entre nós, éramos estranhos. Vimo-nos algumas vezes, e passamos uma noite no Flamengo; mas a diferença da vida tinha ajudado o tempo e a ausência.

Agora na barca fomos reatando melhor os laços antigos. A viagem por mar e por terra eram de sobra para avivar alguma cousa da vida escolar. Bastante foi; acabamos lavados da velhice.

Ao subir a serra as nossas impressões divergiram um tanto. Campos achava grande prazer na viagem que íamos fazendo em trem de ferro. Eu confessava-lhe que tivera maior gosto quando ali ia em caleças tiradas a burros, umas atrás das outras, não pelo veículo em si, mas porque ia vendo, ao longe, cá embaixo, aparecer a pouco e pouco o mar e a cidade com tantos aspectos pinturescos. O trem leva a gente de corrida, de afogadilho, desesperado, até à própria estação de Petrópolis. E mais lembrava as paradas, aqui para beber café, ali para beber água na fonte célebre, e finalmente a vista do alto da serra, onde os elegantes de Petrópolis aguardavam a gente e a acompanhavam nos seus carros e cavalos até à cidade; alguns dos passageiros de baixo passavam ali mesmo para os carros onde as famílias esperavam por eles.

Campos continuou a dizer todo o bem que achava no trem de ferro, como prazer e como vantagem. Só o tempo que a gente poupa! Eu, se retorquisse dizendo-lhe bem do tempo que se perde, iniciaria uma espécie de debate que faria a viagem ainda mais sufocada e curta. Preferi trocar de assunto e agarrei-me aos derradeiros minutos, falei do progresso, ele também, e chegamos satisfeitos à cidade da serra.

Os dous fomos para o mesmo hotel (Bragança). Depois de jantar saímos em passeio de digestão, ao longo do rio. Então, a propósito dos tempos passados, falei do casal Aguiar e do conhecimento que Rita me disse que ele tinha da vida e da mocidade dos dous cônjuges. Confessei achar nestes um bom exemplo de aconchego e união. Talvez a minha intenção secreta fosse passar dali ao casamento da própria sobrinha dele, suas condições e circunstâncias, cousa difícil pela curiosidade que podia exprimir, e aliás não está nos meus hábitos, mas ele não me deu azo nem tempo. Todo este foi pouco para dizer da gente Aguiar. Ouvi com paciência, porque o assunto entrou a interessar-me depois das primeiras palavras, e também porque o desembargador fala mui agradavelmente. Mas agora é tarde para transcrever o que ele disse; fica para depois, um dia, quando houver passado a impressão, e só me ficar de memória o que vale a pena guardar.

---

4 de Fevereiro.

Eia, resumamos hoje o que ouvi ao desembargador em Petrópolis acerca do casal Aguiar. Não ponho os incidentes, nem as anedotas soltas, e até excluo os adjetivos que tinham mais interesse na boca dele do que lhes poderia dar a minha pena; vão só os precisos à compreensão de cousas e pessoas.

A razão que me leva a escrever isto é a que entende com a situação moral dos dous, e prende um tanto com a viúva Fidélia. Quanto à vida deles ei-la aqui em termos secos, curtos e apenas biográficos. Aguiar casou guarda-livros. Dona Carmo vivia então com a mãe, que era de Nova Friburgo, e o pai, um relojoeiro suíço daquela cidade. Casamento a grado de todos. Aguiar continuou guarda-livros, e passou de uma casa a outra e mais outra, fez-se sócio da última, até ser gerente de banco, e chegaram à velhice sem filhos. É só isto, nada mais que isto. Viveram até hoje sem bulha nem matinada[12].

Queriam-se, sempre se quiseram muito, apesar dos ciúmes que tinham um do outro, ou por isso mesmo. Desde namorada, ela exerceu sobre ele a influência de todas as namoradas deste mundo, e acaso do outro, se as há tão longe. Aguiar contara uma vez ao desembargador os tempos amargos em que, ajustado o casamento, perdeu o emprego por falência do patrão. Teve de procurar outro; a demora não foi grande, mas o novo lugar não lhe permitiu casar logo, era-lhe preciso assentar a mão, ganhar confiança, dar tempo ao tempo. Ora, a alma dele era de pedras soltas; a fortaleza da noiva foi o cimento e a cal que as uniram naqueles dias de crise. Copio esta imagem que ouvi ao Campos, e que ele me disse ser do próprio Aguiar. Cal e cimento valeram-lhe logo em todos os casos de pedras desconjuntadas. Ele via as cousas pelos seus próprios olhos, mas se

12. *Matinada*: estrondo; algazarra.

estes eram ruins ou doentes, quem lhe dava remédio ao mal físico ou moral era ela.

A pobreza foi o lote dos primeiros tempos de casados. Aguiar dava-se a trabalhos diversos para acudir com suprimentos à escassez dos vencimentos. Dona Carmo guiava o serviço doméstico, ajudando o pessoal deste e dando aos arranjos da casa o conforto que não poderia vir por dinheiro. Sabia conservar o bastante e o simples; mas tão ordenadas as cousas, tão completadas pelo trabalho das mãos da dona que captavam os olhos ao marido e às visitas. Todas elas traziam uma alma, e esta era nada menos que a mesma, repartida sem quebra e com alinho raro, unindo o gracioso ao preciso. Tapetes de mesa e de pés, cortinas de janelas e outros mais trabalhos que vieram com os anos, tudo trazia a marca da sua fábrica, a nota íntima da sua pessoa. Teria inventado, se fosse preciso, a pobreza elegante.

Criaram relações variadas, modestas como eles e de boa camaradagem. Neste capítulo a parte de dona Carmo é maior que a de Aguiar. Já em menina era o que foi depois. Havendo estudado em um colégio do Engenho Velho, a moça acabou sendo considerada a primeira aluna do estabelecimento, não só sem desgosto, tácito ou expresso, de nenhuma companheira, mas com prazer manifesto e grande de todas, recentes ou antigas. A cada uma pareceu que se tratava de si mesma. Era então algum prodígio de talento? Não, não era; tinha a inteligência fina, superior ao comum das outras, mas não tal que as reduzisse a nada. Tudo provinha da índole afetuosa daquela criatura.

Dava-lhe esta o poder de atrair e conchegar. Uma cousa me disse Campos que eu havia observado de relance naquela noite das bodas de prata, é que dona Carmo agrada igualmente a velhas e a moças. Há velhas que não sabem fazer-

-se entender de moças, assim como há moças fechadas às velhas. A senhora de Aguiar penetra e se deixa penetrar de todas; assim foi jovem, assim é madura.

Campos não os acompanhou sempre, nem desde os primeiros tempos; mas quando entrou a frequentá-los, viu nela o desenvolvimento da noiva e da recém-casada, e compreendeu a adoração do marido. Este era feliz, e para sossegar das inquietações e tédios de fora, não achava melhor respiro que a conversação da esposa, nem mais doce lição que a de seus olhos. Era dela a arte fina que podia restituí-lo ao equilíbrio e à paz.

Um dia, em casa deles, abrindo uma coleção de versos italianos, Campos achou entre as folhas um papelinho velho com algumas estrofes escritas. Soube que eram do livro, copiadas por ela nos dias de noiva, segundo ambos lhe disseram, vexados; restituiu o papel à página, e o volume à estante. Um e outro gostavam de versos, e talvez ela tivesse feito alguns, que deitou fora com os últimos solecismos[13] de família. Ao que parece, traziam ambos em si um gérmen de poesia instintiva, a que faltara expressão adequada para sair cá fora.

A última reflexão é minha, não do desembargador Campos, e leva o único fim de completar o retrato deste casal. Não é que a poesia seja necessária aos costumes, mas pode dar-lhes graça. O que eu fiz então foi perguntar ao desembargador se tais criaturas tiveram algum ressentimento da vida. Respondeu-me que um, um só e grande; não tiveram filhos.

– Mana Rita disse-me isso mesmo.

– Não tiveram filhos – repetiu Campos.

13. *Solecismo*: em sentido próprio, vem a ser um erro gramatical. Em sentido figurado, como deve ser entendido no contexto, significa falha ou imperfeição.

Ambos queriam um filho, um só que fosse, ela ainda mais que ele. Dona Carmo possuía todas as espécies de ternura, a conjugal, a filial, a maternal. Campos ainda lhe conheceu a mãe, cujo retrato, encaixilhado com o do pai, figurava na sala, e falava de ambos com saudades longas e suspiradas. Não teve irmãos, mas a afeição fraternal estaria incluída na amical, em que se dividia também. Quanto aos filhos, se os não teve, é certo que punha muito de mãe nos seus carinhos de amiga e de esposa. Não menos certo é que para essa espécie de orfandade às avessas, tem agora um paliativo.

– Dona Fidélia?

– Sim, Fidélia; e teve ainda outro que acabou.

Aqui referiu-me uma história que apenas levará meia dúzia de linhas, e não é pouco para a tarde que vai baixando; digamo-la depressa.

Uma das suas amigas tivera um filho, quando dona Carmo ia em vinte e tantos anos. Sucessos que o desembargador contou por alto e não valia a pena instar por eles, trouxeram a mãe e o filho para a casa Aguiar durante algum tempo. Ao cabo da primeira semana tinha o pequeno duas mães. A mãe real precisou ir a Minas, onde estava o marido; viagem de poucos dias. Dona Carmo alcançou que a amiga lhe deixasse o filho e a ama. Tais foram os primeiros liames da afeição que cresceu com o tempo e o costume. O pai era comerciante de café – comissário –, e andava então a negócios por Minas; a mãe era filha de Taubaté, São Paulo, amiga de viajar a cavalo. Quando veio o tempo de batizar o pequeno, Luísa Guimarães convidou a amiga para madrinha dele. Era justamente o que a outra queria; aceitou com alvoroço, o marido com prazer, e o batizado se fez como uma festa da família Aguiar.

A meninice de Tristão – era o nome do afilhado – foi dividida entre as duas mães, entre as duas casas. Os anos vieram, o menino crescia, as esperanças maternas de dona Carmo iam morrendo. Este era o filho abençoado que o acaso lhes deparara, disse um dia o marido; e a mulher, católica também na linguagem, emendou que a Providência, e toda se entregou ao afilhado. A opinião que o desembargador achou em algumas pessoas, e creio justa, é que dona Carmo parecia mais verdadeira mãe que a mãe de verdade. O menino repartia-se bem com ambas, preferindo um pouco mais a mãe postiça. A razão podiam ser os carinhos maiores, mais continuados, as vontades mais satisfeitas e finalmente os doces, que também são motivos para o infante, como para o adulto. Veio o tempo da escola, e ficando mais perto da casa Aguiar, o menino ia jantar ali, e seguia depois para as Laranjeiras, onde morava Guimarães. Algumas vezes a própria madrinha o levava.

Nas duas ou três moléstias que o pequeno teve, a aflição de dona Carmo foi enorme. Uso o próprio adjetivo que ouvi ao Campos, conquanto me pareça enfático, e eu não amo a ênfase. Confesso aqui uma cousa. Dona Carmo é das poucas pessoas a quem nunca ouvi dizer que são "doidas por morangos", nem que "morrem por ouvir Mozart"[14]. Nela a intensidade parece estar mais no sentimento que na expressão. Mas, enfim, o desembargador assistiu à última das moléstias do menino, que foi em casa da madrinha, e pôde ver a aflição de dona Carmo, os seus afagos e sustos, alguns minutos de desespero e de lágrimas, e finalmente a alegria do restabelecimento. A mãe era mãe e sentiu decerto, e muito, mas diz ele que não tanto; é que haverá ternuras atadas, ou ainda moderadas, que se não mostram inteiramente a todos.

---

14. *Wolfgang Amadeus Mozart* (1756-1791): compositor austríaco, considerado um dos maiores músicos de todos os tempos.

Doenças, alegrias, esperanças, todo o repertório daquela primeira quadra da vida de Tristão foi visto, ouvido e sentido pelos dous padrinhos, e mais pela madrinha, como se fora do seu próprio sangue. Era um filho que ali estava, que fez dez anos, fez onze, fez doze, crescendo em altura e graça. Aos treze anos, sabendo que o pai o destinava ao comércio, foi ter com a madrinha e confiou-lhe que não tinha gosto para tal carreira.

– Por quê, meu filho?

Dona Carmo usava este modo de falar, que a idade e o parentesco espiritual lhe permitiam, sem usurpação de ninguém. Tristão confessou-lhe que a sua vocação era outra. Queria ser bacharel em direito. A madrinha defendeu a intenção do pai, mas com ela Tristão era ainda mais voluntarioso que com ele e a mãe, e teimou em estudar direito e ser doutor. Se não havia propriamente vocação, era este título que o atraía.

– Quero ser doutor! quero ser doutor!

A madrinha acabou achando que era bom, e foi defender a causa do afilhado. O pai deste relutou muito. "Que havia no comércio que não fosse honrado, além de lucrativo? Demais, ele não ia começar sem nada, como sucedia a outros e sucedeu ao próprio pai, mas já amparado por este." Deu-lhe outras mais razões, que dona Carmo ouviu sem negar, alegando sempre que o importante era ter gosto, e se o rapaz não tinha gosto, melhor era ceder ao que lhe aprazia. Ao cabo de alguns dias o pai de Tristão cedeu, e dona Carmo quis ser a primeira que desse ao rapaz a boa-nova. Ela própria sentia-se feliz.

Cinco ou seis meses depois, o pai de Tristão resolveu ir com a mulher cumprir uma viagem marcada para o ano seguinte – visitar a família dele; a mãe de Guimarães estava doente. Tristão, que se preparava para os estudos, tão depressa viu apressar a viagem dos pais, quis ir com eles. Era o gosto da novidade, a curiosidade da Europa, algo diverso das ruas do Rio de Janeiro, tão vistas e tão cansadas. Pai e mãe recusaram levá-lo; ele insistiu. Dona Carmo, a quem ele recorreu outra vez, recusou-se agora, porque seria afastá-lo de si, ainda que temporariamente; juntou-se aos pais do mocinho para conservá-lo aqui. Aguiar desta vez tomou parte ativa na luta; mas não houve luta que valesse. Tristão queria à fina força embarcar para Lisboa.

– Papai volta daqui a seis meses; eu volto com ele. Que são seis meses?

– Mas os estudos? – dizia-lhe Aguiar. – Você vai perder um ano…

– Pois que se perca um ano. Que é um ano que não valha a pena sacrificá-lo ao gosto de ir ver a Europa?

Aqui dona Carmo teve uma inspiração; prometeu-lhe que, tão depressa ele se formasse, ela iria com ele viajar, não seis meses, mas um ano ou mais; ele teria tempo de ver tudo, o velho e o novo, terras, mares, costumes… Estudasse primeiro. Tristão não quis. A viagem se fez, a despeito das lágrimas que custou.

Não ponho aqui tais lágrimas, nem as promessas feitas, as lembranças dadas, os retratos trocados entre o afilhado e os padrinhos. Tudo se afirmou de parte a parte, mas nem tudo se cumpriu; e, se de lá vieram cartas, saudades e notícias, quem não veio foi ele. Os pais foram ficando muito mais tempo que o marcado, e Tristão começou o curso da Escola Médica de Lisboa. Nem comércio nem jurisprudência.

Aguiar escondeu quanto pôde a notícia à mulher, a ver se tentava alguma cousa que trocasse as mãos à sorte, e restituísse o rapaz ao Brasil; não alcançou nada, e ele próprio não podia já disfarçar a tristeza. Deu a dura novidade à mulher, sem lhe acrescentar remédio nem consolação; ela chorou longamente. Tristão escreveu comunicando a mudança de carreira e prometendo vir para o Brasil, apenas formado; mas daí a algum tempo eram as cartas que escasseavam e acabaram inteiramente, elas e os retratos, e as lembranças; provavelmente não ficaram lá saudades. Guimarães aqui veio, sozinho, com o único fim de liquidar o negócio, e embarcou outra vez para nunca mais.

---

5 de Fevereiro.

Relendo o que escrevi ontem, descubro que podia ser ainda mais resumido, e principalmente não lhe pôr tantas lágrimas. Não gosto delas, nem sei se as verti algum dia, salvo por mama, em menino; mas lá vão. Pois vão também essas que aí deixei, e mais a figura de Tristão, a que cuidei dar meia dúzia de linhas e levou a maior parte delas. Nada há pior que a gente vadia – ou aposentada, que é a mesma cousa; o tempo cresce e sobra, e se a pessoa pega a escrever, não há papel que baste.

Entretanto, não disse tudo. Verifico que me faltou um ponto da narração do Campos. Não falei das ações do Banco do Sul, nem das apólices, nem das casas que o Aguiar possui, além dos honorários de gerente; terá uns duzentos e poucos contos. Tal foi a afirmação do Campos, à beira do rio, em Petrópolis. Campos é homem interessante, posto que sem variedade de espírito; não importa, uma vez que sabe despender o que tem. Verdade é que tal regra levaria a gente a aceitar toda a casta de insípidos. Ele não é destes.

---

6 de Fevereiro.

Outra cousa que também não escrevi no dia 4, mas essa não entrou na narração do Campos. Foi ao despedir-me dele, que lá ficou em Petrópolis três ou quatro dias. Como eu lhe deixasse recomendações para a sobrinha, ouvi-lhe que me respondeu:

– Está em casa da gente Aguiar; passou lá a tarde e a noite de ontem, e conta ficar até que eu desça.

---

6 de Fevereiro, à noite.

Diferença de vocações: o casal Aguiar morre por filhos, eu nunca pensei neles, nem lhes sinto a falta, apesar de só. Alguns há que os quiseram, que os tiveram e não souberam guardá-los.

---

10 de Fevereiro.

Ontem, indo jantar a Andaraí, contei a mana Rita o que ouvi ao desembargador.

– Ele não disse nada da sobrinha?

– Todo o tempo foi pouco para falar da gente Aguiar.

– Pois eu soube o que me faltava de Fidélia; foi a própria dona Carmo que me contou.

– Se a história é tão longa como a dela…

– Não, é muito mais curta; diz-se em cinco minutos.

Tirei o relógio para ver a hora exata, e marcar o tempo da narração. Rita começou e acabou em dez minutos. Justamente o dobro. Mas o assunto era curioso, trata-se do casamento, e a viúva interessa-me.

– Conheceram-se aqui na Corte – disse Rita –; na roça nunca se viram. Fidélia passava uns tempos em casa do desembargador (a tia ainda era viva), e o rapaz, Eduardo, estudava na Escola de Medicina. A primeira vez que ele a viu foi das *torrinhas* do Teatro Lírico, onde estava com outros estudantes; viu-a à frente de um camarote, ao pé da tia. Tornou a vê-la, foi visto por ela, e acabaram namorados um do outro. Quando souberam quem eram, já o mal estava feito, mas provavelmente o mal se faria, ainda que o soubessem desde princípio, porque a paixão foi repentina. O pai de Fidélia, vindo à Corte, teve notícia do caso pelo próprio irmão, que cautelosamente lhe disse o que desconfiava, e insinuou que era boa ocasião de fazerem as pazes as duas famílias. O barão ficou furioso, pegou da moça e levou-a para a fazenda. Você não imagina o que lá se passou.

– Imagino, imagino.

– Não imagina.

– Pô-la no tronco?

– Não – protestou Rita –; não fez mais que ameaçá-la com palavras, mas palavras duras, dizendo-lhe que a poria fora de casa, se continuasse a pensar em tal atrevimento. Fidélia jurou uma e muitas vezes que tinha um noivo no coração e casaria com ele, custasse o que custasse. A mãe estava do lado do marido, e opôs-se também. Fidélia resistiu e recolheu-se ao silêncio, passava os dias no quarto, chorando. As mucamas viam as lágrimas e os sinais delas, e desconfiavam de amores, até que adivinharam a pessoa, se não foi palavra que ouviram aos próprios senhores. Enfim, a moça entrou a não querer comer. Vendo isto, a mãe, com receio de algum acesso de moléstia, começou a pedir por ela, mas o marido declarou que não lhe importava vê-la morta ou até doida; antes isso que consentir na mistura do seu sangue com o da gente Noronha. A oposição da gente Noronha não foi menor. Ao saber da paixão do filho pela filha do fazendeiro, o pai de Eduardo mandou-lhe dizer que o deixaria na rua, se teimasse em semelhante afronta.

– Como inimigos eram dignos um do outro – observei.

– Eram – concordou Rita. – O desembargador soube o que se passava e foi à fazenda, onde viu tudo confirmado, e disse ao irmão que não valia opor-se porque a filha, chegada à maioridade, podia arrancar-se de casa. Ninguém obrigava a humilhar-se diante da gente Noronha, nem a fazer as pazes com ela; bastava que os filhos casassem e fossem para onde quisessem. O barão recusou a pés juntos e o desembargador dispunha-se a voltar para a Corte, sem continuar a comissão que se dera a si mesmo, quando Fidélia adoeceu deveras. A doença foi grave, a cura difícil pela recusa dos remédios e alimentos... Que sorriso é esse? Não acredita?

– Acredito, acredito; acho romanesco. Em todo caso, essa moça interessa-me. A cura, dizia você, foi difícil?

– Foi; a mãe resolveu pedir ao marido que cedesse, o marido concedeu finalmente, impondo a condição de nunca mais receber a filha nem lhe falar; não assistiria ao casamento, não queria saber dela. Restabelecida, Fidélia veio com o tio, e no ano seguinte casou. O pai do noivo também declarou que os não queria ver.

– Tanta luta para não serem felizes por muito tempo.

– É verdade. A felicidade foi grande mas curta. Um dia resolveram ir à Europa, e foram, até que se deu a morte inesperada do marido, em Lisboa, donde Fidélia fez transportar o corpo para aqui. Você lá a viu ao pé da sepultura; lá vai muitas vezes. Pois nem assim o pai, que também já é viúvo, nem assim quis receber a filha. Quando veio à Corte a primeira vez, Fidélia foi ter com ele, sozinha, depois com o tio; todas as tentativas foram inúteis. Nunca mais a viu nem lhe falou. Eu, mais ou menos, já contei isto a você; só não conhecia bem as particularidades da resistência na fazenda, mas aí está. Agora diga se ela é viúva que se case.

– Com qualquer, não; pelo menos, é difícil; mas, um sujeito fresco – continuei enfunando-me e rindo.

– Você ainda pensa...?

– Eu, mana? Eu penso no seu jantar, que há de estar delicioso. O que me fica da história é que essa moça, além de bonita, é teimosa; mas a sua sopa vale para mim todas as noções estéticas e morais deste mundo e do outro.

Ao jantar, contei a Rita o que me dissera o desembargador sobre haver ido a sobrinha passar alguns dias ao Flamengo, e perguntei-lhe se era assim a intimidade na casa.

– Certamente que é. Já uma vez Fidélia adoeceu no Flamengo e lá se tratou. Tendo perdido a esperança do filho postiço, o Tristão, que os esqueceu inteiramente, ficaram cada vez mais ligados à viúva. Dona Carmo é toda ternura para ela. Você lembra-se das bodas de prata, não? Aguiar não lhe chama filha para não parecer que usurpa esse título ao pai verdadeiro; mas a mulher, não tendo ela mãe, é o nome que lhe dá. Nem Fidélia parece querer outra mãe.

---

11 de Fevereiro.

Antigamente, quando eu era menino, ouvia dizer que às crianças só se punham nomes de santos ou santas. Mas Fidélia...? Não conheço santa com tal nome, ou sequer mulher pagã. Terá sido dado à filha do barão, como a forma feminina de *Fidélio*[15], em homenagem a Beethoven?[16] Pode ser; mas eu não sei se ele teria dessas inspirações e reminiscências artísticas. Verdade é que o nome da família que serve ao título nobiliário, Santa-Pia, também não acho na lista dos canonizados, e a única pessoa que conheço, assim chamada, é a de Dante[17]: *Ricorditi di me, che son la Pia*[18].

Parece que já não queremos Anas nem Marias, Catarinas nem Joanas, e vamos entrando em outra onomástica, para variar o aspecto às pessoas. Tudo serão modas neste mundo, exceto as estrelas e eu, que sou o mesmo antigo sujeito, salvo o trabalho das notas diplomáticas, agora nenhum.

---

18 de Fevereiro.

Campos disse-me hoje que o irmão lhe escrevera, em segredo, ter ouvido na roça o boato de uma lei próxima de abolição. Ele, Campos, não crê que este ministério a faça, e não se espera outro.

---

15. *Fidélio*: drama musical de autoria de Beethoven.

16. *Ludwig van Beethoven* (1770-1827): um dos mais celebrados compositores alemães de música erudita. Autor de obras-primas, como a *Nona Sinfonia*.

17. *Dante Alighieri* (1265-1321): poeta italiano; um dos mais célebres da literatura universal, autor, entre outras obras, da *Divina Comédia*.

18. *Ricorditi di me, che son la Pia*: "Lembre-se de mim, sou a Pia" (em tradução livre). Verso do quinto canto do "Purgatório", na *Divina Comédia*, de Dante Alighieri.

24 de Fevereiro.

A data de hoje (revolução de 1848)[19] lembra-me a festa de rapazes que tivemos em São Paulo, e um brinde que eu fiz ao grande Lamartine[20]. Ai, viçosos tempos! Eu estava no meu primeiro ano de Direito. Como falasse disso ao desembargador, disse-me este:

– Meu irmão crê que também aqui a revolução está próxima, e com ela a República.

---

2 de Março.

Venho da casa do Aguiar. Lá achei Fidélia, um primo desta, filho do desembargador, aluno da Escola de Marinha (dezesseis anos) e um empregado do Banco do Brasil. Passei uma boa hora ou mais. A velha esteve encantadora, a moça também, e a conversação evitou tudo o que pudesse lembrar a ambas a respectiva perda, uma do esposo, outra do filho postiço. Contavam-se histórias de sociedade, que eu ouvi sorrindo, quando era preciso, ou consternado nas ocasiões pertinentes. Também eu contei uma, de sociedade

19. *Revolução de 1848*: na França, levante que depôs o rei Luís Filipe e deu início à Segunda República, com a eleição de Luís Bonaparte (sobrinho de Napoleão) para a presidência da república. Além da França, vários países da Europa foram atingidos por ondas revolucionárias, que ficaram conhecidas pela designação de "Primavera dos Povos". No Brasil, de 1848 a 1850, manifestou-se em Pernambuco a chamada "Revolução Praieira", de caráter liberal, assim como as revoltas de 1848 na Europa, que defendiam, entre outras propostas, a adoção do voto universal; mas lá, como aqui, as revoltas foram derrotadas por forças políticas conservadoras.

20. *Alphonse Marie Louis de Prat de Lamartine* (1790-1869): poeta francês de prestígio internacional no romantismo. Além de escritor, foi diplomata e político. Após a queda do rei Luís Filipe, durante o governo provisório, exerceu o cargo de ministro do exterior.

alheia e remota, mas o receio de lembrar à viúva Noronha alguma terra por onde houvesse andado com o marido me fez encurtar a narração e não começar segunda. Entretanto, ela referiu duas ou três reminiscências de viagem, impressões do que vira em museus da Itália e da Alemanha. Da nossa terra dissemos cousas agradáveis e sempre de acordo. A mesma torre da Matriz da Glória, que alguns defenderam como necessária, deixou-nos a nós, a ela e a mim, concordes no desacordo, sem que aliás eu combatesse ninguém. O casal Aguiar ouviu-nos sorrindo; o moço da Escola de Marinha tentou, em vão, suscitar a questão militar.

Com isso e o mais enchemos a noite. Ninguém pediu a Fidélia que tocasse, embora me digam que é admirável ao piano. Em compensação, ouvimos-lhe dizer alguma cousa de mestres e de páginas célebres, mas isso mesmo foi breve e interrompido, pode ser que lhe lembrasse o finado. Saí antes dela. Ouvi ao Aguiar que daqui a dous meses começará as suas reuniões semanais.

---

10 de Março.

Afinal houve sempre mudança de gabinete. O conselheiro João Alfredo[21] organizou hoje outro. Daqui a três ou quatro dias irei apresentar as minhas felicitações ao novo ministro dos negócios estrangeiros.

---

21. *João Alfredo Correa de Oliveira* (1835-1919): vinculado ao Partido Conservador, foi deputado e senador, defendeu a causa da abolição da escravatura, presidiu as províncias do Pará e de São Paulo e foi ministro dos Negócios do Império (1870-1875), da Agricultura (1870-1871) e primeiro--ministro (1888-1889).

20 de Março.

Ao desembargador Campos parece que alguma cousa se fará no sentido da emancipação dos escravos – um passo adiante, ao menos. Aguiar, que estava presente, disse que nada ocorre na praça nem lhe chegou ao Banco do Sul.

---

27 de Março.

Santa-Pia chegou da fazenda, e não foi para a casa do irmão; foi para o Hotel da América. É claro que não quer ver a filha. Não há nada mais tenaz que um bom ódio. Parece que ele veio por causa do boato que corre na Paraíba do Sul acerca da emancipação dos escravos.

---

4 de Abril.

Ouvi que o barão caiu doente, e que o irmão conseguiu trazê-lo para casa. Eis aqui como. Não lhe pediu logo que viesse; achou meio de lhe dizer que Fidélia estava em casa da amiga, donde não viria tão cedo, e acabou propondo-lhe tratar-se em casa dele. Santa-Pia recusou, depois aceitou. Tudo isso foi planeado com ela. Fidélia está efetivamente no Flamengo com a gente Aguiar. Deste modo a casa do Campos ficou livre ao pai irritado e enfermo. A opinião do Campos e do Aguiar é que o fazendeiro, mais tarde ou mais cedo, acabará perdoando a filha. Em todo caso, não se encontram agora, com pesar dela.

Ora, pergunto eu, valia a pena ter brigado com o pai, em troca de um marido que mal começou a lição do amor, logo se aposentou na morte? Certo que não. Se eu propusesse concluir-lhe o curso, o pai faria as pazes com ela; ai! era preciso não haver esquecido o que aprendi, mas esqueci – tudo ou quase tudo. *I can not, etc.* (Shelley).

---

7 de Abril.

A distração faz das suas. Hoje, vindo da cidade para casa, passei por esta, e dei comigo no Largo do Machado, quando o bonde parou. Apeei-me, e antes de arrepiar caminho, a pé, detive-me alguns instantes, e enfiei pelo jardim, em direção à Matriz da Glória, a olhar para a fachada do templo com a torre por cima. Fiz isto porque me lembrou a conversação da outra noite no Flamengo.

A poucos passos, duas senhoras pareciam fazer a mesma cousa. Voltaram-se, eram nada menos que Fidélia e dona Carmo; estavam sem chapéu, tinham vindo a pé de casa. Viram-me, fui ter com elas. Pouco dissemos: notícias do barão, que está melhor, e do Aguiar, que está bom, e despedimo-nos.

Vim para o lado do Catete, elas continuaram para o da Matriz. A pequena distância, lembrou-me olhar para trás. Poderia fazer outra cousa? É aqui que eu quisera possuir tudo o que a filosofia tem dito e redito do livre-arbítrio, a fim de o negar ainda uma vez, antes de cair onde ele perde a mesma aparência de realidade; acabaria esta página por outra maneira. Mas não posso; digo só que não pude reter a cabeça nem os olhos, e vi as duas damas, com os braços cingidos à cintura uma da outra, vagarosas e visivelmente queridas.

---

8 de Abril.

Papel, amigo papel, não recolhas tudo o que escrever esta pena vadia. Querendo servir-me, acabarás desservindo-me, porque se acontecer que eu me vá desta vida, sem tempo de te reduzir a cinzas, os que me lerem depois da missa de sétimo dia, ou antes, ou ainda antes do enterro, podem cuidar que te confio cuidados de amor.

Não, papel. Quando sentires que insisto nessa nota, esquiva-te da minha mesa, e foge. A janela aberta te mostrará um pouco de telhado, entre a rua e o céu, e ali ou acolá acharás descanso. Comigo, o mais que podes achar é esquecimento, que é muito, mas não é tudo; primeiro que ele chegue, virá a troça dos malévolos ou simplesmente vadios.

Escuta, papel. O que naquela dama Fidélia me atrai é principalmente certa feição de espírito, algo parecida com o sorriso fugitivo, que já lhe vi algumas vezes. Quero estudá-la se tiver ocasião. Tempo sobra-me, mas tu sabes que é ainda pouco para mim mesmo, para o meu criado José, e para ti, se tenho vagar e quê – e pouco mais.

---

10 de Abril.

Grande novidade! O motivo da vinda do barão é consultar o desembargador sobre a alforria coletiva e imediata dos escravos de Santa-Pia. Acabo de sabê-lo, e mais isto, que a principal razão da consulta é apenas a redação do ato. Não parecendo ao irmão que este seja acertado, perguntou-lhe o que é que o impelia a isso, uma vez que condenava a ideia atribuída ao governo de decretar a abolição, e obteve esta resposta, não sei se sutil, se profunda, se ambas as cousas ou nada:

– Quero deixar provado que julgo o ato do governo uma espoliação[22], por intervir no exercício de um direito que só pertence ao proprietário, e do qual uso com perda minha, porque assim o quero e posso.

22. *Espoliação*: roubo.

Será a certeza da abolição que impele Santa-Pia a praticar esse ato, anterior de algumas semanas ou meses ao outro? A alguém que lhe fez tal pergunta respondeu Campos que não.

– Não – disse ele –, meu irmão crê na tentativa do governo, mas não no resultado, a não ser o desmantelo que vai lançar às fazendas. O ato que ele resolveu fazer exprime apenas a sinceridade das suas convicções e o seu gênio violento. Ele é capaz de propor a todos os senhores a alforria dos escravos já, e no dia seguinte propor a queda do governo que tentar fazê-lo por lei.

Campos teve uma ideia. Lembrou ao irmão que, com a alforria imediata, ele prejudica a filha, herdeira sua. Santa-Pia franziu o sobrolho. Não era a ideia de negar o direito eventual da filha aos escravos; podia ser o desgosto de ver que, ainda em tal situação, e com todo o poder que tinha de dispor dos seus bens, vinha Fidélia perturbar-lhe a ação. Depois de alguns instantes respirou largo, e respondeu que, antes de morto, o que era seu era somente seu. Não podendo dissuadi-lo, o desembargador cedeu ao pedido do irmão, e redigiram ambos a carta de alforria.

Retendo o papel, Santa-Pia disse:

– Estou certo que poucos deles deixarão a fazenda; a maior parte ficará comigo, ganhando o salário que lhes vou marcar, e alguns até sem nada, pelo gosto de morrer onde nasceram.

---

11 de Abril.

Fidélia, quando soube do ato do pai, teve vontade de ir ter com ele, não para invectivá-lo[23], mas para abraçá-lo; não lhe

---

23. *Invectivar*: pronunciar palavras ásperas, ofensivas.

importam perdas futuras. O tio é que a dissuadiu dizendo-
-lhe que o barão ainda está muito zangado com ela.

---

12 de Abril.

Santa-Pia não é feio velho, nem muito velho; terá menos
idade que eu. Arqueja um pouco, às vezes, mas pode ser da
bronquite. É meio calvo, largo de espáduas, as mãos ásperas,
cheio de corpo.

Conhecemo-nos um ao outro, eu primeiro que ele, talvez
porque a Europa me haja mudado mais. Ele lembra-se do
tempo em que eu, colega do irmão, jantei com ele aqui na
Corte. Já o irmão lhe havia falado de mim, recordando as
relações antigas. Disse-me que daqui a três dias volta para a
fazenda, onde me dará hospedagem, se quiser honrá-lo com
a minha pessoa. Agradeci e prometi, sem prazo nem ideia
de lá ir. Custa muito sair do Catete. Já é demais Petrópolis.

Está claro que lhe não falei da filha, mas confesso que se
pudesse diria mal dela, com o fim secreto de acender mais o
ódio – e tornar impossível a reconciliação. Deste modo ela
não iria daqui para a fazenda, e eu não perderia o meu objeto de estudo. Isto, sim, papel amigo, isto podes aceitar, porque é a verdade íntima e pura e ninguém nos lê. Se alguém
lesse achar-me-ia mau, e não se perde nada em parecer mau;
ganha-se quase tanto como em sê-lo.

---

13 de Abril.

Ontem com o pai, hoje com a filha. Com esta tive vontade de dizer mal do pai, tanto foi o bem que ela disse dele, a
propósito da alforria dos escravos. Vontade sem ação, velei-

dade[24] pura; antes me vi obrigado a louvá-lo também, o que lhe deu azo a estender o panegírico[25]. Disse-me que ele é bom senhor, eles bons escravos, contou-me anedotas de seu tempo de menina e moça, com tal desinteresse e calor que me deu vontade de lhe pegar a mão, e, em sinal de aplauso, beijar-lha. Vontade sem ação. Tudo sem ação esta tarde.

---

19 de Abril.

Lá se foi o barão com a alforria dos escravos na mala. Talvez tenha ouvido alguma cousa da resolução do governo; dizem que, abertas as câmaras, aparecerá um projeto de lei. Venha, que é tempo. Ainda me lembra do que lia lá fora, a nosso respeito, por ocasião da famosa proclamação de Lincoln[26]: "Eu, Abraão Lincoln, Presidente dos Estados Unidos da América..." Mais de um jornal fez alusão nominal ao Brasil, dizendo que restava agora que um povo cristão e último imitasse aquele e acabasse também com os seus escravos. Espero que hoje nos louvem. Ainda que tardiamente, é a liberdade, como queriam a sua os conjurados de Tiradentes[27].

---

24. *Veleidade*: vontade inútil; fantasia.

25. *Panegírico*: elogio; louvação.

26. *Abraham Lincoln* (1809-1865): 16º presidente dos Estados Unidos da América. Em seu governo a escravidão foi abolida. Liderou as forças vitoriosas na Guerra Civil Americana (1861-1865), também conhecida como Guerra de Secessão. Morreu assassinado por John Wilkes Booth, simpatizante dos confederados derrotados na guerra.

27. *Tiradentes*: Joaquim José da Silva Xavier (1746-1792). Participou da Conjuração Mineira, sendo preso e executado por isso. É considerado herói nacional e patrono cívico do Brasil.

7 de Maio.

O ministério apresentou hoje à Câmara o projeto de abolição. É a abolição pura e simples. Dizem que em poucos dias será lei.

———————————

13 de Maio.

Enfim, lei. Nunca fui, nem o cargo me consentia ser propagandista da abolição, mas confesso que senti grande prazer quando soube da votação final do senado e da sanção da Regente[28]. Estava na Rua do Ouvidor, onde a agitação era grande e a alegria geral.

Um conhecido meu, homem de imprensa, achando-me ali, ofereceu-me lugar no seu carro, que estava na Rua Nova, e ia enfileirar no cortejo organizado para rodear o paço da cidade, e fazer ovação à Regente. Estive quase, quase a aceitar, tal era o meu atordoamento, mas os meus hábitos quietos, os costumes diplomáticos, a própria índole e a idade me retiveram melhor que as rédeas do cocheiro aos cavalos do carro, e recusei. Recusei com pena. Deixei-os ir, a ele e aos outros, que se juntaram e partiram da Rua Primeiro de Março. Disseram-me depois que os manifestantes erguiam-se nos carros, que iam abertos, e faziam grandes aclamações, em frente ao paço, onde estavam também todos os ministros. Se eu lá fosse, provavelmente faria o mesmo e ainda agora não me teria entendido... Não, não faria nada; meteria a cara entre os joelhos.

Ainda bem que acabamos com isto. Era tempo. Embora queimemos todas as leis, decretos e avisos, não poderemos

28. *Regente*: a princesa Isabel (1846-1921) assinou a Lei Áurea, em 13 de maio de 1888, abolindo a escravidão no Brasil.

acabar com os atos particulares, escrituras e inventários, nem apagar a instituição da história, ou até da poesia. A poesia falará dela, particularmente naqueles versos de Heine[29], em que o nosso nome está perpétuo. Neles conta o capitão do navio negreiro haver deixado trezentos negros no Rio de Janeiro, onde "a casa Gonçalves Pereira" lhe pagou cem ducados por peça. Não importa que o poeta corrompa o nome do comprador e lhe chame Gonzales Perreiro; foi a rima ou a sua má pronúncia que o levou a isso. Também não temos ducados, mas aí foi o vendedor que trocou na sua língua o dinheiro do comprador.

---

14 de Maio, meia-noite.

Não há alegria pública que valha uma boa alegria particular. Saí agora do Flamengo, fazendo esta reflexão, e vim escrevê-la, e mais o que lhe deu origem.

Era a primeira reunião do Aguiar; havia alguma gente e bastante animação. Rita não foi; fica-lhe longe e não dá para isto, mandou-me dizer. A alegria dos donos da casa era viva, a tal ponto que não a atribuí somente ao fato dos amigos juntos, mas também ao grande acontecimento do dia. Assim o disse por esta única palavra, que me pareceu expressiva, dita a brasileiros:

– Felicito-os.

– Já sabia? – perguntaram ambos.

Não entendi, não achei que responder. Que era que eu podia saber já, para os felicitar, se não era o fato público?

---

29. *Christian Johann Heinrich Heine* (1797-1856): célebre poeta romântico alemão. O texto alude ao poema "Das Sklavenschiff" ("O Navio Negreiro", 1854), que inspirou a composição de "O Navio Negreiro", de Castro Alves.

Chamei o melhor dos meus sorrisos de acordo e complacência, ele veio, espraiou-se, e esperei. Velho e velha disseram-me então rapidamente, dividindo as frases, que a carta viera dar-lhes grande prazer. Não sabendo que carta era nem de que pessoa, limitei-me a concordar:

– Naturalmente.

– Tristão está em Lisboa – concluiu Aguiar –, tendo voltado há pouco da Itália; está bem, muito bem.

Compreendi. Eis aí como, no meio do prazer geral, pode aparecer um particular, e dominá-lo. Não me enfadei com isso; ao contrário, achei-lhes razão, e gostei de os ver sinceros. Por fim, estimei que a carta do filho postiço viesse após anos de silêncio pagar-lhes a tristeza que cá deixou. Era devida a carta; como a liberdade dos escravos, ainda que tardia, chegava bem. Novamente os felicitei, com ar de quem sabia tudo.

---

16 de Maio.

Fidélia voltou para casa, levando e deixando saudades. Os três estão muito amigos, e os dous parecem pais de verdade; ela também parece filha verdadeira. O desembargador, que me contou isto, referiu-me algumas palavras da sobrinha acerca da gente Aguiar, principalmente da velha, e acrescentou:

– Não é dessas afeições chamadas fogo de palha; nela, como neles, tudo tem sido lento e radicado. São capazes de me roubarem a sobrinha, e ela de se deixar roubar por eles. Também se não forem eles, será o pai. Creio que meu irmão já vai amansando. A última vez que me escreveu, depois de falar muito mal do imperador e da princesa, não lhe esqueceu dizer que "agradecia as lembranças mandadas". Fidélia não lhe mandara lembranças, estava ainda no Flamengo; eu é que as inventei na minha carta para ver o efeito que produziriam nele. Há de amansar; isto de filhos, conselheiro, não imagina, é o diabo; eu, se perdesse o meu Carlos, creio que me ia logo desta vida.

---

17 de Maio.

Vou ficar em casa uns quatro ou cinco dias, não para descansar, porque eu não faço nada, mas para não ver nem ouvir ninguém, a não ser o meu criado José. Este mesmo, se cumprir, mandá-lo-ei à Tijuca, a ver se eu lá estou. Já acho mais quem me aborreça do que quem me agrade, e creio que esta proporção não é obra dos outros, e só minha exclusivamente. Velhice esfalfa.

---

18 de Maio.

Rita escreveu-me pedindo informações de um leiloeiro. Parece-me caçoada. Que sei eu de leiloeiros nem de leilões? Quando eu morrer podem vender em particular o pouco que deixo, com abatimento ou sem ele, e a minha pele com o resto; não é nova, não é bela, não é fina, mas sempre dará para algum tambor ou pandeiro rústico. Não é preciso chamar um leiloeiro.

Vou responder isto mesmo à mana Rita, acrescentando algumas notícias que trouxe da rua – a carta do Tristão, por exemplo, os agradecimentos do barão à filha, e esta grande peta[30]: que a viúva resolveu casar comigo... Mas não; se lhe

---

30. *Peta*: mentira.

digo isto, ela não me crê, ri, e vem cá logo. Justamente o que eu não desejo. Preciso de me lavar da companhia dos outros, ainda mesmo dela, apesar de gostar dela. Mando-lhe só dizer que o leiloeiro morreu; provavelmente ainda vive, mas há de morrer algum dia.

---

21 de Maio.

Ontem escrevi à mana Rita anunciando-lhe a morte do homem, e hoje de manhã abrindo os jornais, dei com a notícia de haver falecido ontem o leiloeiro Fernandes. Chamava-se Fernandes. Sucumbiu a não sei que moléstia grega ou latina. Parece que era bom chefe de família, honrado e laborioso, e excelente cidadão; a *Vida Nova* chama-lhe grande, mas talvez ele votasse com os liberais.

Mana Rita, já pela minha carta, já pelas notícias de hoje, correu a ter comigo. Senhoras não deviam escrever cartas; raras dizem tudo e claro; muitas têm a linguagem escassa ou escura. Rita pedira-me notícias do leiloeiro, por lhe dizerem que ele morava no Catete, e adoecera gravemente há dias. Como era meu vizinho, podia ser que eu soubesse dele: foi o motivo da pergunta, mas esqueceu dizê-lo.

Hesitei entre confessar a minha invenção ou deixá-la encoberta pela coincidência, mas foi só um minuto, nem isso, foi um instante. Rita é minha irmã, não me ficaria querendo mal e acabaria rindo também. Ouviu a minha verdade, sem zanga, mas também sem riso. A razão disto é um pormenor, que não vale a pena dizer miudamente e só o bastante para explicar a carta e a seriedade. Trata-se de contas entre ela e o finado, objetos que ela mandou vender, e não sabe se ele vendeu ou não, nem como havê-los ou o dinheiro; bastará ir ao armazém. Há de haver escrituração donde conste tudo;

prometi acompanhá-la amanhã. Ficou satisfeita, começou então a sorrir, depois disse-me os objetos que eram, quadros velhos, romances lidos.

Jantou comigo. Antes de irmos para a mesa, vimos passar o enterro do Fernandes. Teve a pachorra de contar os carros; ai de mim, também eu os contava em pequeno; ela é que parece não haver perdido esse costume estatístico. O Fernandes levava trinta e sete ou trinta e oito carros.

Deixo aqui esta página com o fim único de me lembrar que o acaso também é corregedor de mentiras. Um homem que começa mentindo disfarçada ou descaradamente acaba muita vez exato e sincero.

_____

22 de Maio.

Em caminho, mana Rita contou-me o que já sabe da carta de Tristão e da resposta que dona Carmo lhe mandou. Sabe mais que eu. Dona Carmo leu-lhe as duas cartas. Tristão pede mil desculpas do longo silêncio de anos e lança-o à conta de tarefas e distrações. Ultimamente, já formado em medicina, foi em viagem a várias terras, onde viu e estudou muito. Não podendo escrever as viagens, contar-lhas-á um dia, se cá vier. Pede notícias dela e do padrinho, pede-lhes os retratos, e manda-lhes pelo correio umas gravuras; assim também lembranças do pai e da mãe que estão em Lisboa. A carta é longa, cheia de ternuras e saudades. A resposta, disse-me mana Rita que é em tom verdadeiramente maternal. Não sabe mostrar-se magoada; é toda perdão e carinho. Só lhe faz uma queixa; é que, pedindo os retratos dela e do marido, não lhe mandasse logo o seu, o último dos seus, porque os antigos cá estão. Diz muitas cousas longas, lembra os tempos de infância e de estudo, e no fim insinua-lhe que venha contar-lhe as viagens. As gravuras são da casa Goupil[31].

Rita esteve com ela no dia 15, entre uma e duas horas da tarde, depois que a viúva saiu de lá para a casa do tio desembargador. Apesar da separação desta e suas saudades, sentia-se alegre com a afeição que cresce entre ambas, e igualmente alegre com a ressurreição do afilhado. Chama-lhe ressurreição por imaginar que o moço inteiramente os esquecera. Via agora que não, e parecia-lhe a mesma alma daqui saída. Falando ou calando, tinha intervalos de melancolia, e, de uma vez, acha mana Rita que lhe viu apontar uma lágrima, uma pequenina lágrima de nada...

---

23 de Maio.

Les morts vont vite[32]. Tão depressa enterrei o leiloeiro como o esqueci. Assim foi que, escrevendo o dia de ontem, deixei de dizer que no armazém do Fernandes achamos todos os objetos de mana Rita notados e vendidos, e o dinheiro à espera da dona. Pouco é; recebê-lo-á oportunamente. Talvez não houvesse necessidade de escrever isto; fica servindo à reputação do finado.

Outra cousa que me ia esquecendo também, e mais principal, porque o ofício dos leilões pode acabar algum dia, mas o de amar não cansa nem morre. A culpa foi de mana Rita que, em vez de começar por aí, só me deu a notícia no Largo de São Francisco, indo a entrar no bonde. Parece que Fidélia mordeu uma pessoa; foram as próprias palavras dela.

31. *Goupil*: referência a uma empresa francesa que negociava obras de arte.
32. *Les morts vont vite* (francês): "os mortos se vão rapidamente" (em tradução livre).

– Mordeu? – perguntei sem entender logo.

– Sim, há alguém que anda mordido por ela.

– Isso há de haver muitos – retorqui.

Não teve tempo de me dizer nada, trepara ao bonde e o bonde ia sair; apertou-me a mão sorrindo, e disse adeus com os dedos.

---

24 de Maio, ao meio-dia.

Esta manhã, como eu pensasse na pessoa que terá sido mordida pela viúva, veio a própria viúva ter comigo, consultar-me se devia curá-la ou não. Achei-a na sala com o seu vestido preto do costume e enfeites brancos, fi-la sentar no canapé, sentei-me na cadeira ao lado e esperei que falasse.

– Conselheiro – disse ela entre graciosa e séria –, que acha que faça? Que case ou fique viúva?

– Nem uma cousa nem outra.

– Não zombe, conselheiro.

– Não zombo, minha senhora. Viúva não lhe convém, assim tão verde; casada, sim, mas com quem, a não ser comigo?

– Tinha justamente pensado no senhor.

Peguei-lhe nas mãos, e enfiamos os olhos um no outro, os meus a tal ponto que lhe rasgaram a testa, a nuca, o dorso do canapé, a parede e foram pousar no rosto do meu criado, única pessoa existente no quarto, onde eu estava na cama. Na rua apregoava a voz de quase todas as manhãs: "Vai... vassouras! vai espanadores!"

Compreendi que era sonho e achei-lhe graça. Os pregões foram andando, enquanto o meu José pedia desculpa de haver entrado, mas eram nove horas passadas, perto de dez.

Fui às minhas abluções[33], ao meu café, aos meus jornais. Alguns destes celebram o aniversário da batalha de Tuiuti[34]. Isto me lembra que, em plena diplomacia, quando lá chegou a notícia daquela vitória nossa, tive de dar esclarecimentos a alguns jornalistas estrangeiros sequiosos de verdade. Vinte anos mais, não estarei aqui para repetir esta lembrança; outros vinte, e não haverá sobrevivente dos jornalistas nem dos diplomatas, ou raro, muito raro; ainda vinte, e ninguém. E a Terra continuará a girar em volta do Sol com a mesma fidelidade às leis que os regem, e a batalha de Tuiuti, como a das Termópilas[35], como a de Iena[36], bradará do fundo do abismo aquela palavra da prece de Renan[37]: "Ó abismo! tu és o deus único!"

Aí fica um desconcerto acabando em desconsolo – tudo para anotar pouco mais que nada. Posso dizer com Dom Francisco Manuel[38]: "Eu de meu natural sou miúdo e pro-

---

33. *Abluções*: práticas de higiene, como lavar o rosto e as mãos.

34. *Batalha de Tuiuti*: episódio de maiores proporções na Guerra do Paraguai (1865-1870), em que mais de 55 mil guerreiros lutaram, em 24 de maio de 1866.

35. *Termópilas*: referência à batalha das Termópilas (480 a.C.) em que um pequeno número de guerreiros gregos (cerca de sete mil homens), comandados pelo rei de Esparta, Leônidas I, deteve por três dias o imenso exército (estimadamente, trezentos mil homens) de Xerxes, o rei persa que queria conquistar a Grécia.

36. *Iena* (ou Jena): cidade da Alemanha onde, em 1806, travou-se a célebre batalha em que o exército prussiano de Frederico Guilherme III foi derrotado pelo exército francês de Napoleão Bonaparte.

37. *Joseph Ernest Renan* (1823-1892): escritor, historiador e filósofo francês, autor, entre outras obras, de um dos livros de maior prestígio na segunda metade do século XIX – *Vida de Jesus* (1863) –, que apresenta uma abordagem racionalista e não religiosa do biografado.

38. *Dom Francisco Manuel de Melo* (1608-1666): poeta, dramaturgo e escritor barroco português, autor de *Carta de Guia de Casados* (1651) e de *Apólogos Dialogais* (1721, edição póstuma), entre outras obras.

lixo; o estar só e a melancolia, que de si é cuidadosa..." Aí deixo uma página feita de duas, ambas contrárias e filhas da mesma alma de sexagenário desenganado e guloso. Ao cabo, nem tão guloso nem tão desenganado. Conversações do papel e para o papel.

26 de Maio.

Aqui ficam os sinais do sujeito mordido pela viúva Noronha. Vinte e oito anos, solteiro, advogado do Banco do Sul, donde lhe vieram as relações com o gerente Aguiar; boa feição, boas maneiras, acaso tímido. É filho de um antigo lavrador do Norte, que reside agora no Recife. Dizem que tem muito talento e grande futuro. Chama-se Osório.

Esteve no Flamengo, na noite de 14, primeira reunião do Aguiar. Não vi nada que fizesse suspeitar a inclinação que se lhe atribui, mas parece que já então lhe queria, e a paixão é crescente. Continua a vê-la em casa do desembargador, onde a conheceu. Quem sabe se não sai dali um noivo, e mana Rita perde a aposta que fez comigo? Fidélia pode muito bem casar sem esquecer o primeiro marido, nem desmentir a afeição que lhe teve.

29 de Maio.

Ontem, na reunião do Aguiar, pude verificar que o jovem advogado está mordido pela viúva. Não têm outra explicação os olhos que lhe deita; são daqueles que nunca mais acabam. Realmente, é tímido, mas de uma timidez que se confunde com respeito e adoração. Se houvesse dança, ele apenas lhe pediria uma quadrilha; duvido que a convidasse a valsar. Conversaram alguns minutos largos, e por duas vezes, e ainda assim foi ela que principalmente falou. Osório gastou o mais do tempo em mirá-la, e fazia bem, porque o gesto da dama era cheio de graça, sem perder a tristeza do estado.

Também eu lhe falei o meu pouco, à janela. Ambos éramos de acordo que não há baía no mundo que vença a do nosso Rio de Janeiro.

– Não vi muitas – disse ela –, mas nenhuma achei que se aproxime desta.

Sobre isto dissemos cousas interessantes – ela, ao menos –, mas estou que também eu. Quis perguntar-lhe se nos mares que percorreu viu algum peixe semelhante àquele que anda agora em volta dela, mas não há intimidade para tanto, e a cortesia opunha-se. Conversamos da cidade e suas diversões. Não vai a teatro, qualquer que seja, nada sabe de dramas nem de óperas; não insisti no assunto. Apenas me servi da segunda parte, a parte lírica, para lhe falar dos seus talentos de pianista, que ouvira gabar muito.

– São impressões de amigos – respondeu sorrindo.

Depois confessou-me que há muito não toca, e provavelmente esquecerá o que sabe. Talvez não fosse sincera nesta conjetura, mas tudo se há de perdoar ao ofício da modéstia, e ela parece modesta. Guiei a conversação de modo que mais ouvisse que falasse, e Fidélia não se recusou a essa distribuição de papéis. Disse pouco de si e muito da gente Aguiar. Neste ponto falou com algum calor; não me deu cousas novas, mas o que sentia dos dous foi expresso com alma. Contou-me até que entre dona Carmo e a mãe dela achava semelhanças que lhe faziam lembrar alguma vez a finada – ou seria simplesmente a afeição que aquela lhe tem. Enfim, separamo-nos quase amigos.

Não repeti à gente Aguiar o que a seu respeito ouvi à viúva Noronha; falei a dona Carmo nos talentos musicais da moça, e ela me confirmou que a viúva está disposta a não tocar mais. Se não fosse isso, pedia-lhe que nos desse alguma cousa. Ao que eu respondi:

– A própria arte a convidará um dia a tocar em casa, a sós consigo...

– Pode ser; em todo caso, não a convidarei a tocar aqui; o aplauso podia avivar-lhe a saudade ou, se a distraísse dela, viria diminuir-lhe o gosto de sofrer pelo marido. Não lhe parece que ela é um anjo?

Achei que sim; acharia mais, se me fosse perguntado. Dona Carmo crê na reconciliação dela com o pai, e nem por isso receia perdê-la. Fidélia saberá ser duas vezes filha, é o resumo do que lhe ouvi, sem entrar em pormenores nem na espécie de afeição que lhe tem. Do que ela me disse acerca do "gosto de sofrer pelo marido", concluo que a senhora do Aguiar é daquelas pessoas para quem a dor é cousa divina.

Fim de Maio.

Acaba hoje o mês. Maio é também cantado na nossa poesia como o mês das flores – e aliás todo o ano se pode dizer delas. A mim custou-me bastante aceitar aquelas passagens de estação que achei em terras alheias.

A viúva Noronha, ao contrário, pelo que me disse na última noite do Flamengo, achou deliciosa essa impressão lá fora, apesar de nascida aqui e criada na roça. Há pessoas que parecem nascer errado, em clima diverso ou contrário ao de que precisam; se lhes acontece sair de um para outro é como se fossem restituídas ao próprio. Não serão comuns tais organismos, mas eu não escrevi que Fidélia seja comum.

A descrição que ela me fez da impressão que teve lá fora com a entrada da primavera foi animada e interessante, não menos que a do inverno com os seus gelos. A mim mesmo perguntei se ela não estaria destinada a passar dos gelos às flores pela ação daquele bacharel Osório... Ponho aqui a reticência que deixei então no meu espírito.

---

9 de Junho.

Este mês é a primeira linha que escrevo aqui. Não tem sido falta de matéria, ao contrário; falta de tempo também não; falta de disposição é possível. Agora volta.

A matéria sobra. Antes de mais nada, Osório recebeu carta do pai, pedindo-lhe que o fosse ver sem demora; está doente e mal. Osório preparou-se e embarcou para o Recife. Não o fez logo, logo; parece que a imagem de Fidélia o prendeu uns três dias, ou porque se não pudesse separar dela, ou por temor de a perder às mãos de terceiro; ambas as causas seriam.

Os pais fazem muito mal em adoecer, mormente se estão no Recife, ou em qualquer cidade que não seja aquela onde os filhos namorados vivem perto das suas damas. A vida é um direito, a mocidade outro; perturbá-los é quase um crime. Se eu tenho podido dizer isto ao Osório, talvez ele não partisse; acharia na minha reflexão um eco do próprio sentimento, e escreveria ao pai uma carta cheia de piedade; mas ninguém lhe disse nada.

Haveria também outro recurso, que conciliaria a piedade e o amor, era escrever a Fidélia dizendo-lhe que embarcava e pedindo-lhe alguns minutos de atenção. A carta, se levasse um ar petulante, aguçaria naturalmente a curiosidade da viúva, e a entrevista se realizaria em presença ou na ausência do desembargador; é indiferente. Talvez ele preferisse sair da sala.

– Titio pode ficar – diria ela ao receber o cartão de Osório.

– Não, é melhor sair. Provavelmente é algum caso de advocacia – continuaria ele sorrindo –, e eu sou magistrado, não devo ouvir nada por ora; mais tarde terei de ser juiz.

Osório entraria, e depois de alguns cumprimentos, pediria a mão da viúva. Suponhamos que ela recusasse, fá-lo-ia com palavras polidas e quase afetuosas, dizendo que sentia muito, mas resolvera não casar mais. Pausa longa; o resto adivinha-se. Osório talvez lhe perguntasse ainda se a resolução era definitiva, ao que ela, para evitar mais diálogo, responderia com a cabeça que era, e ele iria embora. Fidélia correria a contar a novidade ao tio. Quero crer que este defendesse a candidatura do advogado, e dissesse das boas qualidades dele, da carreira próspera, da família distinta e o resto; Fidélia não se arrependeria da recusa.

– Resolvi não casar – diria pela terceira vez naquela tarde.

Três vezes negou Pedro a Cristo, antes de cantar o galo. Aqui não haveria galo nem canto, mas jantar, e os dous iriam pouco depois para a mesa. Não diriam nada durante os primeiros minutos, ele pensando que teria sido vantajoso à sobrinha casar com o rapaz, ela remoendo a impressão do amor que este lhe tinha. Por muito que se recuse deixa sempre algum gosto a paixão que a gente inspira. Ouvi isto a uma senhora, não me lembra em que língua, mas o sentido era este. E Fidélia deixaria a mesa sem chorar, como Pedro chorou depois do galo.

Tudo imaginações minhas. A realidade única é que Osório embarcou e lá vai, e a viúva cá fica sem perder as graças, que cada vez me parecem maiores. Estive com ela hoje, e se não a arrebatei comigo não foi por falta de braços nem de impulsos. Quis perguntar-lhe se não sonhara com o pretendente despedido, mas a confiança que começo a merecer-lhe não permite tais inquirições, nem ela contaria nada de si mesma. Contou-me, sim, que as pazes com o pai estarão concluídas daqui a pouco, ainda que lhe seja preciso ir à fazenda. Naturalmente aprovei este passo. Fidélia disse-me que o pai já na última carta ao irmão lhe mandou lembranças, não nominalmente, mas por esta forma coletiva: "lembranças a todos".

– Há de custar-lhe a dar o primeiro passo, mas a mim não me importa fazê-lo – concluiu ela.

– Naturalmente.

– A separação que se deu entre nós era impossível impedi-la. Conselheiro, o senhor que viveu lá fora a maior parte da vida não calcula o que são aqui esses ódios políticos locais. Papai é o melhor dos homens, mas não perdoa a adversário. Hoje creio que está tudo acabado; a abolição fê-lo desgostoso da vida política. Já mandou dizer aos chefes conservadores daqui que não contem mais com ele para nada. Foram os ódios locais que trouxeram a nossa separação, mas pode crer que ele padeceu tanto como eu e meu marido.

Confiou-me, em prova do padecimento de ambos, várias reminiscências da vida conjugal, que eu ouvi com grande interesse. Não as escrevo para não acumular notícias, vá só uma.

Um ano depois do casamento, pouco mais, tiveram eles a ideia de propor aos pais a reconciliação das famílias. Primeiro escreveria o marido ao pai dele; se este aceitasse de boa feição, escreveria ela ao seu, e esperariam ambos a segunda resposta. A carta do marido dizia as suas felicidades e esperanças, e concluía pedindo a bênção, ou, quando menos, que lhe retirasse a maldição. Era longa, terna e amiga.

– Meu marido nunca me mostrou a resposta do pai – concluiu Fidélia –, ao contrário, disse-me que não recebera nenhuma. Eu é que a achei depois de viúva, seis ou oito meses depois, entre papéis dele, e compreendi por que a escondera de mim...

Parou aqui. Tive curiosidade de saber o que era, e, evocando a musa diplomática, lembrou-me induzi-la à confissão ou retificação, dizendo à minha recente amiga:

– Dissesse o que fosse a seu respeito ou de seu pai, era natural da parte de um inimigo...

– Não, não – acudiu Fidélia –; não teve nenhuma palavra de ódio. Não gosto de repetir o que foi, uma simples linha ou linha e meia, assim: "Recebi a tua carta, mas não recebi o teu remédio para o meu reumatismo". Só isto. Ele era reumático, e meu marido, como sabe, era médico.

Ri comigo. Não esperava tal remoque da Paraíba do Sul, e compreendi também a reserva do marido. Não compreendi menos a confidência da viúva; cedia, além do mais, à necessidade de contar alguma cousa que distribuísse ao sogro parte grande na culpa que cabia ao pai. Não podia tolher que falasse em si o sangue do fazendeiro. Tudo era Santa-Pia.

---

14 de Junho.

Más notícias de Santa-Pia. O barão teve uma congestão cerebral; Fidélia e o tio vão para a fazenda amanhã. Não é fácil adivinhar o que vai sair daqui, mas não seria difícil compor uma invenção, que não acontecesse. Enchia-se o papel com ela, e consolava-se a gente com o imaginado. Melhor é dizer que a reconciliação parece fazer-se mais depressa do que esperavam, e tristemente.

15 de Junho.

Há na vida simetrias inesperadas. A moléstia do pai de Osório chamou o filho ao Recife, a do pai de Fidélia chama a filha à Paraíba do Sul. Se isto fosse novela algum crítico tacharia de inverossímil o acordo de fatos, mas já lá dizia o poeta que a verdade pode ser às vezes inverossímil. Vou hoje à casa do Aguiar para ver se a filha postiça deixou saudades aos dous; deve tê-las deixado.

---

16 de Junho.

Deixou, deixou saudades e grandes. Achei-os sós e conversamos da amiga. Propriamente não estavam tristes da ausência dela, mas da tristeza que ela levou consigo. Quero dizer que lhes doía a mágoa da outra; foi o que me pareceu. A ausência contam que não seja longa, e será temperada por visitas à capital; em todo caso, a separação não é tamanha que eles não possam dar um pulo à fazenda. Tais foram os sentimentos e as esperanças que lhes adivinhei. Falaram-me do golpe recebido pela moça. Dona Carmo disse-me que eu não podia imaginar como a foi achar abatida.

– Ofereci-me para acompanhá-la à fazenda; recusou agradecida, e pela primeira vez me deu um nome que o céu não quis que eu tivesse na terra: "Obrigada, mãezinha", e beijou-me com grande ternura.

A minha ternura não é grande, nem acaso pequena, mas compreendi o sentimento da boa senhora, e gostei de saber que em tão grave instante, Fidélia lhe tivesse dado aquela palavra cordial. Parecia contentá-la muito e ao marido. Este, aliás, acompanhou a narração da mulher em silêncio, com os olhos no teto; naturalmente não queria incorrer na pecha de fraco, mas a fraqueza, se o era, começou nos gestos; ele ergueu-se, ele sentou-se, ele acendeu um charuto, ele retificou a posição de um vaso... Eu, para espanar a melancolia da sala, perguntei se os negócios do barão iam bem, e se os libertos... Aguiar volveu a ser gerente de banco e expôs-me algumas cousas sobre o plantio de café e os títulos de renda.

Nessa ocasião entrou um íntimo da casa e conversou também do fazendeiro. Disse que os negócios dele, apesar do desfalque, não iam mal; deve ter uns trezentos contos. Aguiar não sabe exatamente, mas aceitou o cálculo.

– Tem só aquela filha – concluiu a visita –, e é provável que ela case outra vez.

Eu, para ser agradável aos donos da casa, quis dizer que me parecia que não, mas este bom costume de calar me fez engolir a emenda, e agora me confesso arrependido. Ao cabo eu já me vou conformando com a viuvez perpétua da bela dama, se não é ciúme ou inveja de a ver casada com outro. Já me parece que realmente Fidélia acaba sem casar. Não é só a piedade conjugal que lhe perdura, é a tendência a cousas de ordem intelectual e artística, e pouco mais ou mais nada. Fique isto confiado a ti somente, papel amigo, a quem digo tudo o que penso e tudo o que não penso.

----

17 de Junho.

O barão de Santa-Pia está mal, muito mal.

----

18 de Junho.

Viva a Fortuna, que sabe às vezes consolar o mal agudo com algum bálsamo inesperado. A gente Aguiar recebeu carta de Tristão, que lhes anuncia a vinda ao Brasil, talvez no paquete[39] próximo. Logo que entrei... Era dia de recepção deles, e soube depois que tinham pensado em transferi-la por causa da tristeza de Fidélia, mas consideraram que era modesta e resumida, que se não dançava, raro se cantava, e apenas se conversava e tomava chá; podia ser mantida sem escândalo.

Logo que entrei deu-me Aguiar a notícia. Quando fui cumprimentar dona Carmo, e a felicitei pela vinda do moço, ouviu-me com grande prazer. Meia hora depois, tornamos a falar do assunto, ela e eu, e então foi ela que iniciou a conversação, dizendo-me que estava em casa, longe de esperar tal cousa, e de repente viu entrar no jardim um homem do banco com um bilhete do Aguiar, dando-lhe a boa-nova, e acompanhado da carta que Tristão mandava aos dous. Contando-me estas particularidades, acaso dispensáveis, dona Carmo queria naturalmente comunicar-me o próprio alvoroço. Conheço estas intenções recônditas e manifestas a um tempo; é velho sestro de felizes.

A gente pouca e as relações estreitas deram azo a que no fim da noite falássemos todos do hóspede vindouro. Aí vem o afilhado que eles tiveram por esquecido, quase ingrato, esse outro meio filho que ajudaram a criar e a amar. Aguiar e a mulher deram explicações pedidas, contaram episódios de infância, histórias de graça, de esperteza, algumas de manha, mas a manha das crianças só enfada em ação; recordada, deleita, como outras cousas idas. Uma das senhoras presentes quis lembrar alguns atos de carinho e dedicação de dona Carmo acerca do pequeno, mas a boa velha esquivou-se depressa, e apenas ouvimos um ou dous. Noite de família; saí

---

39. *Paquete*: navio a vapor.

cedo, vim para casa tomar leite, escrever isto e dormir. Até outro dia, papel.

---

20 de Junho.

Telegrama da Paraíba do Sul: "O barão de Santa-Pia faleceu hoje de manhã". Vou mandar a notícia a mana Rita, e enviar cartões de pêsames. É caso de dar também os pêsames à gente Aguiar? Pêsames não, mas uma visita discreta e afetuosa, amanhã ou depois...

---

21 de Junho.

Aguiar vai à fazenda de Santa-Pia, em visita de pêsames a Fidélia; parte amanhã. Dona Carmo fica. Foi o que ele me disse na Rua do Ouvidor.

– Já lhes mandei os meus – disse-lhe. – Receba-os também, se a afeição que os liga a dona Fidélia pode justificar esta participação de desgosto...

– Ambos nós sentimos a dor que aflige a nossa boa amiga. Carmo queria ir comigo; eu é que lhe disse que não, que não vá; pode cansá-la muito a viagem assim rápida.

Lá vai o Aguiar enfraquecer da alegria do filho com a mágoa da filha; cá virá convalescer da tristeza da moça com a alegria do rapaz. Tudo se atenua assim neste mundo, e ainda bem. O pior é não serem filhos de verdade, mas só de afeição; é certo que, em falta de outros, consolam-se com estes, e muita vez os de verdade são menos verdadeiros.

21 de Junho, à noite.

Cá esteve hoje a minha boa mana; ia visitar a gente Aguiar, eu disse-lhe que vá comigo amanhã, e aceitou.

———————————

23 de Junho.

A mana e eu estivemos ontem em casa da boa velha Aguiar. Saí de lá mais cedo do que quisera; se pudesse, ficaria muito mais tempo.

Achamo-la entre alegre e triste, se esta expressão pode definir um estado que se não descreve; eu, ao menos, não posso. Recebeu-nos como sempre; ela sabe dar ao gesto e à palavra um afago sem intenção, verdadeiramente delicioso. Quando lhe falamos de Fidélia, disse da tristeza da amiga com outra tristeza correspondente, e referiu a partida do marido na manhã de ontem, sem aludir às obrigações que ele teve de interromper. Não tardou, porém, que lhe perguntássemos pelo afilhado e respondeu com satisfação grande. O resto da visita dividiu-se entre ambos, mas ao rapaz coube a maior parte da conversação, naturalmente por ser mais longa a ausência, maior a distância e inesperada a volta.

Dona Carmo continuou a narração da outra noite, agora mais íntima, éramos três pessoas apenas. Não diria toda a primeira vida do pequeno, o tempo seria pouco, ela mesma o confessou, mas muita cousa principal disse. Era frágil, magrinho, quase nada, criaturinha de escasso fôlego. Não disse que se fez mãe; esta senhora não conhece a língua do próprio louvor, mas eu já sabia, e percebia-se do carinho da narração que devia ser assim mesmo. Rita arriscou esta reflexão rindo:

– As crianças não sabem o cuidado que dão, e esquecem depressa o que sabem.

– É preciso desculpar a Tristão o que é próprio de rapaz – acudiu dona Carmo. – Ele não é mau; esqueceu-se um pouco de nós, mas a idade e a novidade dos espetáculos explicam tudo. A prova é que aí vem ele ver-nos, e se lesse as cartas dele... Aguiar não lhe mostrou a última?

– Não, minha senhora – respondi –; disse-me só o que continha.

– Talvez não dissesse tudo.

Cuido que quisesse mostrar-me as cartas do rapaz, uma só que fosse, ou um trecho, uma linha, mas o temor de enfadar fez calar o desejo. Foi o que me pareceu e deixo aqui escrito. Tornamos à viúva, depois voltamos a Tristão, e ela só passou a terceiro assunto porque a cortesia o mandou; eu, porém, para ir com a alma dela, guiei a conversa novamente aos filhos postiços. Era o meu modo de ser cortês, com a boa senhora. Custa-me dizer que saí de lá encantado, mas saí, e mana Rita também. Rita disse-me na rua:

– Há poucas criaturas como aquela.

– Creio, creio, é excelente... sem desfazer em você.

– Eu não – replicou Rita prontamente. – Não me acho má, porém estou longe de ser o que ela é. Você repare que tudo naquela senhora é bom, até a opinião, que nem sempre é justa, porque ela perdoa e desculpa a todos. Eu não sou assim; acho muita gente má, e se for preciso dizê-lo, digo. Dona Carmo não é capaz de criticar ninguém. Algum reparo que aceite é sempre explicando; quando menos, calando.

---

24 de Junho.

Ontem conversei com a senhora do Aguiar acerca das antigas noites de São João, Santo Antônio e São Pedro, e mais as suas sortes e fogueiras. Dona Carmo pegou do assunto para tratar ainda do filho postiço. Leve o diabo tal filho. A filha postiça é que há de estar a esta hora mui triste no casarão da fazenda, onde certamente passou as antigas noites de São João de donzela esperançada e crédula. A deste ano sem pai deve ser aborrecida, não tendo mãe que o continue, nem marido que os supra. Um tio não basta para tanta cousa.

Também eu tirei sortes outrora. Com pouco se fingia de Destino – um livro, um rimador de quadras e um par de dados. "Se há de desposar a pessoa a quem ama", dizia o título da página, por exemplo; deitavam-se os dados, os números eram cinco e dous, sete; ia-se à quadra sétima, e lia-se. Suponhamos que se lia... Vá, risco a quadra que cheguei a escrever aqui. Geralmente era engraçada – pelo menos, mas também troçava com a pessoa que consultava o Destino. Todos riam; alguns criam deveras; em todo caso passavam-se as horas até chegar o sono. E ali vinha este velho camareiro da humanidade, que os pagãos chamaram Morfeu[40], e que a pagãos e cristãos, e até a incréus fecha os olhos com os seus eternos dedos de chumbo. Agora, meu sono amigo, só tu virás daqui a uma ou duas horas, sem livros de sortes nem dados. Quando muito trarás sonhos, e já não serão os mesmos de outro tempo.

---

27 de Junho.

Missa do barão de Santa-Pia em São Francisco de Paula. O filho do desembargador representava a família; este e a sobrinha ouviram missa na fazenda. Há de ter sido outra recordação antiga para a viúva. A fazenda tem capela, onde um padre dizia missa aos domingos e confessava pela

---

40. *Morfeu*: deus dos sonhos, na mitologia grega.

quaresma. Também eu conheci esse costume em pequeno, e ainda me lembra que, na quaresma, eu e outros rapazes íamos esconder-nos do confessor embaixo das camas ou nos desvãos da casa. Já então confundíamos as práticas religiosas com as canseiras da vida, e fugíamos delas. Entretanto, o padre que me confessou pela primeira vez era meigo, atento, guiava-me a confissão indicando os pecados que devia dizer, e até que ponto, e punha a absolvição na língua antes que os pecados lhe entrassem pelo ouvido; assim me pareceu. Perdoe-me a sua memória, se não é verdade. Tudo isso vai longe. A segunda confissão foi por ocasião de casar. Daí em diante não fui mais que virtudes.

Bastante gente em São Francisco de Paula. Na sacristia havia folhas de papel onde se inscreveram as pessoas que lá foram, e uma ou outra que não foi, mas encomendou o cuidado a um terceiro. Vi magistrados, advogados, pessoas do comércio e do funcionalismo, senhoras, algumas senhoras. Destas eram moças umas, amigas de Fidélia, outras eram velhas do tempo da mãe. Uma destas era a que não faltaria, ainda que lá não fosse ninguém, e só amiga da viúva, a boa Aguiar, naturalmente. Lá estava também Rita, que veio almoçar comigo.

Se as missas pudessem ser ditas, segundo a ocasião, eu acharia que o padre ajustou a sua à pouca presença do sangue do morto, tão breve foi, mas não é assim; cada padre diz a missa a sua maneira de sempre, apressada ou vagarosa, conforme usa ler ou falar.

---

30 de Junho.

Ora bem, a viúva Noronha mandou uma carta a dona Carmo, documento psicológico, verdadeira página da alma.

Como eles tiveram a bondade de mostrar-ma, dispus-me a achá-la interessante, antes mesmo de a ler, mas a leitura dispensou a intenção; achei-a interessante deveras, disse-o, reli alguns trechos. Não tem frases feitas, nem frases rebuscadas; é simplesmente simples, se tal advérbio vai com tal adjetivo; creio que vai, ao menos para mim.

Quatro páginas apenas, não deste papel de cartas que empregamos, mas do antigo papel chamado de peso, marca Bath, que havia na fazenda, a uso do pai. Trata longamente dele e das saudades que ela foi achar lá, das lembranças que lhe acordaram as paredes dos quartos e das salas, as colunas da varanda, as pedras da cisterna, as janelas antigas, a capela rústica. Mucamas e moleques deixados pequenos e encontrados crescidos livres com a mesma afeição de escravos, têm algumas linhas naquelas memórias de passagem. Entre os fantasmas do passado, o perfil da mãe, ao pé, o do pai, e ao longe como ao perto, nas salas como no fundo do coração, o perfil do marido, tão fixo que cheguei a vê-lo e me pareceu eterno.

Vou reconhecendo que esta moça vale ainda mais do que me parecia a princípio. Não é a questão de amar ou não o defunto marido; creio que o ame, sem que essa fidelidade lhe aumente a pureza dos sentimentos. Pode ser obra dele, ou dela, ou de ambos a um tempo. O maior valor dela está, além da sensação viva e pura que lhe dão as cousas, na concepção e na análise que sabe achar nelas. Pode ser que haja nisto, da minha parte, um aumento de realidade, mas creio que não. Se fosse nos primeiros dias deste ano, eu poderia dizer que era o pendor de um velho namorado gasto que se comprazia em derreter os olhos através do papel e da solidão, mas não é isso; lá vão as últimas gabolices do temperamento. Agora, quando muito, só me ficaram as tendências estéticas, e deste ponto de vista, é certo que a viúva ainda me leva os olhos, mas só diante deles. Realmente, é um belo pedaço de gente, com uma dose rara de expressão. A carta, porém, dá a tudo grande nota espiritual.

Acredito que dona Carmo sinta essa dama como eu a entendo, mas desta vez o que lhe penetrou mais fundo foi o cumprimento final da carta, as três últimas palavras, anteriores à derradeira de todas, que é o nome: "da sua filhinha Fidélia". Percebi isto, vendo que ela desceu os olhos ao fim do papel três ou quatro vezes, sem querer acabar de o dobrar e guardar.

---

1 de Julho.

Também há ventanias de felicidade, que levam tudo adiante de si. A gente Aguiar recebeu ontem a carta de Fidélia, e hoje outra de Tristão, em que este lhe anuncia que embarca no paquete inglês para cá; deve chegar a 23 ou 24. A alegria com que eles leram esta notícia foi naturalmente grande; porquanto Fidélia cá está e diz-se filha da boa velha; Tristão aí vem e anuncia que esta carta é a última; a seguinte é ele próprio. Tudo isso a um tempo.

Preparam-lhe alojamento em casa. Aguiar anda tão satisfeito que, contra os seus hábitos de discrição, já me disse ter em vista a mobília do quarto que lhe destinam; é simples e elegante. Provavelmente a mulher começará já a obra dos seus ornamentos de lã e de linho para as cadeiras e a mesa. Isto não foi ele que me disse nem ninguém; eu é que o adivinho e escrevo aqui para mostrar a mim mesmo o que é fácil de ver. Para a boa Carmo, bordar, coser, trabalhar, enfim, é um modo de amar que ela tem. Tece com o coração.

É regra velha, creio eu, ou fica sendo nova, que só se faz bem o que se faz com amor. Tem ar de velha, tão justa e vulgar parece. Daí a perfeição daquelas suas obras domésticas. Será como dormir ou transpirar. Não lhe tiro com isto o mérito; por maior que seja a necessidade, não é menor a virtude. Também eu fiz a minha diplomacia com amor, e ouvi a ministros que bem, mas no meu caso (distingamo-nos da velha Aguiar) não bastou amor nem necessidade; se não fosse carreira é provável que eu acabasse juiz, banqueiro ou outra cousa.

---

2 de Julho.

O que ouvi dizer ontem a Aguiar foi no Banco do Sul, aonde tinha ido depositar umas apólices. Esqueceu-me escrever que, à saída, perto da igreja da Candelária, encontrei o desembargador Campos; tinha chegado de Santa-Pia anteontem, à noite, e ia ao Banco levar recados da sobrinha para o Aguiar e para a mulher. Perguntei-lhe se Fidélia ficava lá de vez; respondeu-me que não.

– Ficar de vez, não fica; demora-se algumas semanas, depois virá e provavelmente transfere a fazenda; acho que não faz mal. Ficaria, segundo me disse, se fosse útil, mas parece-lhe que a lavoura decai, e não se sente com forças para sustê-la. Daí a ideia de vender tudo, e vir morar comigo. Se ficasse tinha jeito. Ela mesma tomou contas a todos, e ordenou o serviço. Tem ação, tem vontade, tem espírito de ordem. Os libertos estão bem no trabalho.

Conversamos um pouco dos efeitos da abolição, e despedimo-nos.

---

5 de Julho.

Obrigado pela palavra a ir passar a noite com o corretor Miranda, lá fui hoje. Veio mais gordo da Europa, onde só esteve alguns meses; é o mesmo impetuoso de sempre, mas bom sujeito e excelente marido. Nada novo, a não ser um jogo, parece que inventado nos Estados Unidos e que ele aprendeu a bordo. No meu tempo não se conhecia. Chama--se *poker*[41]; eu trouxe o *whist*[42], que ainda jogo, e peguei no meu velho voltarete[43]. Parece que o *poker* vai derribar tudo. Na casa do Miranda até a senhora deste jogou.

As filhas não jogaram, nem a cunhada, dona Cesária, que não acha recreação nas cartas; confessou (rindo) que é muito melhor dizer mal da vida alheia, e não o faz sem graça. Justamente o que falta ao marido, a quem sobra o resto. Cuidei que os dous estivessem brigados com o corretor, não formalmente, porque dona Cesária não briga nunca, arrufa--se apenas; cuidei que estivessem arrufados com o corretor, quando este e a família embarcaram. Estivessem ou não, a volta os reconciliou. É uma das prendas desta senhora. Talvez tivesse dito mal da própria irmã ou do cunhado, mas tão habilmente se arranjou que os achei unidíssimos. Não sei o que ela dirá de mim, eu acho-lhe interesse, e preferi-lhe a língua ao *poker*; com a língua não se perde dinheiro.

Como se falasse da morte do barão de Santa-Pia e da situação da filha, dona Cesária perguntou se ela realmente não casava. Parece que duvida da viuvez de Fidélia. Eu não lhe disse que já pensara o mesmo, nem lhe disse nada; não quis trazer a outra à conversação e fiz bem. Dona Cesária

---

41. *Poker* (inglês). Em português: pôquer – jogo de baralho.
42. *Whist* (inglês). Em português: uíste – jogo de baralho.
43. *Voltarete*: tipo de jogo de baralho, assim como o *poker* e o *whist*.

aceitou daí a pouco a hipótese da viuvez perpétua, por não achar graça à viúva, nem vida, nem maneiras, nada, cousa nenhuma; parece-lhe uma defunta. Eu sorri como devia, e fui ouvir a explicação que me davam de um *bluff*[44]. No *poker, bluff* é uma espécie de conto do vigário.

---

13 de Julho.

Sete dias sem uma nota, um fato, uma reflexão; posso dizer oito dias, porque também hoje não tenho que apontar aqui. Escrevo isto só para não perder longamente o costume. Não é mau este costume de escrever o que se pensa e o que se vê, e dizer isso mesmo quando se não vê nem pensa nada.

---

18 de Julho.

Tristão chegou a Pernambuco; esperam por ele a 23.

---

20 de Julho.

Chegou à Bahia o afilhado dos Aguiares. Creio que eles lhe darão festa de recepção, ainda que modesta. A última fotografia foi mandada encaixilhar e pendurar. É um belo rapaz, e a atitude do retrato tem certo ar de petulância que lhe não fica mal, ao contrário.

---

44. *Bluff* (em inglês). Em português: blefe – fingimento; simulação.

25 de Julho.

Já aqui chegou o Tristão. Não o vi ainda; também não tenho saído de casa estes três dias. Entre outras cousas, estive a rasgar cartas velhas. As cartas velhas são boas, mas estando eu velho também, e não tendo a quem deixar as que me restam, o melhor é rasgá-las. Fiquei só com oito ou dez para reler algum dia e dar-lhes o mesmo fim. Nenhuma delas vale uma só das de Plínio[45], mas a todas posso aplicar o que ele escrevia a Apolinário[46]: "teremos ambos o mesmo gosto, tu em ler o que digo, e eu em dizê-lo". Os meus Apolinários estão mortos ou velhos; as Apolinárias também.

---

27 de Julho.

Vi hoje o Tristão descendo a Rua do Ouvidor com o Aguiar; adivinhei-o por este e pelo retrato. Trazia no vestuário alguma cousa que, apesar de não diferir da moda, cá e lá, lhe põe certo jeito particular e próprio. Aguiar apresentou-nos. Tristão falou-me polidamente, e com tal ou qual curiosidade, não ouso dizer interesse. Naturalmente já ouviu falar de mim em casa deles. Cinco minutos de conversação apenas – o bastante para me dizer que está encantado com o que tem visto. Creio que seja assim, porque eu amo a minha terra, apesar das ruas estreitas e velhas; mas também

---

45. *Caio Plínio Cecílio Segundo* (*c.* 61–*c.* 119 d.C.): conhecido como Plínio, o Jovem, foi político e orador romano, autor de importantes cartas sobre a vida cotidiana, usos e costumes da Antiguidade latina. Dirigidas a vários interlocutores, entre eles o imperador Trajano, mais de duzentas dessas missivas foram preservadas.

46. *Apolinário*: amigo de Plínio, o Jovem. Destinatário de algumas das missivas de Plínio.

eu desembarquei em terras alheias, e usei igual estilo. Entretanto, esta cidade é a dele, e, como eu lhe dissesse que não devera ter esquecido o Rio de Janeiro, donde saíra adolescente, respondeu que era assim mesmo, não esquecera nada. O encanto vinha justamente da sensação de cousas vistas, uma ressurreição que era continuidade, se assim resumo o que ele me disse em vocábulos mais simples que estes. Cinco minutos e despedimo-nos.

É uma bonita figura. A palavra forte, sem ser áspera. Os olhos vivos e lépidos, mas talvez a brevidade do encontro e da apresentação os obrigasse a essa expressão única; possivelmente os terá de outra maneira alguma vez. É antes alto que baixo, e não magro. A certa distância, ia eu a voltar a cabeça para vê-lo ainda, mas recuei a tempo; seria indiscreto e apressado, e talvez não valesse a pena. Irei uma destas noites ao Flamengo. Há já três semanas que não apareço lá.

---

28 de Julho.

Não duvido que o Tristão visse com prazer o Rio de Janeiro. Quaisquer que sejam os costumes novos e ligações de família e por maior que tenha sido a ausência, o lugar onde alguém passou os primeiros anos há de dizer à memória e ao coração uma linguagem particular. Creio que ele esteja realmente encantado, como me disse ontem. Demais, lá fora ouvia a mesma língua daqui; a mãe é a mesma paulista que o gerou e levou consigo, e está agora em Lisboa, com o pai, ambos velhos.

Eu nunca esqueci cousas que só vi em menino. Ainda agora vejo dous sujeitos barbados que jogavam o entrudo[47], teria eu cinco anos; era com bacias de madeira ou de metal, ficaram inteiramente molhados e foram pingando para as suas casas. Só não me acode onde elas eram. Outra cousa que igualmente me lembra, apesar de tantos anos passados, é o namoro de uma vizinha e de um rapaz. Ela morava defronte, era magrinha e chamava-se Flor. Ele também era magro e não tinha nome conhecido; só lhe sabia a cara e a figura. Vinha às tardes e passava três, quatro, cinco e mais vezes de uma ponta à outra da rua. Uma noite ouvimos gritos. Na manhã seguinte ouvi dizer que o pai da moça mandara dar por escravos uma sova de pau no namorado. Dias depois foi este recrutado para o exército, dizem que por empenho do pai da moça; alguns creram que a sova fora um simples desforço eleitoral. Tudo é um; amor ou eleições, não falta matéria às discórdias humanas.

Que valem tais ocorrências agora, neste ano de 1888? Que pode valer a loja de um barbeiro que eu via por esse tempo, com sanguessugas à porta, dentro de um grosso frasco de vidro com água e não sei que massa? Há muito que se não deitam bichas a doentes; elas, porém, cá estão no meu cérebro, abaixo e acima, como nos vidros. Era negócio dos barbeiros e dos farmacêuticos, creio; a sangria é que era só dos barbeiros. Também já se não sangra pessoa nenhuma. Costumes e instituições, tudo perece.

---

31 de Julho.

Tem agradado muito o Tristão, e para crer que o merece basta dizer que a mim não me desagrada, ao contrário.

---

47. *Entrudo*: festa popular, folia comemorada nos três dias anteriores ao início da Quaresma. Reprimido pela polícia, o entrudo foi substituído pelo carnaval.

É ameno, conversado, atento, sem afetação nem presunção; fala ponderado e modesto, e explica-se bem. Ainda lhe não ouvi grandes cousas, nem estas são precisas a quem chega de fora e vive em família; as que lhe ouvi são interessantes.

No vestido e nas maneiras usa o tom da conversa, a mesma correção e simplicidade. O encanto que outro dia me disse achar na cidade continua a achar nela e na gente; reconhece ruas, casas, costumes e pessoas; pergunta por muitas destas e interessa-se em ouvir as notícias que lhe dão. Algumas reconhece logo, outras com pouca explicação. Enfim, não é mau rapaz.

Para a gente Aguiar é mais que excelente. Essa está tanto ou mais encantada que ele; nestes poucos dias já o levou a diferentes partes. O desembargador Campos, que lá jantou ontem, disse-me que dona Carmo estava que era uma criança; quase que não tirava os olhos de cima do afilhado. Tristão conhece música, e à noite, a pedido dela, executou ao piano um pedaço de Wagner[48], que ele achou muito bem. Além do Campos, jantou lá um padre Bessa, o que batizou Tristão.

Não era habituado do Flamengo este padre; foi o próprio Tristão que o descobriu, de maneira que merece notar. Perguntou por ele, e, ao cabo de dous dias, sabendo que residia na Praia Formosa, dispôs-se a lá ir, depois de recusar ao padrinho a companhia que este lhe ofereceu.

– Quero ir eu só – replicou –, para lhe mostrar que não desaprendi a minha cidade.

E lá foi, e lá andou, e lá descobriu o padre, dentro de uma casinha – baixa. Bessa, que fora comensal dos pais dele, não

---

48. *Wilhelm Richard Wagner* (1813-1883): compositor alemão, expoente da música do romantismo.

o conheceu logo, mas às primeiras notícias recompôs o passado e adivinhou o menino a quem dera batismo. Aguiar fê-lo convidar e vir à casa dele, a ver o moço e visitá-lo, sempre que quisesse. É uma boa figura de velho e de sacerdote, disse-me o desembargador, calvo bastante, cara magra, e expressão plácida, apesar das misérias que terá curtido; chega a ser alegre.

---

1 de Agosto.

O desembargador deu-me também notícia da sobrinha. Está boa e virá brevemente da fazenda. Contou-lhe em carta um sonho que teve ultimamente, a aparição do pai e do sogro, ao fundo de uma enseada parecida com a do Rio de Janeiro. Vieram as duas figuras sobre a água, de mãos dadas, até que pararam diante dela, na praia. A morte os reconciliara para nunca mais se desunirem; reconheciam agora que toda a hostilidade deste mundo não vale nada, nem a política nem outra qualquer.

Quis replicar ao desembargador que talvez a sobrinha tivesse ouvido mal. A reconciliação eterna, entre dous adversários eleitorais, devia ser exatamente um castigo infinito. Não conheço igual na *Divina Comédia*[49]. Deus, quando quer ser Dante, é maior que Dante. Recuei a tempo e calei a facécia[50]; era rir da tristeza da moça. Pedi mais notícias dela, e ele deu-mas; a principal é que está cada vez mais firme na ideia de vender Santa-Pia.

---

49. *Divina Comédia* (início do século xiv): poema de autoria de Dante Alighieri. Uma das mais importantes obras da literatura universal.
50. *Facécia*: gracejo.

2 de Agosto.

Aguiar mostrou-me uma carta de Fidélia a dona Carmo. Letra rasgada e firme, estilo correntio, linguagem terna; promete-lhes vir para a Corte logo que possa e será breve. Estou cansado de ouvir que ela vem, mas ainda me não cansei de o escrever nestas páginas de vadiação. Chamo--lhes assim para divergir de mim mesmo. Já chamei a este *Memorial* um bom costume. Ao cabo, ambas as opiniões se podem defender, e, bem pensado, dão a mesma cousa. Vadiação é bom costume.

A carta de Fidélia começa por estas três palavras: "Minha querida mãezinha", que deixaram dona Carmo morta de ternura e de saudades; foi a própria expressão do marido. Nem tudo se perde nos bancos; o mesmo dinheiro, quando alguma vez se perde, muda apenas de dono.

---

3 de Agosto.

Hoje fazia anos o ministério Ferraz[51], e quem já pensa nele nem nos homens que o compunham e lá vão, uns na morte, outros na velhice ou na inação? Foi ele que me promoveu a secretário de legação, sem que eu lho pedisse e até com espanto meu.

Dizendo isto ao Aguiar, ouvi-lhe anedotas políticas daquele tempo (1859-1861), contadas com animação, mas saudade. Aguiar não tem costela de homem público; todo ele é família, todo esposo, e agora também filhos, os dous filhos postiços – Tristão mais que Fidélia, pela razão que penso ha-

---

51. *Ângelo Moniz da Silva Ferraz*: barão de Uruguaiana (1812-1867), primeiro-ministro do Brasil, entre 1859 e 1861.

ver já dito. Confirmou-me as boas impressões do desembargador, e concluiu:

– Conselheiro, já falou ao nosso Tristão, já o ouviu, e creio apreciá-lo, mas eu desejo que o conheça mais para apreciá-lo melhor. Ele fala da sua pessoa com grande respeito e admiração. Diz que um dia o viu em Bruxelas, e estava longe de crer que viria achá-lo e falar-lhe aqui.

– Já me disse isso mesmo. Acho que é um moço muito distinto.

– Não é? Também nós achamos, e outras pessoas também. Não lhe pedi que me contasse a vida dele lá, mas conversei de maneira que ele me foi dizendo muita cousa, os estudos, as viagens, as relações; pode ser que invente ou exagere, mas creio que não; tudo o que nos disse é verossímil e combina com o que vimos dele aqui, e também do compadre e da comadre. Se pudéssemos ficar com ele de uma vez, ficávamos. Não podemos; Tristão veio apenas por quatro meses; a nosso pedido vai ficar mais dous. Mas eu ainda verei se posso retê-lo oito ou dez.

– Veio só para visitá-los?

– Diz que só. Talvez o pai aproveitasse a vinda para encarregá-lo de algum negócio; apesar de liquidado, ainda tem interesses aqui; não lhe perguntei por isso.

– Pois veja se o faz ficar mais tempo; ele acabará ficando de vez.

---

4 de Agosto.

Indo a entrar na barca de Niterói, quem é que encontrei encostado à amurada? Tristão, ninguém menos, Tristão que olhava para o lado da barra, como se estivesse com desejo de abrir por ela fora e sair para a Europa. Foi o que eu lhe disse, gracejando, mas ele acudiu que não.

– Estou a admirar estas nossas belezas – explicou.

– Deste outro lado são maiores.

– São iguais, emendou. Já as mirei todas, e do pouco que vi lá fora é ainda o que acho mais magnífico no mundo.

O assunto era velho e bom para atar conversa; aproveitamo-lo e chegamos ao desembarque, depois de trocadas muitas ideias e impressões. Confesso que as minhas não eram mais novas que o assunto inicial, e eram curtas; as dele tinham sobre elas a vantagem de evocações e narrativas. Não estou para escrever tudo o que lhe ouvi acerca dos anos de infância e adolescência, nem dos de mocidade passados na Europa. Foi interessante, decerto, e parece que sincero e exato, mas foi longo, por mais curta que fosse a viagem da barca. Enfim, chegamos à Praia Grande. Quando eu lhe disse que preferia este nome popular ao nome oficial, administrativo e político de Niterói, dissentiu de mim. Repliquei que a razão do dissentimento vinha de ser eu velho e ele moço. "Criei-me com a Praia Grande; quando o senhor nasceu a crisma de Niterói pegara." Não havia nisto agudeza alguma; ele, porém, sorriu como achando fina a resposta, e disse-me:

– Não há velhice para um espírito como o seu.

– Acha? – perguntei incredulamente.

– Já meus padrinhos mo haviam dito, e eu reconheço que diziam a verdade.

Agradeci de cabeça, e, estendendo-lhe a mão:

– Vou ao palácio da presidência. Até à volta, se nos encontrarmos.

Uma hora depois, quando eu chegava à ponte, lá o achei. Imaginei que esperasse por mim, mas nem me cabia perguntar-lho, nem talvez a ele dizê-lo. A barca vinha perto, chegou, atracou, entramos. Na viagem de regresso tive uma notícia que não sabia; Tristão, alcunhado *brasileiro* em Lisboa, como outros da própria terra, que voltam daqui, é português naturalizado.

– Aguiar sabe?

– Sabe. O que ele ainda não sabe, mas vai saber, é que nas vésperas de partir aceitei a proposta de entrar na política, e vou ser eleito deputado às cortes no ano que vem. Não fosse isso, e eu cá ficava com ele; iria buscar meu pai e minha mãe. Sei que ele me há de querer dissuadir do plano; meu padrinho não gosta de política, menos ainda de política militante, mas eu estou obrigado pelo gosto que lhe tenho e pelo acordo a que cheguei com os chefes do partido. Escrevi algum tempo num jornal de Lisboa, e dizem que não inteiramente mal. Também falei em comícios.

– Eles querem-lhe muito.

– Sei, muito, como a um filho.

– Têm também uma filha de afeição.

– Também sei, uma viúva, filha de um fazendeiro que morreu há pouco. Já me falaram dela. Vi-lhe o retrato encaixilhado pelas mãos da madrinha. Se conhece bem a madrinha, há de saber o coração terno que tem. Toda ela é maternidade. Aos próprios animais estende a simpatia. Nunca lhe falaram de um terceiro filho que tiveram, e ela amava muito?

– Creio que não; não me lembra.

– Um cão, um pequeno cão de nada. Foi ainda no meu tempo. Um amigo do padrinho levou-lho um dia, com poucos meses de existência, e ambos entraram a gostar dele. Não lhe conto o que a madrinha fazia por ele, desde as sopinhas de leite até aos capotinhos de lã, e o resto; ainda que me sobrasse tempo, não acharia crédito em seus ouvidos. Não é que fosse extravagante nem excessivo; era natural, mas tão igual sempre, tão verdadeiro e cuidadoso que era como se o bicho fosse gente. O bicho viveu os seus dez ou onze anos da raça; a doença achou enfermeira, e a morte teve lágrimas. Quando entrar no jardim, à esquerda, ao pé do muro, olhe, foi aí que o enterraram; e já me não lembrava, a madrinha é que mo apontou ontem.

Não me soube grandemente essa aliança de gerente de banco e pai de cachorro. É verdade que o próprio Tristão dá a maior parte à madrinha, que é mulher. Com a prática dos dias anteriores e estas duas viagens de barca, sinto-me meio habilitado a possuir bem aquele moço. Só lhe ouvi meia dúzia de palavras algo parecidas com louvor próprio, e ainda assim moderado. "Dizem que não escrevo inteiramente mal" encobrirá a convicção de que escreve bem, mas não o disse, e pode ser verdade.

---

7 de Agosto.

Dona Carmo foi a Nova Friburgo com o afilhado para lhe mostrar novamente a cidade em que nasceu, creio que também a rua, e parece que a própria casa. Tudo está velho e quieto, dizem-me. Isto vai com os hábitos dela, que sabe e gosta de guardar os velhos retalhos e lembranças antigas, como que lhe dando um ar perpétuo de mocidade. Tristão, não tendo aliás o mesmo interesse, mostrou prazer em a acompanhar. Toda a gente continua a gostar dele, Campos mais que outros, pois o conheceu menino. Mana Rita é que apenas o viu; tem estado adoentada, levantou-se anteontem; só ontem soube disso, e fui visitá-la. Contei-lhe o que havia daquela casa e da casa do desembargador; dei-lhe vontade de vir também à gente Aguiar, quando os dous voltarem de Nova Friburgo.

———————————

10 de Agosto.

Meu velho Aires, trapalhão da minha alma, como é que tu comemoraste no dia 3 o ministério Ferraz, que é de 10? Hoje é que ele faria anos, meu velho Aires. Vês que é bom ir apontando o que se passa; sem isso não te lembraria nada ou trocarias tudo.

Fidélia chega da Paraíba do Sul no dia 15 ou 16. Parece que os libertos vão ficar tristes; sabendo que ela transfere a fazenda pediram-lhe que não, que a não vendesse, ou que os trouxesse a todos consigo. Eis aí o que é ser formosa e ter o dom de cativar. Desse outro cativeiro não há cartas nem leis que libertem; são vínculos perpétuos e divinos. Tinha graça vê-la chegar à Corte com os libertos atrás de si, e para quê, e como sustentá-los? Custou-lhe muito fazer entender aos pobres sujeitos que eles precisam trabalhar, e aqui não teria onde os empregar logo. Prometeu-lhes, sim, não os esquecer, e, caso não torne à roça, recomendá-los ao novo dono da propriedade.

———————————

11 de Agosto.

Recebi hoje um bilhete de Tristão, escrito de Nova Friburgo, no qual me diz que está muito satisfeito com o que vê e o que ouve; reconheceu a cidade, que é encantadora com a sua gente. A companheira de viagem ainda o é mais que a gente e a cidade. Copio estas palavras do bilhete:

"A madrinha ou mãezinha – não sei bem qual dos nomes lhe dê, ambos são exatos – é aqui muito querida e festejada, não só por duas amigas velhas que lhe restam dos tempos de criança, mas ainda por outras que conheceu depois de casada, parentas daquelas ou somente amigas também. Gosto do lugar e do clima; a temperatura é excelente; ficaremos uns três dias mais."

Não há nessa carta nada que não pudesse ser dito na volta, uma vez que ele desce daqui a três dias. Creio que ele cedeu ao desejo de ser lido por mim e de me ler também. Questão de simpatia, questão de arrastamento. Vou responder-lhe com duas linhas...

... Lá vai a carta; respondi-lhe com trinta e tantas linhas, dizendo-lhe cousas que busquei fazer alegres, e com certeza saíram quase amigas. Concordei que Nova Friburgo era delicioso, e concluí por estas palavras: "Quando descer venha almoçar comigo; falaremos de lá e de cá".

---

17 de Agosto.

Fidélia chegou, Tristão e a madrinha chegaram, tudo chegou; eu mesmo cheguei a mim mesmo – por outras palavras, estou reconciliado com as minhas cãs. Os olhos que pus na viúva Noronha foram de admiração pura, sem a mínima intenção de outra espécie, como nos primeiros dias deste ano. Verdade é que já então citava eu o verso de Shelley, mas uma cousa é citar versos, outra é crer neles. Eu li há pouco um soneto verdadeiramente pio de um rapaz sem religião, mas necessitado de agradar a um tio religioso e abastado. Pois ainda que eu não desse então toda a fé ao poeta inglês, dou-lhe agora, e aqui a dou de novo para mim. A admiração basta.

---

19 de Agosto.

Tristão veio almoçar comigo. A primeira parte do almoço foi a glosa da carta que ele me escreveu. Contou-me que já em criança tinha ido com a madrinha a Nova Friburgo algumas vezes, parece-lhe que três; reconheceu a cidade agora e gostou muito dela. De dona Carmo fala entusiasmado; diz que a afeição, o carinho, a bondade, tudo faz dela uma criatura particular e rara, por ser tudo de espécie também rara e particular. Referiu-me anedotas antigas, dedicações grandes. Depois confessou que as impressões da nossa terra fazem reviver os seus primeiros tempos, a infância e a adolescência. O fim do almoço foi com o naturalizado e o político. A política parece ser grande necessidade para este moço. Estendeu-se bastante sobre a marcha das cousas públicas em Portugal e na Espanha; confiou-me as suas ideias e ambições de homem de Estado. Não disse formalmente estas três palavras últimas, mas todas as que empregou vinham a dar nelas. Enfim, ainda que pareça algo excessivo, não perde o interesse e fala com graça.

Antes de sair, tornou a dizer do Rio de Janeiro, e também falou do Recife e da Bahia; mas o Rio foi o principal assunto.

– A gente não esquece nunca a terra em que nasceu – concluiu ele com um suspiro.

Talvez o intuito fosse compensar a naturalização que adotou – um modo de se dizer ainda brasileiro. Eu fui ao diante dele, afirmando que a adoção de uma nacionalidade é ato político, e muita vez pode ser dever humano, que não faz perder o sentimento de origem nem a memória do berço. Usei tais palavras que o encantaram, se não foi talvez o tom que lhes dei, e um sorriso meu particular. Ou foi tudo.

A verdade é que o vi aprovar de cabeça repetidas vezes, e o aperto de mão, à despedida, foi longo e fortíssimo.

Até aqui um pouco de fel. Agora um pouco de justiça.

A idade, a companhia dos pais, que lá vivem, a prática dos rapazes do curso médico, a mesma língua, os mesmos costumes, tudo explica bem a adoção da nova pátria. Acrescento-lhe a carreira política, a visão do poder, o clamor da fama, as primeiras provas de uma página da história, lidas já de longe por ele, e acho natural e fácil que Tristão trocasse uma terra por outra. Ponho-lhe, enfim, um coração bom, e compreendo as saudades que a terra de cá lhe desperta, sem quebra dos novos vínculos travados.

---

21 de Agosto.

Anteontem fui deixar um bilhete de visita a Fidélia; ontem, a convite do tio, que me encontrou na rua, fui tomar chá com ambos.

Naturalmente conversamos do defunto. Fidélia narrou tudo o que viu e sentiu nos últimos dias do pai, e foi muito. Não falou da separação trazida pelo casamento, era assunto velho e acabado. A culpa, se houve então culpa, foi de ambos, ela por amar a outro, ele por querer mal ao escolhido. Eu é que digo isto, não ela, que em sua tristeza de filha conserva a de viúva, e se houvesse de escolher outra vez entre o pai e o marido, iria para o marido. Também falou da fazenda e dos libertos, mas vendo que o assunto era já demasiado pessoal, mudou de conversa, e cuidamos da cidade e das ocorrências do dia.

Pouco depois chegaram dona Cesária e o marido, o doutor Faria, que vinham também visitá-la. A expansão com que dona Cesária falou a Fidélia e lhe deu o beijo da entrada compensou, a meu ver, o dente que lhe meteu há dias em casa do corretor Miranda. Daquela vez, apesar da graça com que falou, não gostei de a ver morder a viúva; agora tudo está pago. Repito o que lá digo atrás: esta senhora é muito mais graciosa que o marido. Nem precisa muito; ele o mal que diz dos outros di-lo mal, ela é sempre interessante.

Dona Cesária pagou tudo. Não é que as palavras que empregou ontem deem muito de si, como louvor e amizade, mas a expressão dos olhos, o ar admirativo e aprovador, um sorriso teimoso, quase constante, tudo isso valia por um capital de afeto. Papel-moeda também é dinheiro. Com ele comprei esta tinta e esta pena, o charuto que estou fumando e o almoço que começo a digerir. As duas senhoras não sofrem comparação entre si, e para conversar, dona Cesária basta e sobra. Eu conheci na vida algumas dessas pessoas capazes de dar interesse a um tédio e movimento a um defunto; enchem tudo consigo. Fidélia parece ter-lhe simpatia e ouvi-la com prazer. A noite foi boa.

Ia-me esquecendo uma cousa. Fidélia mandou encaixilhar juntas as fotografias do pai e do marido, e pô-las na sala. Não o fez nunca em vida do barão para respeitar os sentimentos deste; agora que a morte os reconciliou, quer reconciliá-los em efígie[52]. Foi ela mesma que me deu esta explicação, quando eu olhava para eles. Não me admira a delicadeza de outrora, nem a resolução de agora; tudo responde à mesma harmonia moral da pessoa.

Quando eu disse isto cá fora ao casal Faria (saímos juntos), o marido torceu o nariz. Não lhe vi o gesto, mas ele pro-

---

52. *Efígie*: retrato; imagem.

feriu uma palavra que implica o gesto; foi esta: "Afetação!" Quis replicar-lhe que não podia havê-la em ato tão íntimo e particular, mas a tempo encolhi a língua. Dona Cesária não aprovou nem reprovou o dito; ponderou apenas que o gás estava muito escuro. Notei para mim que estava claríssimo, e que provavelmente ela não achara mais pronto desvio à conversação. Faria aproveitou o reparo da esposa para dizer o mal que pensa da companhia do gás e do governo, e chamou ladrão ao fiscal. Eram onze horas.

---

21 de Agosto, 5 horas da tarde.

Não quero acabar o dia de hoje sem escrever que tenho os olhos cansados, acaso doentes, e não sei se continuarei este diário de fatos, impressões e ideias. Talvez seja melhor parar. Velhice quer descanso. Bastam já as cartas que escrevo em resposta e outras mais, e ainda há poucos dias um trabalho que me encomendaram da Secretaria de Estrangeiros – felizmente acabado.

---

24 de Agosto.

Qual! não posso interromper o *Memorial*; aqui me tenho outra vez com a pena na mão. Em verdade, dá certo gosto deitar ao papel cousas que querem sair da cabeça, por via da memória ou da reflexão. Venhamos novamente à notação dos dias.

Desta vez o que me põe a pena na mão é a sombra da sombra de uma lágrima...

Creio tê-la visto anteontem (22) na pálpebra de Fidélia, referindo-me eu à dissidência do pai e do marido. Não quisera agora lembrar-me dela, nem tê-la visto ou sequer suspeitado. Não gosto de lágrimas, ainda em olhos de mulheres, sejam ou não bonitas; são confissões de fraqueza, e eu nasci com tédio aos fracos. Ao cabo, as mulheres são menos fracas que os homens – ou mais pacientes, mais capazes de sofrer a dor e a adversidade... Aí está; tinha resolvido não escrever mais, e lá vai uma página com a sombra da sombra de um assunto.

Também, se foi verdadeiramente lágrima, foi tão passageira que, quando dei por ela, já não existia. Tudo é fugaz neste mundo. Se eu não tivesse os olhos adoentados dava-me a compor outro *Eclesiastes*[53], à moderna, posto nada deva haver moderno depois daquele livro. Já dizia ele que nada era novo debaixo do Sol, e se o não era então, não o foi nem será nunca mais. Tudo é assim contraditório e vago também.

---

27 de Agosto.

A alegria do casal Aguiar é cousa manifesta. Marido e mulher andam a inventar ocasiões e maneiras de viver com os dous e com alguns amigos, entre os quais parece que me contam. Jantam, passeiam, e se não projetam bailes é porque os não amam de si mesmos, mas se Fidélia e Tristão os quisessem, estou que eles os dariam. A verdade, porém, é que os dous hóspedes não chegaram a tal ponto, mormente Fidélia que se contenta de conversar e sorrir; não vai a teatros, nem a festas públicas.

Os passeios são recatados pela hora e pelos lugares. Ou vão as duas sós, ou se eles vão também, trocam-se às vezes,

---

53. *Eclesiastes*: um dos livros da Bíblia hebraica, atribuído a Salomão, rei do povo judeu e filho do rei Davi.

dando Aguiar o braço a Fidélia, e dona Carmo aceitando o de Tristão. Assim os encontrei há dias na Rua de Ipiranga, eram cinco horas da tarde. Os dous velhos pareciam ter certo orgulho na felicidade. Ela dizia com os olhos e um riso bom que lhe fazia luzir a pontinha dos dentes toda a glória daquele filho que o não era, aquele filho morto e redivivo, e o rapaz era atenção e gosto também. Quanto ao velho não ostentava menos a sua delícia. Fidélia é que não publicava nada; sorria, é certo, mas pouco e cabisbaixa. E lá foram andando, sem darem por mim, que vinha pela calçada oposta.

---

31 de Agosto.

Como eu ainda gosto de música! A noite passada, em casa do Aguiar, éramos algumas pessoas... Treze! Só agora, ao contar de memória os presentes, vejo que éramos treze; ninguém deu então por este número, nem na sala, nem à mesa do chá de família. Conversamos de cousas várias, até que Tristão tocou um pouco de Mozart, ao piano, a pedido da madrinha.

A execução veio porque falamos também de música, assunto em que a viúva acompanhou o recém-chegado com tal gosto e discrição, que ele acabou pedindo-lhe que tocasse também. Fidélia recusou modestamente, ele insistiu, dona Carmo reforçou o pedido do afilhado, e assim o marido; Fidélia acabou cedendo, e tocou um pequeno trecho, uma reminiscência de Schumann[54]. Todos gostamos muito. Tristão voltou ainda uma vez ao piano, e pareceram apreciar os talentos um do outro. Eu saí encantado de ambos. A música veio comigo, não querendo que eu dormisse. Cheguei cedo

---

54. *Robert Alexander Schumann* (1810-1856): compositor alemão; destacado músico do romantismo.

a casa, onze horas, e só perto de uma comecei a conciliar o sono; todo o tempo da rua, da casa e da cama foi consumido em repetir trechos e trechos que ouvira na minha vida.

A música foi sempre uma das minhas inclinações, e, se não fosse temer o poético e acaso o patético, diria que é hoje uma das saudades. Se a tivesse aprendido, tocaria agora ou comporia, quem sabe? Não me quis dar a ela, por causa do ofício diplomático, e foi um erro. A diplomacia que exerci em minha vida era antes função decorativa que outra cousa; não fiz tratados de comércio nem de limites, não celebrei alianças de guerra; podia acomodar-me às melodias de sala ou de gabinete. Agora vivo do que ouço aos outros.

Há dous ou três meses ouvi dizer a Fidélia que nunca mais tocaria, tendo desde muito suspendido o exercício da música. Repliquei-lhe então que um dia, a sós consigo, tocaria para recordar, e a recordação traria o exercício outra vez. Ontem bastaram as instâncias da gente Aguiar para mover uma vontade já disposta, ao que parece. O exemplo de Tristão ajudou-a a sair do silêncio. Repito que saí de lá encantado de ambos.

Quem sabe se a esta hora (dez e meia da manhã) não estará ela em casa, com espanto da família e da vizinhança, diante do piano aberto, a começar alguma cousa que não toca há muito?

– Não é possível!

– Nhanhã Fidélia!

– A viúva Noronha!

– Há de ser alguma amiga.

E as mãos dela irão falando, pensando, vivendo aquelas notas que a memória humana guarda impressas. Provavelmente tocará como ontem, sem música, de cor, na ponta dos dedos...

Seis horas da tarde.

Antes de ir para a mesa, escrevo a confirmação do que conjeturei de manhã; Fidélia efetivamente acordou os ecos da casa e da rua. Contou-mo há pouco o próprio desembargador Campos. A diferença é que não foi às dez horas e meia, mas às sete. Campos estava ainda na cama, quando ouviu os primeiros acordes de uma composição conhecida, parece que italiana. Não chegou a crer que fosse ela, mas não podia ser outra pessoa. Um criado, chamado por ele, veio dizer-lhe que sim, que era ela mesma. Tocou algum tempo. Quando ele entrou na sala, tinha acabado, mas estava ainda ao piano, ante um folheto de músicas aberto, a soletrar para si.

– Que é isto? – perguntou-lhe.

– Ouviu tocar? – disse ela fazendo rodar o banco.

– Ouvi.

– Creio que desaprendi alguma cousa; sinto os dedos um pouco tolhidos, já os senti assim ontem; a composição é que me não esqueceu.

– Mas que ressurreição é esta?

– Cousas de defunta – respondeu ela querendo sorrir.

Posto não seja grande apreciador de música, o desembargador parece satisfeito daquela ressurreição, como lhe chama. Tudo é viver com mais ou menos barulho, disse ele. Confessou-me que a tristeza da sobrinha o aflige muita vez, e a não levá-la a bailes ou teatros, contentava-se de a ver tocar em casa, e até cantar se quisesse; Fidélia também sabe cantar, tem muita arte e linda voz. Mas até agora não queria uma cousa nem outra.

Não é que não encha a casa consigo mesma, sem música; a música, porém, era uma das suas ocupações de outrora, e a abstenção data da viuvez.

Quis ponderar ao desembargador que o exercício da música podia conciliar-se muito bem com o estado, uma vez que a arte é também língua, mas tudo isso me passou rápido pela cabeça. Era acaso poético para um magistrado, sem contar que podia ser indiscreto também. Contentei-me de aceitar o convite que ele me fez de ir ouvi-la, em casa dele, hoje, amanhã, depois, quando queira.

– Uma destas noites – concordei.

Por enquanto, vou jantar. Creio que não saio mais hoje; mas que hei de fazer com estes pobres olhos? Ler é piorá-los; ah! se eu soubesse música! Pegava do violino, trancava bem as portas para não ser ouvido da vizinhança, e deixava-me ir atrás do arco. Talvez saia a passeio...

2 de Setembro.

Aniversário da batalha de Sedan[55]. Talvez vá à casa do desembargador pedir a Fidélia que, em comemoração da vitória prussiana, nos dê um pedaço de Wagner.

3 de Setembro.

Nem Wagner, nem outro. Tristão estava lá e deu-nos um trecho de *Tannhäuser*[56], mas a viúva Noronha recusou o pedido. Supondo que fosse luto pela lembrança da derrota francesa, pedi-lhe um autor francês qualquer, antigo ou

55. *Batalha de Sedan*: travada em 1870, foi decisiva na guerra franco-prussiana, em que o imperador Napoleão III e o exército francês foram derrotados e se renderam à Prússia. Entre outras consequências, deu-se o fim do II Império francês e o início da Terceira República francesa.

56. *Tannhäuser*: célebre ópera composta por Richard Wagner.

moderno, posto que a arte – disse-lhe com alguma afetação – naturaliza a todos na mesma pátria superior. Sorriu e não tocou; tinha um pouco de dor de cabeça. Aguiar e Carmo, que lá estavam também, não me acompanharam no pedido, como "se lhes doesse a cabeça da amiga". Outra preciosidade de estilo, esta renovada de Sévigné[57]. Emenda essa língua, velho diplomata!

A razão verdadeira da recusa pode não ser dor de cabeça nem de outra qualquer parte. Quer-me parecer que Fidélia vai um tanto comigo, e tocaria para si, caso estivesse só. Naquela outra noite, em casa do Aguiar, deixou-se arrastar e tocar para as doze pessoas que lá estavam, levada do sobressalto, de um acordar do gosto antigo; agora abana a cabeça, não quer divertir os outros. Tocará para o tio, de manhã, e para si durante as horas de desembargo. Quando muito satisfará os dous pais postiços, alguma vez. Sinal de que não tinha dor de cabeça é que ouviu a Tristão com evidente prazer, e aplaudiu sorrindo. Não digo que a música não tenha o dom de fazer esquecer um mal físico, mas desconfio que não foi assim neste caso.

Os dous conversaram de Wagner e de outros autores, com interesse, e provavelmente com acerto. Eu falei também o meu pouco; depois atendi ao que me disse Aguiar, acerca de Tristão.

– Parece que vem liquidar também alguns negócios do pai; soube hoje por ele mesmo. Deus queira que não acabe tão cedo.

– Deus também ama a chicana[58], quem sabe?

57. *Sévigné*: Maria de Rabutin-Chantal, marquesa de Sévigné (1626--1696). Escritora francesa.
58. *Chicana*: manobra jurídica apoiada em um ponto irrelevante; tramoia; trapaça.

– Não são negócios do foro; e se algum chegar lá, prova-velmente ele deixa procurador aqui. Sabe já que ele vai entrar na Câmara?

– Sei; disse-me que aceitou de alguns chefes de Lisboa elegê-lo deputado.

– Carmo, que queria prendê-lo por um ano ou mais, ficou aborrecida e triste, e eu com ela. Trocamos os nossos aborrecimentos, quero dizer que os somamos, e ficamos com o dobro cada um...

Gostei desta palavra de Aguiar, e decorei-a bem para me não esquecer e escrevê-la aqui. Aquele gerente de banco não perdeu o vício poético. É bom homem; creio que já o escrevi alguma vez, mas lá vai ainda agora. Não perco nada em repeti-lo.

Falávamos a um canto da sala, onde Campos e Tristão foram ter conosco, deixando as duas damas entregues uma à outra. E eu cá de longe fiquei a mirá-las, encantadoras naquela expressão de si mesmas. A harmonia dos cabelos brancos de uma e dos cabelos pretos de outra, as vozes que trocavam baixo sorrindo, com os olhos brandos e amigos, tudo isso me faria perguntar a mim mesmo, por que não eram realmente mãe e filha, esta casada com algum rapaz que a merecesse, e aquela casada ou viúva, não importa; consolar-se-ia do marido perdido com a filha eterna. Toda filha moça é eterna para as mães envelhecidas. Mas ainda uma vez notei que pareciam antes irmãs, tal a arte de dona Carmo em se fazer moça com as moças. A matéria da conversação não sei qual fosse, nem vale a pena cogitá-la; não daria mais interesse ao grupo. De uma vez, demorando-se Fidélia em consertar a posição do broche, dona Carmo substituiu-lhe os dedos pelos seus, e consertou-lha de todo.

4 de Setembro.

Relendo o dia de ontem fiz comigo uma reflexão que escrevo aqui para me lembrar mais tarde. Quem sabe se aquela afeição de dona Carmo, tão meticulosa e tão serviçal, não acabará fazendo dano à bela Fidélia? A carreira desta, apesar de viúva, é o casamento; está na idade de casar, e pode aparecer alguém que realmente a queira por esposa. Não falo de mim, Deus meu, que apenas tive veleidades sexagenárias; digo alguém de verdade, pessoa que possa e deva amar como a dona merece. Ela, entregue a si mesma, poderia acabar de receber o noivo, e iriam ambos para o altar; mas entregue a dona Carmo, amigas uma da outra, não dará pelo pretendente, e lá se vai embora um destino. Em vez de mãe de família, ficará viúva solitária, porque a amiga velha há de morrer, e a amiga moça acabará de morrer um dia, depois de muitos dias...

A reflexão é verdadeira, por mais que se lhe possa dizer em contrário. Não afirmo que as cousas se passem exatamente assim, e que os três – os quatro, contando o velho Aguiar – os cinco e seis, juntando o tio e o primo – não façam com o noivo adventício uma só família de afeição e de sangue; mas a reflexão é verdadeira. A afeição, o costume, o feitiço crescente, e por fim o tempo, cúmplice de atentados, negarão a bela viúva a qualquer namorado trazido pela natureza e pela sociedade. Assim chegará ela aos trinta anos, depois aos trinta e cinco e quarenta. Quando a esposa Aguiar morrer não se contentará de a chorar, lembrar-se-á dela, e as saudades irão crescendo com o tempo. O pretendente terá desaparecido ou passado a outras alegrias.

Reli também este dia de hoje, e temo haver-lhe posto (principalmente no fim) alguma nota poética ou romanesca, mas não há disso; antes é tudo prosa, como a realidade possível. Esqueceu-me trazer um elemento para a viuvez definitiva da moça, a própria lembrança do marido. Daqui a cinco anos, ela mandará transferir os ossos do pai para a cova do marido, e os conciliará na terra uma vez que a eternidade os conciliou já. Aqui e ali toda a política se resume em viverem uns com outros, no mesmo que eram, e será para nunca mais.

---

5 de Setembro.

Os dous filhos postiços do casal Aguiar não têm ciúmes um do outro, não se sentem diminuídos pela afeição que recebem dos velhos. Ao contrário, parecem achar que a porção de cada um cresce com a que o outro recebe também. Eis aí uma boa divisão de amigos; há casos em que os filhos de verdade não se mostram tão cordatos.

Mana Rita, a quem comuniquei esta impressão, acha também que é assim. Acrescenta, porém, uma reflexão mais fina que essa, e não tenho dúvida em a escrever aqui ao pé da minha, tanto mais que lhe repliquei com outra, não menos fina que a sua. Vá este elogio a nós ambos. Sempre há de haver quem nos desgabe[59] um pouco, e aí fica já a compensação. Nem custa muito elogiar-se a gente a si mesma. Eis o que me disse a mana:

– Esse sentimento há de custar pouco ao Tristão, estando aqui de passagem.

Ao que eu repliquei:

– Também não lhe custará muito a Fidélia, sabendo que ele se vai embora daqui a pouco.

---

59. *Desgabar*: depreciar.

Escritas as palavras de ambos nós, entro a duvidar da finura dela e minha. Por mais rápida que fosse a passagem do rapaz, ele gostaria de se ver exclusivamente querido, e ela também a si. Penso outra vez que a qualidade do afeto filial é que os faz assim generosos e abertos. Repito o que lá disse acima: casos há em que não vivem com tanto acordo filhos verdadeiros.

Rita deu-me outras notícias da casa Aguiar, onde não piso há mais de uma semana, creio. Todas confirmam a comunhão de boa vontade da parte de moços e velhos. Os quatro passam os dias em conversa, e ontem a viúva Noronha tocou piano, um pouquinho, é verdade, mas tocou. Parece que já uma vez jogaram cartas. Rita disse mais:

– Fidélia, que desde que saiu do colégio nunca mais fez trabalhos de agulha, começa agora a imitar a amiga, e já ontem trabalharam juntas. Quando eu lá cheguei às duas horas da tarde e dei com elas, defronte uma da outra, movendo agulhas, você não imagina a alegria com que me receberam; dona Carmo mostrava um pouco de orgulho também, ou cousa parecida. Faziam um par de sapatinhos de criança. O trabalho de Fidélia não tinha a perfeição do da outra, e não estava tão adiantado, mas também o de dona Carmo podia ir mais depressa; talvez fosse intenção dela não deixar a moça muito atrás, e por isso iria demorando os dedos. Quis rir, perguntando a qual delas destinavam tais sapatos, mas não tive tempo; Fidélia disse-me que eram para o filho de uma criada de dona Carmo que fora dar à luz em casa do marido. Dona Carmo ia começar o crochê quando Fidélia lhe apareceu, e quis acompanhá-la. Consentiu para não sair trabalho de velha.

O mais que a mana me disse não vai aqui para não encher papel nem tempo, mas era interessante. Vai só isto, que jantou lá e Fidélia também, a convite de dona Carmo. O velho Aguiar e Tristão tinham saído a passeio, depois do almoço, mas voltaram cedo, às quatro horas. Não viram a parada do dia de ontem (7), apenas viram passar um batalhão, que não deixou impressão no moço. Todos os batalhões se parecem, disse ele. O hino nacional, sim, é que acordou nele algumas saudades do tempo de criança e de rapaz; assim o confessou, e daí nasceu a conversação musical que levou Fidélia ao piano. A viúva não tocou mais de quatro ou cinco minutos, e fê-lo a pedido de Tristão, que lhe citou um autor; Rita não se lembra que autor foi, mas achou bonita a música. Também se falou em cousas da Europa, e os dous ajustaram bem os modos de ver.

Ouvi tudo isso em Andaraí, onde fui jantar hoje com Rita. Propus-lhe vir comigo e irmos ao Flamengo, a mana recusou; estava com o sono atrasado, e queria dormir. Voltei só e fui à casa Aguiar, onde os quatro e o desembargador conversaram de festas religiosas, a propósito do dia santo de hoje. Ainda uma vez os dous deram impressões europeias, e realmente ajustaram as reminiscências. As minhas, quando as pediram, ficaram naquele acordo de cabeça, que é útil, quando um assunto cansa ou aborrece, como este a mim.

Quando o tio e a sobrinha se foram, eu fiquei ainda um quarto de hora com a gente Aguiar. O resto amanhã; também eu estou com sono.

---

9 de Setembro.

O resto é a notícia de ter chegado Osório, o advogado do Banco do Sul, que foi há tempos ao Recife, onde o pai estava doente e morreu.

– Voltou triste, e o luto ainda o faz mais triste – disse Aguiar.

– Será só a morte do pai? – perguntei.

– Que mais pode ser?

– Não me disseram, ou eu adivinhei que ele andava meio apaixonado por dona Fidélia…?

– Andava, sim, e talvez mais que meio – explicou Aguiar –, mas já lá vai naturalmente.

– Em todo caso não se lhe declarou?

– Com o gesto, é possível; ela tacitamente recusou, e foi pena; ambos se merecem.

Aguiar louvou as qualidades profissionais do moço, a educação e as virtudes. Acreditei tudo, como era do meu dever, e aliás não tinha razão para duvidar de nada. Dona Carmo confirmou as palavras do marido, sem afirmar que era pena não se terem casado. Calou esse ponto, e foi mais discreta que ele. Pode ser que nele falasse também o gerente do banco. Tristão durante esse tempo folheava um livro de gravuras.

Digo que eram gravuras, porque me fui despedir dele, que se levantou logo, com grande cortesia; mas de longe pensei que fosse o álbum de retratos. Não era; o álbum estava ao pé, aberto justamente na página em que figuram as duas fotografias de Carmo e do marido. Tristão deixou também aberto o livro das gravuras e veio comigo à porta, acompanhando Aguiar, e ali me despedi de ambos.

----

9 de Setembro, à tarde.

Parece que a gente Aguiar me vai pegando o gosto de filhos, ou a saudade deles, que é expressão mais engraçada. Vindo agora pela Rua da Glória, dei com sete crianças, meninos e meninas, de vário tamanho, que iam em linha, presas pelas mãos. A idade, o riso e a viveza chamaram-me a atenção, e eu parei na calçada, a fitá-las. Eram tão graciosas todas, e pareciam tão amigas que entrei a rir de gosto. Nisto ficaria a narração, caso chegasse a escrevê-la, se não fosse o dito de uma delas, uma menina, que me viu rir parado, e disse às suas companheiras:

– Olha aquele moço que está rindo para nós.

Esta palavra me mostrou o que são olhos de crianças. A mim, com estes bigodes brancos e cabelos grisalhos, chamaram-me moço! Provavelmente dão este nome à estatura da pessoa, sem lhe pedir certidão de idade.

Deixei andar as crianças e vim fazendo comigo aquela reflexão. Elas foram saltando, parando, puxando-se à direita e à esquerda, rompendo alguma vez a linha e recosendo-a logo. Não sei onde se dispersaram; sei que daí a dez minutos não vi nenhuma delas, mas outras, sós ou em grupos de duas. Algumas destas carregavam trouxas ou cestas, que lhes pesavam à cabeça ou às costas, começando a trabalhar, ao tempo em que as outras não acabavam ainda de rir. Dar-se-á que a não ter carregado nada na meninice devo eu o aspecto de "moço" que as primeiras me acharam agora? Não, não foi isso. A idade dá o mesmo aspecto às cousas; a infância vê naturalmente verde. Também estas, se eu risse, achariam que "aquele moço ria para elas", mas eu ia sério, pensando, acaso doendo-me de as sentir cansadas; elas, não vendo que os meus cabelos brancos deviam ter-lhes o aspecto de pretos, não diziam cousa nenhuma, foram andando e eu também.

Ao chegar à porta de casa dei com o meu criado José, que disse estar ali à minha espera.

– Para quê?

– Para nada; vim esperar Vossa Excelência cá embaixo.

Era mentira; veio distrair as pernas à rua, ou ver passar criadas vizinhas, também necessitadas de distração; mas, como ele é hábil, engenhoso, cortês, grave, amigo de seu dever – todos os talentos e virtudes – preferiu mentir nobremente a confessar a verdade. Eu nobremente lho perdoei e fui dormir antes de jantar.

Dormi pouco, uns vinte minutos, apenas o bastante para sonhar que todas as crianças deste mundo, com carga ou sem ela, faziam um grande círculo em volta de mim, e dançavam uma dança tão alegre que quase estourei de riso. Todas falavam "deste moço que ria tanto". Acordei com fome, lavei-me, vesti-me e vim primeiro escrever isto. Agora vou jantar. Depois, irei provavelmente ao Flamengo.

---

9 de Setembro, à noite.

Fui ao Flamengo. A viúva não estava lá; estava o Osório, e não o achei triste, como Aguiar havia dito, também não estava alegre; falava pouco. Tristão, que lhe fora apresentado hoje, falava mais que ele, sem falar muito. Noite sem interesse. Voltei cedo e vou dormir.

---

12 de Setembro.

Quando cheguei hoje à cidade, eram duas horas, e ia a sair do bonde, chegou-se a ele a bela Fidélia, com o seu gracioso e austero meio-luto de viúva. Vinha de compras, naturalmente. Cumprimentamo-nos, dei-lhe a mão para subir. Perguntou-me pela mana, eu pelo tio, ambos por nós, e ainda houve tempo de trocar esta meia dúzia de palavras. Ela:

– Ainda agora?

– A minha preguiça de aposentado não me permitiu sair mais cedo – disse eu rindo, e afastei-me.

O bonde partiu. Na esquina estava não menos que o doutor Osório sem olhos, porque ela os levava arrastados no bonde em que ia; foi o que concluí da cegueira com que não me viu passar por ele... Ai, requinte de estilo!

Entrei nesta dúvida – se teriam estado juntos na rua ou na loja a que ela veio, ou no banco, ou no inferno, que também é lugar de namorados, é certo que de namorados viciosos, *del mal perverso*[60]. Achei que não, e compreendi que ele, se acaso a cumprimentou na rua, não ousou falar-lhe, apenas a acompanhou de longe, até que a viu meter-se no bonde e partir.

Também achei outra cousa; é que a paixão antiga e recusada não estava morta nele, ou revivia com a vista nova da pessoa. Não era por ser agora a dona rica, já antes era ela herdeira única, e vivia de si mesma. Não, ele é bom, e o próprio Aguiar afirma que os dous se merecem.

Ia nessas conjeturas, em direção à Escola Politécnica, e vi-o passar por mim, cabisbaixo, não sei se triste ou alegre; não pude ver-lhe a cara. Mas parece que a tristeza é que é cabisbaixa, a alegria distribui os olhos felizes à direita e à esquerda; alguma vez ao céu também. É suposição minha, e pode não ser verdade. A verdade certa é que, às duas horas da tarde, aquele advogado andava atrás

---

60. *Del mal perverso* (italiano): "do mal perverso". Alusão ao adultério de Francesca de Rimini com o cunhado no Canto v do Inferno, da *Divina Comédia*.

das moças, em vez de estar no foro; ou mau advogado, ou feliz namorado.

---

14 de Setembro.

Nem uma cousa nem outra. Refiro-me ao que escrevi anteontem do Osório, que não é namorado feliz, pelo que me disse Aguiar hoje, nem mau advogado, pelo que li nos jornais. Li que venceu uma demanda do Banco do Sul, e Aguiar não lhe regateou louvores ao zelo com que a pleiteou antes do embarque e depois do desembarque. Eis aí um homem que sabe casar o zelo e a tristeza, e bem pode ser isto um símbolo, se ele é o zelo, e Fidélia a tristeza. Talvez acabem casando. Mas ainda depois da recusa? Tudo é possível debaixo do Sol – e a mesma cousa sucederá acima dele –, Deus sabe.

---

18 de Setembro.

Venho da gente Aguiar, e não me quero ir deitar sem escrever primeiro o que lá se passou. Cheguei cedo, estavam sós os dous velhos e receberam-me familiarmente.

– Venha o terceiro velho, disse Aguiar, venha fazer companhia aos dous que aqui ficaram abandonados.

Esta palavra, que podia ser de queixa, foi dita rindo, e percebi pelo tom que era alegre. Foi-me dita quase à porta da sala, onde ele foi ter comigo, ficando ela em uma das duas cadeiras de balanço, unidas e trocadas, em forma de conversadeira, onde costumavam passar as horas solitárias. Respondi que trazia a minha velhice para somar às duas e formar com elas uma só e verde mocidade, das que já não há na terra. Sobre este tema gasto e vulgar disseram também algo de riso, e tais foram os primeiros minutos.

– Talvez não nos encontrasse, se eu não estivesse doente de um joelho – disse dona Carmo.

– Doente?

– Dói-me um pouco este joelho, e o lugar é melindroso para andar. Tristão foi sozinho à casa do desembargador, aonde vão hoje alguns amigos do foro. Aguiar também queria ir, mas Tristão disse-lhe que era melhor ficar; ele se incumbiria de dar lá todas as desculpas, e foi sozinho.

– Quis que eu ficasse fazendo companhia à madrinha – explicou Aguiar. – Se eu teimo em ir ele era capaz de ficar para a não deixar sozinha.

– Pode ser – disse dona Carmo com os olhos.

Só com os olhos. De boca disse logo depois que talvez ele fosse também, à espera de ver lá moças. É provável que os velhos amigos levem as filhas.

– Mas então é alguma festa? – perguntei.

– Não, conselheiro – acudiu Aguiar –; os amigos são uns três ou quatro que ontem ajustaram entre si lá ir hoje, e avisaram disso o desembargador. Foi o que Fidélia nos contou ontem mesmo, aqui em casa.

E dona Carmo continuou o que ia dizendo antes:

– Alguns levarão as filhas, e é natural a um rapaz o desejo de ver moças. Tristão acha que as suas patrícias são muito graciosas; mais de uma vez o tem dito. Também se não houver lá nenhuma é provável que acabe a visita cedo e torne para casa. Tristão é cada vez mais amigo nosso.

Conhecia este outro tema, e acenei de cabeça que sim. Aguiar disse a mesma cousa. O que ele não disse, nem eu esperei, foi a nota melancólica que a mulher trouxe à conversação, e que eu cuidei de atenuar, como pude.

– Os dias vão correndo – disse ela –, e os últimos correrão mais depressa; brevemente o nosso Tristão volta para Lisboa e nunca mais virá cá, ou só virá para ver as nossas covas.

– Ora, dona Carmo! deixe-se de ideias tristes.

– Carmo tem razão – interveio o marido –; o tempo acabará depressa para que ele se vá, e não ficará às nossas ordens para que fiquemos eternamente na vida.

– Todos nós lá vamos – disse eu. – A morte é outro desembargador, conta muitos amigos que lá passam as noites, e os que têm filhas levam as filhas. Isto é certo, mas o melhor é não pensar nela.

– Não é nela, é nele – emendou dona Carmo –; falo do nosso Tristão, que se irá brevemente.

Sorri e disse:

– *Ele* se irá, creio, mas ficará *ela*.

Acentuei bem os pronomes, e não seria preciso; Carmo entendeu-me logo e bem. O ar de riso que se lhe espraiou do rosto mostrou que entendera a alusão à bela Fidélia. Era uma consolação grande. Não obstante, a consolação só cabe ao que dói, e a dor da perda de um já não seria menor que o prazer da conservação da outra. Logo vi essas duas expressões no rosto da boa senhora, combinadas em uma só e única, espécie de meio-luto. Aguiar também sentiria como a mulher, mas o ofício de banqueiro obriga e acostuma a dissimular. E talvez ainda não falassem entre si do próximo regresso do Tristão; felicidade rima com eternidade, e estes eram felizes.

Eram felizes, e foi o marido que primeiro arrolou as qualidades novas de Tristão. A mulher deixou-se ir no mesmo serviço, e eu tive de os ouvir com aquela complacência, que é uma qualidade minha, e não das novas. Quase que a trouxe da escola, se não foi do berço. Contava minha mãe que eu raro chorava por mama; apenas fazia uma cara feia e implorativa. Na escola não briguei com ninguém, ouvia o mestre, ouvia os companheiros, e se alguma vez estes eram extremados e discutiam, eu fazia da minha alma um compasso, que abria as pontas aos dous extremos. Eles acabavam esmurrando-se e amando-me.

Não quero elogiar-me... Onde estava eu? Ah! no ponto em que os dous velhos diziam das qualidades do moço. Não mentiam; quando muito, podiam exagerar alguma, mas as que citavam deviam ser verdadeiras, bom, carinhoso, atento, justo, puro de sentimentos, índole pacífica, maneiras educadas, capaz de sacrifícios, se fosse necessário. Não o tinham achado mau nem falho, quando ele chegou; agora porém, as qualidades antigas estavam apuradas, e algumas novas apareciam. Ainda que eu discordasse deles não diria nada para os não aborrecer, mas que sabia eu que pudesse contrariar essa opinião de amigos? Nada; concordei com ambos.

Dona Carmo entendeu acaso que o assunto podia ser enfadonho a estranhos, e trocou as mãos à conversa. Não totalmente, é verdade; falou da casa do desembargador Campos e do que iria por lá. Eu (habilmente, confesso) querendo saber o estado de coração de Osório, perguntei se ele não estaria lá também, ele, que também é do foro. Aguiar disse logo que podia ser que sim; conforme. Sobre isto falamos um pouco, e as qualidades do advogado foram ainda honradas, mas não eram tantas, nem tamanhas como as de Tristão. Falavam com simpatia, Aguiar mais que dona Carmo; eram relações propriamente do banco e do foro.

– Mas não haverá ainda nele alguma faísca antiga? – perguntei.

– Pode ser, e será mais uma razão para fugir – concluiu ele.

Não quis dizer o que vira na rua, e aliás a conclusão dele não era errada. Dona Carmo escutava agora sem falar, embora com interesse. A discrição daquela senhora é das mais completas que tenho achado na vida. Não quis ela entrar em tal assunto, e o marido não tardou muito que o deixasse. Eu não retive a um nem a outro.

Assim é o destino dos namorados sem ventura; os próprios amigos, como Aguiar parece que é de Osório, tratam logo de outra cousa. Eles que se fiquem consigo. Nós passamos a tratar de algumas notícias de sociedade e das últimas notícias novelescas de Paris. Neste capítulo dona Carmo sabe mais que eu, e muito mais que o marido, que não sabe nada; mas Aguiar acompanhou a conversação como se soubesse alguma cousa. Ele compra-lhe os livros, que ela lê e resume para ele ouvir. Como a memória dele é grande, cita também as narrações escritas, com a diferença que ela, tendo impressão direta, a análise que faz é mais viva e interessante. Ouvi-lhe dizer de alguns nomes contemporâneos muita cousa fina e própria. É claro que, se o marido escrevesse também, achá-lo-ia melhor que ninguém, porque ela o ama deveras, tanto ou mais que no primeiro dia; é a impressão que ainda hoje me deixou.

Eu, para lhes ser agradável – e um pouco a mim mesmo, porque os queria gozar também – voltei ao assunto principal para ambos, que não seria Fidélia só, nem só Tristão, mas os dous juntos.

– Digam-me, se eles fossem irmãos e seus filhos, não seria melhor que apenas amigos e estranhos um ao outro?

Era a primeira vez que lhes dizia uma cousa destas, e o interesse foi tamanho que eles pegaram do assunto para dizer cousas interessantíssimas. Não as escrevo por ser tarde, mas cá me ficam de memória. Digo só que, quando saí, dona Carmo, apesar do joelho doente, e por mais que eu quisesse detê-la, veio comigo à porta da sala. Aguiar acompanhou-me até à porta do jardim, enquanto ela veio à janela, donde se despedia ainda uma vez.

– Olhe o sereno, boa-noite – disse-lhe eu cá de baixo.

– Boa-noite.

Dona Carmo entrou. Aguiar e eu apertamos a mão um do outro. Indo a sair, lembrou-me falar do cão ali sepultado. Não lhe falei logo, dei três ou quatro investidas, mas tão rápidas que, se gastei um minuto, foi o mais; nem tanto. Aguiar ouviu-me espantado e constrangido.

– Quem lhe contou isso?

– O doutor Tristão.

Não lhe quis citar o Campos, que também me falou do animal. Aguiar confessou calando, depois falando, mas não falou muito. Confirmou que tiveram muita amizade ao bicho e referiu-me os padecimentos que a doença e a morte deste produziram na mulher. Não disse os seus, mas também os tivera; olhou uma vez para o lado da parede, e depois de uma pausa:

– Tristão riu-se naturalmente do nosso carinho?

– Ao contrário, falou-me com muito louvor; tem bom coração aquele rapaz.

– Muito bom.

Apesar de não ser dado a melancolias, nem achar que o ofício de banqueiro vá com tais lástimas, separei-me dele com simpatia. Vim pela Rua da Princesa, pensando nele e nela, sem me dar de um cão que, ouvindo os meus passos na rua, latia de dentro de uma chácara. Não faltam cães atrás da gente, uns feios, outros bonitos, e todos impertinentes. Perto da Rua do Catete, o latido ia diminuindo, e então pareceu-me que me mandava este recado: "Meu amigo, não lhe importe saber o motivo que me inspira este discurso; late-se como se morre, tudo é ofício de cães, e o cão do casal Aguiar latia também outrora; agora esquece, que é ofício de defunto".

Pareceu-me este dizer tão sutil e tão espevitado que preferi atribuí-lo a algum cão que latisse dentro do meu próprio cérebro. Quando eu era moço e andava pela Europa ouvi dizer de certa cantora que era um elefante que engolira um rouxinol. Creio que falavam da Alboni[61], grande e grossa de corpo, e voz deliciosa. Pois eu terei engolido um cão filósofo, e o mérito do discurso será todo dele. Quem sabe lá o que me haverá dado algum dia o meu cozinheiro? Nem era novo para mim este comparar de vozes vivas com vozes defuntas.

---

20 de Setembro.

Aquele dia 18 de setembro (anteontem) há de ficar-me na memória, mais fixo e mais claro que outros, por causa da noite que passamos os três velhos. Talvez não escrevesse tudo nem tão bem; mas bastou-me relê-lo ontem e hoje para sentir que o escrito me acordou lembranças vivas e interessantes, a boa velha, o bom velho, a lembrança dos dous filhos postiços... Continuo a dar-lhes este nome, por não achar melhor... Principalmente aquela felicidade média ou turva de pessoas que vão perder um de dous bens do céu, essa expressão que vi em dona Carmo mais forte ainda que no Aguiar...

---

61. *Marietta Alboni* (1826-1894): cantora italiana de ópera, contralto.

21 de Setembro.

Ao sair hoje de casa, vi passar na rua, do lado oposto, a irmã do corretor Miranda, dona Cesária, tão risonha que parecia falar mal de mim, mas não falava, ia só – ou falava de mim consigo; mas só consigo não teria tanto prazer. Cumprimentamo-nos e seguimos.

---

22 de Setembro.

… encantadora Fidélia! Não escrevo isto porque a deseje, mas porque é assim mesmo: encantadora! Pois não é que esta criatura de Deus, encontrando-se comigo de manhã, veio agradecer-me a companhia que fiz aos seus amigos do Flamengo, na noite de 18?

– Não tive merecimento nisso; fui lá, achei-os sós, passei a noite.

– Isso mesmo. Dona Carmo disse-me que, se não foi uma noite cheia, foi só por lhe faltarmos o doutor Tristão e eu, mas que, ainda assim, o senhor teve o dom de nos fazer esquecer.

Sorri incredulamente, depois expliquei o caso, dizendo que, se os fiz esquecer, foi por serem eles o próprio assunto da conversação…

– Isso é que ela não me disse – interrompeu Fidélia espantada.

– Nem dirá; nem lho pergunte. O melhor é crer que eu, com os meus cabelos brancos, ajudei a encher o tempo. A senhora não sabe o que podem dizer três velhos juntos, se alguma vez sentiram e pensaram alguma cousa.

– Sei, sei, já tenho visto e ouvido os três.

– Mas nessas ocasiões a senhora dá outra nota recente e viva à conversação.

Era verdade e era cumprimento; Fidélia sorriu agradecida e despediu-se. Eu – aqui o digo ante Deus e o Diabo, se também este senhor me vê a encher o meu caderno de lembranças –, eu deixei-me ir atrás dela. Não era curiosidade, menos ainda outra cousa, era puro gosto estético. Tinha graça andando; era o que lá disse acima: encantadora. Não fazia crer que o sabia, mas devia sabê-lo. Ainda não encontrei encantadora que o não soubesse. A simples suposição de o ser tenta persuadir que o é.

No Largo de São Francisco estava um carro dela, perto da igreja. Íamos da Rua do Ouvidor, a dez passos de distância ou pouco mais. Parei na esquina, vi-a caminhar, parar, falar ao cocheiro, entrar no carro, que partiu logo pela travessa, naturalmente para os lados de Botafogo. Quando ia a voltar dei com o moço Tristão, que ainda olhava para o carro, no meio do largo, como se a tivesse visto entrar. Ele vinha agora para a Rua do Ouvidor, e também me viu; detive-me à espera. Tristão trazia os olhos deslumbrados, e esta palavra na boca:

– Grande talento!

Percebi que se referia ao talento musical, e nem por isso fiquei menos espantado; quase me esqueceu concordar com ele. Concordei de gesto e de palavra, sem entender nada. Também eu gosto de música, e sinto não tocar alguma cousa para me aliviar da solidão; entretanto, se fosse ele, e apesar de todos os Schumanns e seus êmulos, ao vê-la parar no Largo de São Francisco e entrar no carro, não soltaria a mesma exclamação, antes outra, igualmente estética, é verdade, mas de uma estética visual, não auditiva. Não entendi logo.

Depois, quando nos separamos na esquina da Rua da Quitanda, entrei a cogitar se ele, ao dar comigo, compôs aquela palavra para o fim de mostrar que, mais que tudo, admira nela a arte musical. Pode ser isto; há nele muita compostura e alguma dissimulação. Não quis parecer admirador de pés bonitos; referiu-se aos dedos hábeis. Tudo vinha a dar na mesma pessoa.

---

30 de Setembro.

Se eu estivesse a escrever uma novela, riscaria as páginas do dia 12 e do dia 22 deste mês. Uma novela não permitiria aquela paridade de sucessos. Em ambos esses dias – que então chamaria capítulos – encontrei na rua a viúva Noronha, trocamos algumas palavras, vi-a entrar no bonde ou no carro, e partir; logo dei com dous sujeitos que pareciam admirá-la. Riscaria os dous capítulos, ou os faria mui diversos um de outro; em todo caso diminuiria a verdade exata, que aqui me parece mais útil que na obra de imaginação.

Já lá vão muitas páginas falei das simetrias que há na vida, citando os casos de Osório e de Fidélia, ambos com os pais doentes fora daqui, e daqui saindo para eles, cada um por sua parte. Tudo isso repugna às composições imaginadas, que pedem variedade e até contradição nos termos. A vida, entretanto, é assim mesmo, uma repetição de atos e meneios, como nas recepções, comidas, visitas e outros folgares; nos trabalhos é a mesma cousa. Os sucessos, por mais que o acaso os teça e devolva, saem muita vez iguais no tempo e nas circunstâncias; assim a história, assim o resto.

Dou estas satisfações a mim mesmo, a fim de mencionar o meu joelho doente, tal qual o de dona Carmo. Outra paridade de situações… Há duas diferenças. A primeira é que nela o mal é puro e confessado reumatismo. Em mim também, mas o meu criado José chama-lhe nevralgia, ou por mais elegante ou por menos doloroso; é um dos seus modos de amar o patrão. A segunda diferença...

A segunda diferença – ai, Deus! –, a segunda diferença é que, ainda que lhe doa muito o joelho, dona Carmo lá tem o marido e os dous filhos postiços. Eu tenho a mulher embaixo do chão de Viena e nenhum dos meus filhos saiu do berço do Nada. Estou só, totalmente só. Os rumores de fora, carros, bestas, gentes, campainhas e assobios, nada disto vive para mim. Quando muito o meu relógio de parede, batendo as horas, parece falar alguma cousa – mas fala tardo, pouco e fúnebre. Eu mesmo, relendo estas últimas linhas, pareço-me um coveiro.

Mana Rita não me veio visitar, porque não sabe nada, e provavelmente não tem saído; sei que está boa. O meu mal começou há sete dias. Durmo bem às noites, mas não me faz bem andar, dói-me. Amanhã, se não acordar pior, saio.

---

2 de Outubro.

Estou melhor, mas choveu e não saí.

---

3 de Outubro.

– Foi um duelo entre mim e a velhice, que me disparou esta bala no joelho; uma dor reumática. Já sei que vem jantar comigo?

O desembargador respondeu que não; disseram-lhe que eu estava doente e vinha saber o que era. Dona Carmo também está melhor do joelho, disse-me. Já sai, mas pouco, pela Praia do Flamengo, até à do Russell.

– Sempre com a amiguinha, não?

– Nem sempre; lá tem o seu Tristão que a acompanha de manhã. Fidélia manda-lhe visitas, e pode ser que Aguiar venha cá hoje; souberam ontem, à noite, como eu.

Logo depois contou-me Campos que a sobrinha queria ir passar algum tempo à fazenda.

– Os libertos, apesar da amizade que lhe têm ou dizem ter, começaram a deixar o trabalho, e ela quer ver como está aquilo antes de concluir a venda de tudo.

Não entendi bem, mas não me cabia pedir explicação. Campos incumbiu-se de me dizer que também ele não entendia bem a ideia da sobrinha, e acrescentou que, por gosto, ela partiria já. A doença de dona Carmo é que a fez aceitar o que lhe propôs o tio, a saber, que adiassem a viagem para as férias.

– Iremos pelas férias – concluiu ele –; provavelmente já o trabalho estará parado de todo; o administrador, que não tem tido força para deter a saída dos libertos até hoje, não a terá até então. Fidélia cuida que a presença dela bastará para suspender o abandono.

– Logo, se for mais depressa... – aventurei eu, querendo sorrir.

– Foi o argumento dela; eu creio que não será tanto assim, e, como tenho de a acompanhar, prefiro dezembro a outubro. Quer-me parecer que ela teme menos a fuga dos libertos que outra cousa...

Não acabou; levantou-se para consertar um laço da cortina, e voltou coçando o queixo e olhando para o teto. Sentou-se e cruzou as pernas. Eu, para me não deixar ir a perguntas, peguei do gesto do desembargador, dizendo-lhe que ele acabava de fazer com as pernas o que ainda me custaria um pouco; mas foi como se falasse à cortina, ao laço ou à palhinha do chão. Campos não me respondeu nem provavelmente me ouviu. Ergueu-se, disse que estimava as minhas melhoras e despediu-se até breve. Teimei que jantasse.

– Não posso; tenho gente de fora; o Tristão janta comigo.

Para lhe mostrar que convalescia, fui ao patamar pisando rijo. Agradeci-lhe o obséquio da visita, e tornei à sala, com a viúva diante dos olhos, caminho da fazenda. Mas que terá que a faça ir meter-se na fazenda, com meia dúzia de libertos, se ainda achar alguns? Pouco depois, outra visita, o Aguiar, que me trazia lembranças da mulher. Estimou ver-me de pé, no meio da sala.

– Não valia a pena – disse-lhe –; foi uma cousa de nada, estou quase bom, e hoje mesmo, se a chuva parar, como está querendo, lá vou levá-lo à casa, depois do jantar. Janta comigo?

– Não posso; tenho gente de fora. Uma das pessoas não me impediria, é a Fidélia, que lá janta conosco, e é quase da família. Mas vai também um colega do banco.

– Pois irei tomar chá.

– Vá, se quer, mas não faça isso, é o meu conselho. Ainda que não chova, sempre haverá umidade, e para reumatismo...

– Mas dona Carmo tem saído, creio.

– Tem, e pode-se dizer que está boa. Apesar disso, já hoje não saiu, por cousa do tempo. Vá, se quer; eu no seu caso não saía.

Aguiar não disse mais nada, e despediu-se. Pareceu-me (ou foi ilusão) que ele queria acrescentar alguma cousa e não acabou de querer. Não sei que seria. Não sentisse eu mesmo algum medo da umidade e iria vê-los à noite, mas a umidade é certa, e creio que a chuva também. Fico em casa. Se aparecer algum enxadrista, jogarei xadrez; se apenas jogar cartas, cartas. Se não vier ninguém, atiro-me a compor um poema de cabeça.

---

6 de Outubro.

Mana Rita, mana Rita

Foi a última visita,

e o resto do poema em prosa, que a minha musa não dá para mais. Foi assim que o compus, não na outra noite, a de 3, mas na de hoje, 6, depois de levar a mana a Andaraí. Apareceu-me aqui de manhã. Já outros, amigos e até indiferentes, me tinham visitado, como aquele doutor Faria, que me deixou lembranças da mulher, e o corretor Miranda, que também mas trouxe da sua. Tristão esteve cá anteontem, e eu saí à tarde e ontem de manhã. Estou bom, nem por isso deixei de lhe chamar ingrata. Rita confessou-me que há mais de três semanas não sai de casa para ver se tinha um irmão que se lembrasse dela.

– Tinha e tem – retorqui-lhe –, mas um irmão que só agora convalesceu de todo.

Contei-lhe a dor e a reclusão. Rita, que a princípio não queria crer e ria, acabou convencida e contristada. Censurou-me naturalmente; eu disse-lhe que continuava a guardá-la para a doença mortal e última. Assim trocamos muitas palavras amigas e doces, algumas alegres. Como lhe perguntasse se estivera com a gente Aguiar ou com a família Campos, respondeu-me que não. Se fosse a uma daquelas casas teria sabido do meu incômodo, e não receberia a notícia aqui, acrescentou.

– Então você não sabe nada do projeto de ir à fazenda? – perguntei-lhe.

– Projeto de quem?

– Da viúva Noronha.

– Ir à fazenda?

– Sim, ir a Santa-Pia, para ver como andam lá as cousas; parece que os libertos estão abandonando a roça. Foi o que me disse o tio da viúva.

– Não ouvi dizer nada. Há perto de um mês que não saio de casa. Mas o tio por que não vai?

– O tio vai, mas é com ela; a sobrinha quer a companhia dele, mas só a companhia, parece, não quererá também a colaboração. Vão pelas férias. Eu não compreendo esta necessidade de ir ela mesma, quando era melhor um homem.

Rita quis ir saber da própria Fidélia. Ponderei-lhe que era indiscreto, e faria crer da nossa parte alguma curiosidade. Saiu a voltas, e tornou. Confesso uma cousa; depois que a vi sair imaginei se teria ido saber da viúva ou dos amigos a verdadeira causa da viagem, e disse-lho ao jantar. Ela ficou séria e abanou a cabeça. Se me tem jurado que não, é provável que me enterrasse o espinho da dúvida, mas falou com simplicidade, e nomeou as visitas que fez. Uma delas foi a dona Carmo.

– Carmo está sã como um pero – disse-me –; recebeu-me rindo como só ela sabe rir, um rir de dentro, tão simples, tão franco… Falamos de Fidélia, falamos de Tristão, ela com a ternura e a amizade que você já lhe tem visto.

– Ainda não sabe da viagem à fazenda?

– Sabe, e parece que nem esperam as férias; é daqui a dias. Sabe da viagem e do motivo, e aprova; diz que a viúva tem muito prestígio entre os libertos. Se pudesse iria também, mas Aguiar não ficaria só, e ele não pode deixar agora o banco.

– Mas ele não ficaria só; o Tristão aí está.

– Não, por duas razões; a primeira é que Tristão nem ninguém supre a boa Carmo. A viagem que ela fez este ano a Nova Friburgo custou muito ao marido. Não foi ela que me disse isto; eu é que soube, e percebe-se, todos sabem; Aguiar sem Carmo é nada. A segunda razão é que o próprio Tristão está com vontade de acompanhar o desembargador e Fidélia; nunca viu uma fazenda, e tem vontade, antes de voltar para Lisboa...

– E a nossa amiga, diante desse eclipse dos dous, não está aborrecida?

– Foi o que lhe perguntei; disse-me que é por poucos dias, e espera; em todo caso, se houver demora dos outros, Tristão virá embora. Quer passar com ela e o marido o mais tempo que puder.

Mana Rita (percebe-se) está com vontade de achar algum defeito grande no afilhado do Aguiar, mas não acha nenhum, grande ou pequeno, e pesa-lho. O bem que diz dele é repetição confessada do que ouviu. Eu não penso mal, antes bem, creio que já o escrevi em algumas destas páginas; mas não disse se bem nem mal. Deixei-me ficar a condenar o meu pobre jantar, que foi ruim, só o frango prestou e a fruta, menos as peras...

Ao café, mana Rita contou-me algumas anedotas de Andaraí, aonde a fui levar, seriam dez horas e donde voltei para escrever isto, acabar e repetir como principiei:

Mana Rita, mana Rita

Foi a última visita.

---

10 de Outubro.

Entendam lá mulheres! Tanta necessidade de ir à fazenda e já. Campos alcança uma licença de alguns dias, Tristão apronta a mala, e, tudo feito, cessa a necessidade de partir. Foram só o Campos e o Tristão. Tal a notícia que me deram as duas (Carmo e Fidélia) hoje, à tarde, quando eu ia a entrar no jardim da casa do Flamengo. As duas vinham chegando ao portão.

– Não fui – confirmou Fidélia as primeiras palavras de dona Carmo. Um homem basta e sobra, e acaba depressa todas as dúvidas. Também as notícias agora são melhores.

– Lucram os seus amigos – retorqui.

Dona Carmo disse o mesmo que eu, mas sem palavras, com os olhos apenas. Como iam a passeio, dispus-me a acompanhá-las, depois de algumas notícias que trocamos, dona Carmo e eu, sobre os nossos reumatismos; estamos bons. As duas iam de braço, eu ao lado, entre elas e o mar que não batia com força. A conversação não foi constante, porque a viúva levava os olhos no chão. A amiga falava-me, mas olhava de quando em quando para ela, e eu também. Fidélia falava pouco, e só então olhava para a outra.

O passeio foi curto; tornei com elas ao jardim, aonde pouco depois chegou Aguiar trazendo cartas de Lisboa para Tristão, três ou quatro. Conhecia a letra de uma, era do pai, e provavelmente havia dentro outra da mãe, tão volumosa era. A ideia de as mandar para Santa-Pia passara-lhe pela cabeça, mas recuou por não saber se o rapaz voltará amanhã ou depois, ou se ficará mais tempo. Se voltar já, espera; se ficar, manda-lhas. Queria consultar a mulher.

Dona Carmo achou mais prático escrever-lhe um bilhete perguntando quando conta vir, para lhe mandar ou não a correspondência. Fidélia não sabia nada da volta do tio. Acha provável que fique alguns dias mais para dar as últimas providências e coligir as notas necessárias à venda da casa e das terras; ia vendê-las, por intermédio do Banco do Sul, mas nem ela nem Aguiar sabiam nada positivamente.

Eu, convidado a opinar, disse que o rapaz, sabendo de correspondência numerosa e presumindo alguma dela política, pediria logo a remessa, se não viesse abri-la em pessoa. A segunda hipótese não foi mal acolhida pela madrinha; pareceu-lhe certa. Ao cabo, que faria ele lá depois de ver a fazenda? A fazenda naturalmente via-se depressa, não tendo ele nenhuma cousa de recordação pessoal, ou costume velho que reviver. Assim disse eu, por outras palavras, e os dous concordaram comigo. Como perguntasse a Fidélia se não sentiria saudades da casa em que nasceu e se criou, respondeu-me que sim, mas já não terá gosto em lá viver.

– Aquilo agora é para mãos de homem – concluiu.

Estas palavras foram ouvidas por dona Carmo, com vivo prazer. Aguiar provavelmente teria a mesma sensação, mas saíra à calçada para falar a um vizinho, e não as ouviu. Quando voltou, achou que me despedia das duas senhoras, e nem por isso deixou de me pedir que ficasse e jantasse. Recusei, e saí. Andando, ouvi que ele dizia à mulher e à amiga:

– Quem sabe o que trarão estas cartas?

Em caminho, arrependi-me de não ter ficado para jantar. Ouviria o *grande talento* que arrancou a voz exclamativa ao Tristão. Não seria novo para mim, mas seria mais uma vez, conquanto pareça que ela anda a recusar-se agora ao piano. É verdade que talvez os dous a vão levar à noite a Botafogo. Também pode ser que ela durma ali hoje, em casa dos pais postiços.

---

12 de Outubro.

Aguiar e dona Carmo foram ontem levar a amiga a Botafogo, e voltaram cedo. Assim o soube hoje por ele, à porta do Banco, onde me achava a conversar com o corretor Miranda.

Nenhuma notícia de Tristão, mas o bilhete do padrinho já está no correio, e segue hoje mesmo para Santa-Pia.

Que as asas postais o levem, digo eu aqui neste cantinho de papel, sem advertir no rebuscado da imagem. Advirto agora, e não a risco nem substituo; asas postais servem, uma vez que vão ter à fazenda e não percam o bilhete em caminho. Quer-me parecer que também eu estou curioso de saber o que trazem as tais cartas de Lisboa, curioso apenas, e aliás não admira que desta vez são numerosas e bastas; escrevem-se geralmente pouco. Seja o que for os dous velhos estão ansiosos de saber se o mandam voltar de cá. Não o dizem, mas vê-se.

Miranda continuou a dizer das saudades que a mulher, a cunhada Cesária, o cunhado Faria, toda a casa dele tem de mim –; cousas que ouvi agradecido, prometendo ir devolvê-las em pessoa um dia destes. Em suma, o corretor não é mau homem, e já me serviu uma vez em negócio do seu ofício. Usa a nota alegre, sem juvenilidade, e acha grande interesse em cousas que nenhum tem.

------

13 de Outubro.

Campos escreveu à sobrinha, referindo-lhe o estado da fazenda, e contando os passeios que deu por ela com o moço Tristão. Este é curioso e discreto no exame das cousas que vê e nas notícias que pede. Lá está o capelão, e mais o juiz municipal. A carta é anterior ao bilhete do Aguiar, não fala nele, mas diz que Tristão não se demorará muito; conta vir daqui a dias.

Dona Carmo espera que os dias serão abreviados logo que ele receba o bilhete do marido. Não mo disse a mim, quando lá estive ontem, à noite, nem o ouvi a ninguém; eu é que pensei haver-lho lido no rosto. A carta do desembargador foi-lhe levada pela própria Fidélia, que lá estava ontem, e desta vez tocou piano, não sei se tão bem como Tristão, mas bem; os dous podiam tocar juntos. Éramos apenas cinco; o estudante primo de Fidélia viera trazê-la e tornou com ela para Botafogo, às dez horas.

---

17 de Outubro.

Chegou Tristão. Ignoro o que terá lido nas cartas de Lisboa, não falei a nenhuma das pessoas que poderiam sabê-lo. Irei ao Flamengo um dia destes, amanhã.

Hoje conto não sair de casa, que faço anos. Chego aos meus sessenta e... Não escrevas todo o algarismo, querido velho; basta que o saiba teu coração e vá sendo contado pelo Tempo no livro de lucros e perdas. Não escrevas tudo, querido amigo.

Não saio de casa. Se a mana Rita vier jantar, como fez o ano passado, irei levá-la à noite a Andaraí. Se não vier, deixo-me ficar sozinho.

Vou ocupar o tempo em reler uns papéis velhos que o meu criado José achou dentro de uma velha mala e me trouxe agora. A cara dele tinha a expressão de prazer que dá o serviço inesperado; aquele gosto de descobrir papéis que podem ser importantes fazia-o risonho, olhos escancarados, quase comovido.

– Vossa Excelência talvez os procure há muito tempo.

Eram cartas, apontamentos, minutas, contas, um inferno de lembranças que era melhor não se terem achado. Que perdia eu sem elas? Já não curava delas; provavelmente não me fariam falta. Agora estou entre estes dous extremos, ou lê-las primeiro, ou queimá-las já. Inclino-me ao segundo. Ante mim continuava o meu José com a mesma expressão de gosto que lhe deu o achado. Naturalmente agradecia à sua boa Fortuna que lho deparou; contará que é mais um elo que nos prenda. Talvez a ideia que o levou à mala fosse a esperança de algum valor extraviado, uma joia, por exemplo, ou ainda menos, uma camisa, um colete, um lenço, e sendo assim o silêncio era mui possível. Achou papéis velhos, veio fielmente entregar-mos.

Não lhe quero mal por isso. Não lho quis no dia em que descobri que ele me levava dos coletes, ao escová-los, dous ou três tostões por dia. Foi há dous meses e possivelmente já o faria antes, desde que entrou cá em casa. Não me zanguei com ele; tratei de acautelar os níqueis, isso sim; mas, para que não se creia descoberto, lá deixo alguns, uma vez ou outra, que ele pontualmente diminui; não me vendo zangar é provável que me chame nomes feios, descuidado, tonto, papalvo[62] que seja... Não lhe quero mal do furto nem dos nomes. Ele serve bem e gosta de mim; podia levar mais e chamar-me pior.

Resolvo mandar queimar os papéis, ainda que dê grande mágoa ao José, que imaginou haver achado recordações grandes e saudades. Poderia dizer-lhe que a gente traz na cabeça outros papéis velhos que não ardem nunca nem se perdem por malas antigas; não me entenderia.

---

17 de Outubro, duas horas.

Começo a receber cartões de visita pelo dia de hoje, entre eles os do casal Aguiar e do Tristão, e um de Fidélia. A viúva

---

62. *Papalvo*: tolo.

escreveu estas palavras: *cumprimentos de boa amizade*. Agora me lembra que no dia 12, quando a encontrei no Flamengo, em casa do Aguiar, usei desta expressão "boa amizade", como a mais doce que podia desejar dela; foi um modo de concluir o elogio discreto que lhe fazia, apoiando a outro que dona Carmo lhe fazia também. Daí este cumprimento de hoje. O bilhete de Tristão traz a fórmula admirativa, os dos Aguiares afeto e apreço. Rita não me escreveu; certamente virá jantar.

Meia-noite.

Veio, veio, Rita veio jantar com a alegria do costume, e examinou todas as cartas e cartões de cumprimentos. Explicou-me que estivera ontem no Flamengo, onde dera notícia do meu aniversário; daí as cortesias de hoje.

Ouvindo isto, não me pude ter que lhe não falasse das cartas que aguardavam o Tristão. Disse-me que sabia delas; eram dos pais e de amigos políticos. Entre as primeiras vinha uma para dona Carmo, com um *post-scriptum* para o marido. Depois de alguma hesitação, perguntei-lhe se instavam pela volta dele.

– Os pais não – respondeu-me Rita –; os amigos não sei, apenas ouvi de dona Carmo que eles falam muito da política de lá. E dizia-me isto um pouco aborrecida, como receosa, e ela teme já a separação; entretanto, é a cousa mais natural do mundo.

– Tristão não disse nada?

– Que eu ouvisse, nada. Passei lá uma boa meia hora de conversa, e o principal assunto foi a visita de Tristão a Santa--Pia, que ele achou interessante como documento de costumes. Gostou de ver a varanda, a senzala antiga, a cisterna, a plantação, o sino. Chegou a desenhar algumas cousas. Fidélia ouvia tudo com muito interesse, e perguntava também, e ele lhe respondia.

– Ela vai sempre vender a fazenda?

– Não ouvi falar disso.

– Vai, vai vendê-la. Ao menos, era plano há tempos, e o desembargador lá ficou para cuidar de apontamentos. Ele quando vem?

– Ouvi dizer que daqui a oito ou sete dias; duas semanas, quando muito.

– Fidélia jantou com eles, naturalmente?

– Não. Quando eu saí às quatro horas, Carmo pediu-me que ficasse. Tendo de fazer outra visita, recusei. Fidélia disse então que aproveitava a minha companhia. A outra instou com ela que jantasse, mas a amiga alegou que era esperada em casa e não podia; voltaria hoje ou amanhã. Carmo e Tristão acompanharam-nos à porta do jardim. Eu e Fidélia viemos andando, e, ao chegar à esquina da Rua da Princesa, não me lembrou logo voltar a cabeça. Fidélia lembrou-se, eu imitei-a, e os dous parados na calçada diziam-nos adeus com a mão.

Rita contou-me que foi até Botafogo com a viúva Noronha. De caminho falaram pouco, ou antes Fidélia é que não falou muito; ia preocupada. Apesar disso, mostrou-se o que sempre foi, afável, quase meiga; pareceu interessar-se pela vida de Rita, confessou saudades, sentia que se não vissem mais vezes, e pediu desculpa de não ir, há muito, a Andaraí. Se as palavras eram poucas, não eram secas, ao contrário.

Naturalmente falaram de dona Carmo e de Aguiar; também disseram alguma cousa de Tristão, concordaram que parecia amigo dos padrinhos.

Perto da casa do tio, Fidélia entrou em uma fábrica de flores para encomendar as que levará no dia 2 de novembro à sepultura do marido. Rita, que aliás não pensara ainda nisso, deixou de encomendar as suas; fá-lo-á quando o dia dos mortos estiver mais próximo, e trá-las-á consigo da cidade. Referiu-me as encomendas da viúva, a escolha, as exigências, o número de grinaldas, três, e a composição das cores que teriam; não quis deixar nada ao fabricante.

Ouvi todas essas minúcias e ainda outras com interesse. Sempre me sucedeu apreciar a maneira por que os caracteres se exprimem e se compõem, e muita vez não me desgosta o arranjo dos próprios fatos. Gosto de ver e antever, e também de concluir. Esta Fidélia foge a alguma cousa, se não foge a si mesma. Querendo dizer isto a Rita, usei do conselho antigo, dei sete voltas à língua, primeiro que falasse, e não falei nada; a mana podia entornar o caldo. Também pode ser que me engane.

Não escrevo o resto. Quando ela acabou e contou o regresso, perguntei-lhe por que não viera ontem jantar comigo. Respondeu-me que, tendo de vir hoje, não queria ser convidada de véspera. Ri-me e fomos para a mesa, que estava posta. Ao centro um ramo de flores, ideia dela, que o mandou trazer às escondidas, e, como eu lhe perguntasse se eram das que Fidélia encomendara, riu-se também. Agradeci-lhe a lembrança, exprimindo-lhe todo o meu afeto, comemos alegremente, recordando anedotas da infância e da família.

---

18 de Outubro.

Ao levantar da cama, a primeira ideia que me acudiu foi aquela que escrevi ontem, à meia-noite: "Esta moça (Fidélia) foge a alguma cousa, se não foge a si mesma".

22 de Outubro.

Fidélia não voltou ao Flamengo, apesar da promessa que dona Carmo lhe fez fazer. Dona Carmo fora achá-la a pintar; Fidélia lembrara-se de haver pintado em menina, e começara um trecho do jardim da própria casa. Prometeu voltar ao Flamengo no dia seguinte, e não foi.

Tristão, ao saber do motivo da ausência, advertiu que a viúva Noronha podia ter em pintura talento igual ao da música, e não sei se lho chamou grande; não mo disse. Que ele mesmo é que me referiu o que aí fica, e mais o que vou incluir nesta página antes que me esqueça. Tinha vindo almoçar comigo.

– Venho almoçar, conselheiro; voltando agora do meu passeio, lembrou-me subir e perguntar por Vossa Excelência. O seu criado disse-me que ia almoçar; ouso pedir-lhe um lugar à mesa.

– Um, dous, três, doutor – acudi eu –, quantos a sua amizade pedir para o seu apetite.

Deu-me notícias da gente Aguiar; estão bons; falou-me dos seus e das cartas políticas de Lisboa. Já as leu ao padrinho e à madrinha. Uma só delas alude ao desejo de o ver tornar breve: "esperamos que não se demorará muito no Rio de Janeiro".

– E demora-se muito? – perguntei-lhe.

– Não sei, mas é natural que pouco; a política chama-me.

Ao almoço é que Tristão me contou a história da tela que a viúva está pintando, da promessa que fez à amiga e não cumpriu. E disse-me depois:

– Se ela sabe pintar pareceu-me que, melhor quadro que o seu jardim, é um trecho marinho do Flamengo, por exemplo, com a serra ao longe, a entrada da barra, alguma das ilhas, uma lancha etc. A madrinha concordou logo, e foi propor à amiga a troca do quadro. Agradou-lhe este outro, prometeu vir ao Flamengo desenhá-lo, e não veio.

– É que está namorada do seu jardim. Geralmente os artistas sentem melhor as próprias imaginações. Ela ainda saberá pintar, como diz que pintou em menina?

– A madrinha viu-lhe apenas algumas linhas de desenho, e pareceram-lhe boas.

Concordamos que deviam ser boas. Uma cousa traz outra, falamos das graças da viúva, da compostura, da discrição, da memória das viagens, do gosto, dos gestos e creio que dos olhos também. Eu, com certeza, falei dos olhos, e agora me lembra que ele disse serem juntamente lindos e graves. Opinião ou diversão, acrescentou que os olhos das suas antigas patrícias eram em geral belos, e falou compridamente de outras damas; assim não parecia louvar somente a viúva Noronha. Achei isto bem, como equidade e como estética. No meio da conversação tive uma ideia; disse-lhe que dona Carmo, que lhes queria tanto, em vez de propor à amiga a simples tela da praia, devia propor-lha com alguma figura humana. A dele ficaria bem para lhe lembrar, quando ele partisse, a pessoa do filho pintada pela filha. Tristão ouviu sorrindo isto que lhe disse; depois repetiu, como quem pensava:

– A pessoa do filho pintada pela filha...

Não ponho aqui o sorriso porque foi uma mistura de desejo, de esperança e de saudade, e eu não sei descrever nem pintar. Mas foi, foi isso mesmo que aí digo, se as três palavras podem dar ideia da mistura, ou se a mistura não era ainda maior. Daí saltamos às galerias de arte da Europa, e falamos do que sabíamos. Quando demos por nós, tínhamos acabado de almoçar. Ofereci-lhe charutos e o meu coração. Quero dizer que lhe pedi viesse muitas vezes dar-me aquela hora deliciosa. Retorquiu-me que dá-la não, mas tomá-la para si. Era a volta do cumprimento, e com graça.

Despediu-se e saiu. Quis sair logo, mas vim primeiro escrever isto, para que me não esqueça, como lá digo atrás. E agora que o escrevi confirmo a impressão que me deixou o rapaz, e foi boa, como a princípio. Talvez ele tenha alguma dissimulação, além de outros defeitos de sociedade, mas neste mundo a imperfeição é cousa precisa. Pronto; vou sair, e amanhã ou depois irei saber da paisagem ou da marinha da bela Fidélia.

---

28 de Outubro.

Nem marinha nem paisagem, não soube de nada. Fidélia não tem aparecido no Flamengo, e escreveu hoje à velha amiga um bilhete de desculpas; está tomando as contas ao tio, que voltou ontem da fazenda. Não me lembra se já escrevi que o Banco do Sul é que fará a transferência de Santa-Pia.

Dona Carmo, a pretexto do estilo, deu-me o bilhete a ler. Tem graça, decerto, mas o verdadeiro motivo é a ternura que ela sente em ler a amiga e fazê-la ler aos outros. Depois que lho restituí, leu-o outra vez para si. Já devia trazê-lo de cor. Em meio disto achou modo de aprovar a minha ideia do filho pintado pela filha, ouvida ao Tristão.

– Hei de dizê-la a Fidélia.

Tristão não estava presente; fora jantar com um ministro. Francamente, era mais fácil à moça prometer que pintar a marinha. O que a boa Carmo disse que faria penso que o não fará; não irá propor à viúva que venha copiar a figura do afilhado na marinha do Flamengo. A familiaridade que haja porventura entre eles não se ajustará muito a esta ação de arte, incômoda ou não sei que diga...

Suspendo aqui a pena para ir dormir, e escreverei amanhã o resto da noite.

---

29 de Outubro.

O resto da noite foi passado em casa do Faria. Eram anos dele e estive lá mais tempo do que contava. Havia gente e alegria, algum canto e piano, e também conversa.

Faria, apesar do dia e da festa, ria mal, ria sério, ria aborrecido, não acho forma de dizer que exprima com exação a verdade. É um desses homens nascidos para enfadar, todo arestas, todo secura. A mulher, dona Cesária, estava alegre e tinha a pilhéria[63] do costume. Não disse mal de ninguém por falta de tempo, não de matéria, creio; tudo é matéria a línguas agudas. A maneira por que aprovava alguma cousa era quase sarcástica, e difícil de entender a quem não tivesse a prática e o gosto destas criaturas, como eu, velho maldizente que sou também. Ou serei o contrário, quem sabe? No primeiro dia de chuva implicante hei de fazer a análise de mim mesmo.

Quando saí de lá, Faria agradeceu-me, com o seu prazer nasal e surdo – assim defino as palavras que lhe ouvi, acompanhadas de um fugaz sorriso de cárcere.

---

1 de Novembro.

Este é o dia de todos os santos; amanhã é o de todos os mortos. A igreja andou bem marcando uma data para comemorar os que se foram. No tumulto da vida e suas se-

63. *Pilhéria*: graça.

duções, fique um dia para eles... A reticência que aí deixo exprime o esforço que fiz para acabar esta página em melancolia; não posso, nunca pude. Tristezas não são comigo. Entretanto, em rapaz – quando fiz versos, nunca os fiz senão tristíssimos. As lágrimas que verti então – pretas, porque a tinta era preta – podiam encher este mundo, vale delas.

---

2 de Novembro.

Mana Rita foi hoje ao cemitério levar flores aos nossos.

– Você não imagina; acordei às cinco e meia para me vestir e estar cedo em São João Batista. Cheguei às oito e pouco; achei muita gente, não tanta, porém, como há de ser logo, à tarde. Não vim buscar você, porque sei que não iria.

– Pois eu fui à missa da Glória.

– A igreja é perto.

– Talvez fosse ao cemitério. Muitas sepulturas bonitas?

– Bastantes; entre elas a do marido de Fidélia. As coroas e flores que ela encomendou há dias lá estavam bem dispostas e faziam grande efeito; parece que o desembargador mandou também o seu ramo; estava escrito numa fita.

– Vocês falaram-se?

– Não; ela já tinha saído.

– Como sabe você que ela é que foi levar as flores e coroas?

– Adivinha-se pela disposição.

– Sim?

– Decerto, mano. A disposição, o arranjo, a combinação, tudo era de mulher. Há dessas cousas que mão de homem não faz; mão de homem é pesada ou trapalhona, e mais se é de desembargador, como ele. Por exemplo, o nome do marido, o nome próprio só, não todo, estava cercado de perpétuas; isto é cousa que só uma senhora inventa e faz. As outras flores, rosas e papoulas, distribuíam-se com tal simetria que pediu tempo e gosto. Um homem chegava ali, pegava das flores e espalhava-as à toa.

– Admira que você a não visse.

– É que foi muito cedo.

– Mas num dia como o de hoje, tendo tanta cousa que arranjar. Daquela vez que a encontramos era mais tarde.

– Era, mas o dia era outro; hoje havia muita gente, não quis que a vissem, é o que foi.

Mana Rita desenvolveu esta ideia, que achei aceitável; depois falou dos outros jazigos. Como dos jazigos passamos ao ministério e a dona Cesária não me lembra, mas falamos dele e dela com interesse, e a mana com graça. Tinham estado juntas as duas, ontem à tarde; Rita desculpara-se de não ter lá ido no dia 28. Contou-me parte do que lhe ouviu acerca de duas pessoas que lá estiveram…

– Que lá estiveram?

– Parece que sim.

E entrou a repetir uma série de anedotas e ditos, que ouvi durante uns dez minutos, com atenção. A maledicência não é tão mau costume como parece. Um espírito vadio ou vazio, ou ambas estas cousas acha nela útil emprego. E depois a intenção de mostrar que outros não prestam para nada, se nem sempre é fundada, muita vez o é, e basta que o seja alguma vez para justificar as outras. Disse isto a Rita por palavras graciosas, que ela reprovou e deitou à conta da minha perversidade.

9 de Novembro.

A marinha interrompeu a paisagem, ou de todo a pôs de lado. Fidélia consentiu em ir pintar um trecho da praia do Flamengo, não sei se com Tristão ou sem ele. Aguiar, que me deu a notícia, limitou-se a dizer que ela já começou a tela com muito gosto.

– Vá lá amanhã, conselheiro, entre uma e duas horas.

---

11 de Novembro.

Não fui ontem, fui hoje ver a marinha. Achei Fidélia no jardim, junto da casa, com o pincel e a palheta nas mãos, os olhos no mar e na tela, em pé. Ao lado, sentada, estava dona Carmo, com o seu riso bom e maternal. Viu-me à porta do jardim, e fez um gesto convidando-me a entrar; entrei.

– Venha – disse ela –, ande ver a minha artista.

Fidélia pareceu vexada com estas palavras, e estendeu-me a mão, já livre do pincel, dizendo:

– Não olhe, não olhe que não presta.

Olhei, prestava. Está ainda em começo, e não será obra-prima; a polidez obrigava-me a achá-la excelente, e disse-lho, com um gesto de admiração; mas, em verdade, presta. O fundo, serra e céu, faz bom efeito; a água creio que terá movimento e boa cor. Faltava Tristão; não vi nem sombra do "filho pintado pela filha". Posto não estranhasse a ausência, lembrou-me insinuá-la. Disse-lhe que podia pôr na praia a figura da boa amiga, que ali estava a acompanhá-la com os seus dous olhos amigos. Esta ia a dizer alguma cousa, mas Fidélia replicou:

– Não me atrevi, por não conhecer bem a arte de figura; no colégio pintava flores e paisagens, algum pedaço de mar ou de céu. Se não fosse isso, tirava o retrato de dona Carmo.

Dona Carmo confirmou:

– Eu pedi-lhe que pintasse Tristão neste quadro, e ela respondeu-me a mesma cousa.

Aceitei a razão, aceitei uma cadeira vaga que ali estava, e pedi à viúva que continuasse a obra. Queria vê-la pintar. Na Europa tinha assistido ao trabalho de alguns artistas homens; era a primeira vez que uma senhora pintava diante de mim. Fidélia dispôs-se e continuou. Após alguns minutos os três falávamos de várias cousas. A viúva estava em toda a graça do costume, sem nenhum ar petulante que porventura pudesse tirar do exercício; pintava modestamente. Alguma vez interrompia o trabalho, ou para ouvir melhor, ou para dizer mais longo – e logo tornava ao pincel e à tela.

Ao cabo de alguns minutos cuidava eu de sair, quando vi aparecer à porta da casa nada menos que Tristão. A porta é larga, dá para um saguão, donde se comunica para cima por dous pequenos lanços de degraus, teto baixo. Tristão vinha de concluir a correspondência que vai mandar para o correio, segundo soube logo depois, e tornava ao lugar em que estivera, ao pé das duas. Mandou vir cadeira; a que eu ocupava era a que ele ocupava antes, e não havia outra. Talvez estes pormenores não tenham valor, mas cabem aqui para o fim de acentuar bem que Tristão estava com elas antes da minha chegada, e para lembrar que antes de vir a cadeira me consultou acerca da pintura; respondi o que cumpria.

– Não é? – disse ele contente do meu apoio.

E acrescentou algumas palavras de louvor, cálidas, sinceras decerto, que a viúva apreciou consigo naturalmente; não as contestou, também não sorriu como sucede quando a gente aprova interiormente uma cousa que lhe vai bem com a alma. Ouviu pintando, recuando ou chegando, e deitando os olhos para longe. Quando os encaminhou para ele (já então sentado) não esperou que Tristão afastasse os seus; encontrou-os e deixou-os ficar onde estavam, indo continuar a marinha com tanta atenção que era como se nós outros não falássemos de nada, e nós falávamos de muita cousa, ele acaso menos, para ver melhor a pintura.

Aquele silêncio de Fidélia, em contraste com a palestra de pouco antes, pareceu-me indicar que ela considerava a obra em atraso. Também podia ser que o amor da arte a retivesse agora mais que a princípio, e a convidasse a pintar exclusivamente. A causa secreta de um ato escapa muita vez a olhos agudos, e muito mais aos meus que perderam com a idade a natural agudeza; mas creio que seria uma daquelas, e não há razão para descrer que fossem ambas sucessivamente.

Quem parecia contente de tudo, palavras e silêncios, era a dona da casa. Posto me desse a principal atenção, não o fazia em maneira que esquecesse a tela e os filhos. Mirava a tela e falava aos filhos com a ternura velha que já estou cansado de notar, e talvez a ternura fosse agora maior que de outras vezes; pelo menos, trazia certo alvoroço como de alma que soletra uma felicidade nova ou inesperada; não digo tudo para me não arriscar a engano.

A verdade é que eu, que pensara em sair, fui ficando, ficando, até que a viúva Noronha suspendeu o trabalho; tinha passado quase uma hora. Confessou que estava cansada, e cuidou de recolher os pincéis e cobrir a pintura, ajudada nisso pelo moço Tristão, que o fazia com a mesma graça que ela, e um desejo de bem servir, que é a alma da polidez. Eu, além de velho, não podia deixar a boa Carmo, que só os ajudou com os olhos, e ajudou-os bem; iam de um para outro, não só alegres, mas ainda interrogativos. Eles acabaram tudo e vieram sentar-se diante de nós, um cheio de riso, outra não cheia, mas tocada apenas do seu, que era igualmente agradecido e bom.

A minha presença era já longa, e apesar das relações que há entre nós, começaria a parecer indiscreta. Era tempo de sair; quis sair e ficar a um tempo, cousa impossível; vivi assim alguns instantes de impulsos contrários. Tristão podia resolver esta minha luta interior cantando alguma cousa que me obrigasse a ouvi-lo, mas estava então ocupado em dizer finezas à artista, à viúva, à irmã, a todas aquelas três pessoas consubstanciadas na mesma dama encantadora. Fidélia sorria com recato e atenção, e respondia também. Despedi-me, e achei (se não foi engano) que dona Carmo estimou a minha saída para se dar inteiramente aos dous filhos. Certo é, porém, que os três me falaram com apreço e cortesia. Vim por aí fora pensando neles.

---

12 de Novembro.

Fiz mal em não pôr aqui ontem o que trouxe de lá comigo. Creio que Tristão anda namorado de Fidélia. No meu tempo de rapaz dizia-se *mordido*; era mais enérgico, mas menos gracioso, e não tinha a espiritualidade da outra expressão, que é clássica. Namoro é banal, dá ideia de uma ocupação de vadios ou sensuais, mas namorado é bonito. "Ala de namorados" era a daqueles cavaleiros antigos que se bateram por amor das damas... Ó tempos!

A minha impressão é que ele anda ou começa a andar namorado da viúva. Outra impressão que também não escrevi é que a madrinha parece perceber o mesmo, e tira daí certo alvoroço. Quando lá for agora hei de abrir todas as velas à minha sagacidade, a ver se confirmo ou desminto estas duas impressões. Pode ser engano, mas pode ser verdade.

Hoje, que não saio, vou glosar este mote. Acudo assim à necessidade de falar comigo, já que o não posso fazer com outros; é o meu mal. A índole e a vida me deram o gosto e o costume de conversar. A diplomacia me ensinou a aturar com paciência uma infinidade de sujeitos intoleráveis que este mundo nutre para os seus propósitos secretos. A aposentação me restituiu a mim mesmo; mas lá vem dia em que, não saindo de casa e cansado de ler, sou obrigado a falar, e, não podendo falar só, escrevo.

---

13 de Novembro.

Aguiar veio a mim, e disse:

– Já sei que gostou da marinha.

– Gostei muito. Está adiantada?

– Está.

– A artista não tem parado?

– Não; vai lá todos os dias e pinta com amor.

– Com amor? Essa é a corda principal dela. Não sei se já lhe disse que o que me encanta na afeição que ela tem aos senhores, e particularmente a dona Carmo, é o toque de subordinação graciosa, que lhe dá totalmente um ar de filha. É isso, é a obediência discreta e pontual com que ela acode aos desejos dos seus pais de coração.

– Diz bem, conselheiro.

Estávamos no Tesouro, aonde fomos por negócios, e saímos dali a pé, caminho do Rocio, a pegar um bonde, mas não pegamos nada. A conversação foi o melhor veículo; é desses que têm as rodas surdas e rápidas, e fazem andar sem solavancos. Viemos descendo, a continuar o assunto, e a dizer cousas interessantes; eu, pelo menos, porque ele vivia mais nos olhos e nos ouvidos que na boca. Ouvia com atenção, e alguma vez com desatenção; no segundo caso, era todo olhos, mas tão alongados, que esqueciam a rua e o companheiro.

Uma das confidências que me fez merece ser posta aqui. Para me dar razão no que lhe disse da subordinação graciosa da viúva, referiu-me que as duas costumavam ir à missa, ao domingo, na matriz da Glória; a viúva vinha sempre acompanhar dona Carmo ao Flamengo, donde tornava logo para Botafogo, se não almoçava com eles.

Carmo, para a não obrigar a vir tão longe, ia algum domingo ouvir missa a Botafogo, mas Fidélia vinha quase sempre à Glória.

– E agora já não vem?

– Agora Carmo é que não vai a uma nem a outra parte, ou só raro. A minha pobre mulher anda cansada; lá tem o seu livro, com as suas rezas marcadas. Ao domingo, à mesma hora, antes de catar notícias nas gazetas, pega em si e no livro, e acompanha a missa toda. Eu, que já sei a hora, não a perturbo nunca; se me acontece por acaso entrar no gabinete onde ela tem o seu altarzinho e o seu Cristo, recuo a tempo, mas não lhe arranco os olhos da página; é como se não entrasse ninguém. Acaba, beija a imagem e torna ao mundo. Não sai de casa sem a beijar primeiro, como um pedido de proteção, nem volta sem fazer o mesmo, ainda vestida e de chapéu, como a dar graças. O mesmo ao deitar e ao levantar.

Como esses, referiu Aguiar outros hábitos caseiros da consorte, que ouvi com agrado. Não seriam grandemente interessantes, mas eu tenho a alma feita em maneira que dou apreço ao mínimo, uma vez que seja sincero. Não diria isto a ninguém cara a cara, mas a ti, papel, a ti que me recebes com paciência, e alguma vez com satisfação, a ti, amigo velho, a ti digo e direi, ainda que me custe, e não me custa nada. Creio que outras damas leiam também a missa em casa, ou por fadiga, ou por doença, ou por estar chovendo, e há sempre que louvar em pessoa que respeita os seus elos espirituais. Só me aborrece a que os enfia ao modo de colar para dar melhor vista ao pescoço. Tal não é aquela boa senhora do Flamengo. A piedade dessa estende-se à memória da mãe e do pai, à saudade das amigas, e (ainda que me canse repeti-lo) à amizade dos seus dous filhos de empréstimo.

---

20 de Novembro.

Já lá voltei três vezes. Achei sempre dona Carmo, Fidélia e Tristão. Da terceira vez Aguiar chegou mais cedo, e assistiu às últimas pinceladas.

Creio que sim; creio que o moço admira menos a tela que a pintora, ou mais a pintora que a tela, à escolha. Uma ou outra hipótese, é já certo que está namorado. Chegou ao ponto de esquecer-nos e ficar preso dela, embebido nela, levado por ela. Eu, com a arte que o Diabo me deu, divido a atenção entre a mãe e os dous filhos para concertar a cortesia e a curiosidade, e ambas saem satisfeitas do meu gesto.

Quando escrevi há dias (duas ou três vezes) que "a moça Fidélia foge a alguma cousa, se não foge a si mesma", tinha em mira o afastamento em que ela vinha estando da casa da amiga. Ei-la que continua a lá ir, e se deixar ver do irmão que a amiga lhe deu. Ou não lhe quer fugir – ou (cousa mais grave) não quer fugir a si mesma. Mas ainda não vi nada claro; parece antes perdoar.

MEMORIAL DE AIRES   229

30 de Novembro.

Tristão convidou-me a subir às Paineiras, amanhã; aceitei e vou.

Há dez dias não escrevo nada. Não é doença ou achaque de qualquer espécie, nem preguiça. Também não é falta de matéria, ao contrário. Nestes dez dias soube que novas cartas chamam Tristão à Europa, agora formalmente, ainda que sem instância; há eleições próximas. Tristão resolveu não ir já, antes do princípio do ano, mas não pode deixar de ir. Tais foram as novidades que me deram no Flamengo e fora dali. Fora ouvi-as de boca da graciosa Cesária, que me disse com melancolia:

– Ele gosta da Fidélia, mas é claro que lhe prefere a política.

Era a melancolia do prazer recôndito, ou como se deva dizer para explicar um achado gostoso que a gente precisa disfarçar em tristeza. Havia naquela palavra tal ou qual condenação do moço, mas só aparente; o sentido verdadeiro era o gosto de ver a dama preterida. Para encobri-lo bem, dona Cesária disse todo o mal que pensa do rapaz, e não é pouco. A graça foi a mesma de seu uso, as lembranças agudas, as maneiras elegantes. Ri-me naturalmente, negando ou calando. Dentro de mim achei que a opinião era injusta, mas talvez este meu conceito seja filho da afeição que vou tendo ao moço. Ela cresce-me, com a vista e a prática dos seus dotes, e naturalmente com a afeição e a confiança que me tem, ou parece ter. Seja o que for, a verdade é que não o defendi de todo, mas só em parte, e a graciosa dama apelou para o meu gosto, o equilíbrio do meu espírito, o longo conhecimento que tenho dos homens... Todas as grandes qualidades deste mundo.

1 de Dezembro.

Volto espantado das Paineiras. Lá fui hoje com Tristão. No fim do almoço, acima da cidade e do mar, ouvi-lhe nem mais nem menos que a confissão do amor que dedica à formosa Fidélia. Uso os seus próprios termos: dedica à formosa Fidélia. O verbo não é vivo, mas pode ser elegante, e em todo caso, exprime a unidade do destino. As teses escolares dedicam-se a pais, a parentes, a amigos; o amor é tese para uma só pessoa.

Novidade não era, a confissão é que me espantou, e provavelmente ele leu esse efeito em mim. Não lhe respondi logo, salvo por um gesto de aquiescência, preciso em tais casos, não se devendo duvidar nunca da boa escolha, ao contrário.

– Não disse isto a ninguém, conselheiro, nem à madrinha nem ao padrinho. Se lho faço aqui é que não ouso fazê-lo àqueles dous, e não tenho terceira pessoa a quem o diga. Di-lo-ia à sua irmã, se me atrevesse a tanto; mas apesar do bom trato, não lhe acho franqueza igual à sua. Parece-lhe que o meu coração escolhe bem?

– Pergunta ociosa, doutor; basta amar para escolher bem. Ao Diabo que fosse era sempre boa escolha.

– Essa é a regra, sei; mas no caso particular daquela senhora não acha que é admirável?

– Acho.

– Também assim penso; independentemente da cegueira que me daria a paixão, vejo claro que a escolha é perfeita. Já tivemos ocasião de falar nela, e combinamos no parecer. Digo-lhe até que foi esse o motivo que me levou a confessar-me hoje. Lembra-se que há algum tempo, em sua casa, almoçando...? Concordamos em achar-lhe todas as prendas morais e físicas. Compreendi que me aprovaria, e resolvi falar-lhe acerca deste sentimento e seus efeitos.

– A resposta estava dada, como diz; não há consulta nova.

– Há; ainda lhe não disse tudo.

– Pois diga o resto. Disponho-me a ouvi-lo, como se eu mesmo fosse rapaz. Gosta dela há muito tempo?

– Logo que cheguei comecei a gostar dela.

– Não reparei.

– Nem ela, nem eu também. Senti que lhe achava alguma cousa, mas a austeridade de viúva e a minha próxima volta não deixavam entender bem o que era. Poderia ser dessas preferências que se dão a mulheres, não havendo plano nem possibilidade de as receber na vida. Além dessa *cousa*, gostava de a ouvir falar, de lhe comunicar ideias e observações, e todas as nossas conversas eram interessantes. Os seus modos, aquele gesto de acordo manso e calado, tudo me prendia. Um dia entrei a pensar nela com tal insistência que desconfiei. Recorda-se quando resolvi ir à fazenda de Santa-Pia com ela e o tio?

– Recordo-me.

– Era já a dificuldade de ficar aqui sem ela, não sabia por quanto tempo; e depois contava que na roça, mais a sós, chegaria a fazer-lhe sentir tudo o que me pesava e dispô-la a ouvir-me. Resolução perdida; ela não foi e eu tive de acompanhar o desembargador sozinho; pouco depois voltei...

– Lembra-me.

Tristão deteve-se naquele ponto e estendeu os olhos abaixo e ao longo. Um criado veio servir-nos café, enquanto dous grandes pássaros negros cortavam o ar, um atrás do outro. Podia ser um casal, ele que a perseguia, ela que negava. Então eu, para sorrir da confidência, sugeri a ideia de que a bela Fidélia estivesse a fazer o mesmo gesto da ave fugitiva;

talvez já gostasse dele. Não me retrucou sim, nem não, mas a expressão do rosto era negativa, e eu, para não perder o resto, perguntei-lhe:

– Quem lhe diz que não, doutor?

A curiosidade ia-me fazendo deslizar da discrição, e acaso da compostura; nem só a curiosidade, um pouco de temperamento também. Tem-se visto muito rapaz falar de damas amadas, e muita viúva sair da viuvez ou ficar nela. Naquele caso os dous personagens davam interesse especial à aventura. Cá me acordava a afirmação de mana Rita. Que Fidélia não casa. Que não casará nunca. A situação de ambos, a vida que chama Tristão para fora daqui, a morte que prende a viúva à terra e às suas saudades, tudo somava o interesse da aventura, não contando que a esses motivos de separação, eu próprio ia-me a outros de união possível dos dous.

Tristão não se deixou rogar muito; desfiou vários dos seus enganos e desenganos. Custou-lhe a princípio, mas, dito um caso, vieram outros, e com pouco sabia eu que aparências iludiram as suas esperanças, e que desilusões as mataram. Agora crê deveras o pior.

Não lhe dei as minhas razões contrárias; podiam não ser mais que aparências. Também não aludi às suspeitas que atribuo à madrinha e ao padrinho; eles podem enganar-se como eu. Ao demais – e é o principal –, isso viria dando ao meu papel aspecto menos grave do que convinha. Basta que já aquela conversação lhe fosse deitando as manguinhas de fora – e a mim também; no fim dos charutos, estávamos quase como dous estudantes do primeiro ano e do primeiro namoro, ainda que com outro estilo.

Creio que, ao descer, vinha arrependido ou vexado da confissão; trocou de assunto, conversamos de cousas alheias, do trem e da estrada, do mato e do morro, e cá embaixo um pouco da política de ambos os países.

---

2 de Dezembro.

Uma observação. Como é que Tristão foi tão franco ontem nas Paineiras, e tão cauteloso naquele dia do Largo de São Francisco, onde dei com ele embebido a ver entrar a moça no carro. "Grande talento!" exclamou então, o talento de pianista, que ela não levava nas saias. E já então gostava dela, pelo que lhe ouvi ontem, visto que começou a querer-lhe pouco depois de chegado. A razão é que só agora a paixão subiu tão alto; isso, e a confiança que lhe inspiro. Não se pôde conter, é o que foi.

---

3 de Dezembro.

Aires amigo, confessa que ouvindo ao moço Tristão a dor de não ser amado, sentiste tal ou qual prazer, que aliás não foi longo nem se repetiu. Tu não a queres para ti, mas terias algum desgosto em a saber apaixonada dele; explica-te se podes, não podes. Logo depois entraste em ti mesmo, e viste que nenhuma lei divina impede a felicidade de ambos, se ambos a quiserem ter juntos. A questão é querê-lo, e ela parece que o não quer.

---

5 de Dezembro.

A marinha está quase pronta. Mana Rita veio encantada da tela, da autora e da dona, porque Fidélia destina a obra a dona Carmo. Esteve só com as duas amigas; não achou lá

Tristão nem Aguiar, e conversaram as três longamente, até que a viúva se despediu e tornou para Botafogo, apesar de instada para jantar no Flamengo; não podia e partiu antes de cair a tarde.

Rita ficou e ainda bem que ficou, porque ouviu a dona Carmo a notícia do amor de Tristão, com um acréscimo que aqui vai para ligar ao que escrevi nestes últimos dias. Esse acréscimo é nada menos que o desejo de dona Carmo é de os ver casados.

– Digo isto só à senhora e peço-lhe que não conte a ninguém – acabou dona Carmo –, eu gostaria de os ver casados, não só porque se merecem, como pela amizade que lhes tenho e que eles me pagam do mesmo modo.

Rita achou que dona Carmo dizia verdade, e achou mais que, casando-os, teria assim um meio de prender o filho aqui. A mana é dessas pessoas que não podem reter o que pensam, e confiou logo o achado à amiga. Dona Carmo sorriu com expressão de acordo; e foi o que pensou e me disse a própria Rita. Também assim me pareceu, mas eu quis deitar a minha gota de fel do costume, e disse:

– Talvez a terceira razão seja a principal, se não foi única.

Rita acudiu que não. Única não era, não podia ser. Eu, por maldade e riso, teimei que sim, mas dentro de mim acabei concordando com ela. As três razões podiam combinar-se bem naquela senhora. A última, quando muito, daria maior alma às duas primeiras: era natural. Não tardaria a perder o filho postiço, que se vai embora, e a filha de empréstimo pode vir a amar outro e casar, e ainda que não saia daqui, seguirá outra família. Unidos os dous aqui, amados aqui, tê-los-ia ela abraçados ao próprio peito, e eles a ajudariam a morrer. Resumo assim o que pensei e agora confirmo, acrescentando que o confiei também à mana.

– O que eu disse há pouco foi por gracejo; acho que você tem razão. E parece-lhe que ela alcance o que deseja?

– Não afirmo nem nego, mas já me parece difícil; aqui está por quê. Tristão e Aguiar chegaram pouco antes da hora de jantar, e jantamos. Aguiar indagou da pintura, dona Carmo respondeu-lhe, ele ouviu com interesse, e creio que ele e ela olharam alguma vez para o afilhado; Tristão não dizia nada; parecia até não atender ao que eles diziam.

– Talvez fingisse.

– No fim do jantar, antes do café, Tristão declarou aos padrinhos que talvez parta antes do fim do ano...

– Antes?

– Antes.

– E eles não sabiam?

– Parece que não, porque ficaram desconsolados, e o jantar acabou triste.

– Mas como é que ele não dissera isso ao padrinho, vindo com ele de fora?

– Não vieram juntos; Tristão chegou depois do Aguiar. Pensávamos até que jantasse fora de casa. Foi assim; no fim deu notícia da partida. Contou que uma carta atrasada... mas não mostrou a carta; terá mostrado depois que saí de lá. Pensei comigo, e expliquei:

– Mana, pode ser até que não haja carta nenhuma; ele foge-lhe, não tem esperanças, quer ir quanto antes. Já isso de chegar tarde a casa prova que não quer encontrar a viúva; é o que é. Os dous velhos não procuraram dissuadi-lo da resolução?

– A princípio não disseram nada; ficaram acabrunhados. Depois o Aguiar entrou a dizer alguma cousa que dona Carmo ouviu e apoiou apenas com os olhos; estava triste, e para me não deixar só, falava comigo; eu respondia apertando-lhe os dedos com piedade sincera. Olhe, mano, até eu cuidei de pedir ao rapaz que se demorasse mais tempo. Ele agradeceu a minha intervenção com um sorriso também triste, mas declarou que não podia; pedem-lhe muito que volte.

– Bem – disse eu rindo –, você mostrou aí que se compadeceu da amiga dona Carmo, mas você esquece agora neste mês de dezembro a aposta que fez comigo no princípio de janeiro. Não se lembra do que me disse no cemitério? Não apostou que a viúva Noronha não tornaria a casar? Como é que pediu hoje ao Tristão que ficasse – com o pensamento íntimo de o ver casar com ela?

Concluí pegando-lhe no queixo e levantando-lhe o rosto para mim, que estava de pé. A mana confessou a contradição e explicou-a. Antes de tudo, o seu pensamento era poupar a tristeza da amiga; seriam alguns dias ou semanas mais que passariam juntos, eles e o afilhado. Mas bem podia ser também que Fidélia, aconselhada por eles, acabasse desposando Tristão; as circunstâncias seriam outras.

– Logo, eu tinha razão naquele dia?

– Inteiramente não; mas tudo pode acontecer neste mundo.

– Neste mundo e no outro.

Quis acabar a conversação notando-lhe que, a despeito do pedido de dona Carmo, quando lhe confiou a intenção recôndita e lhe recomendou segredo, ela acabava de me revelar tudo; mas o coração tolheu-me o remoque, por mais fraternal e inocente que me saísse. Podia ressentir-se, e ela não o merece; ela é boa.

Em resumo, pode ser que Rita tivesse razão no cemitério. Se a viúva Noronha, como lá escrevi há dias, foge a si mesma, é que tem medo de cair e prefere a viuvez ao outro estado.

10 de Dezembro.

Fidélia sabe já que Tristão resolveu partir no dia 24. Foi ele mesmo que lho disse em casa dela.

———————

15 de Dezembro.

Se eu estivesse certo de poder casar os dous, casava-os, por mais que me custe confessá-lo a mim mesmo, e, a rigor, não custa muito. Estou só, entre quatro paredes, e os meus sessenta e três anos não rejeitam a ideia do ofício eclesiástico. *Ego conjugo vos...*[64]

A razão de tal sentimento é a tristeza que vejo nos padrinhos, à medida que se aproxima o dia 24. Dona Carmo perguntou a Tristão implorativamente por que é que não adiava para 9 de janeiro a viagem; eram mais quinze dias que lhe dava. Ele respondeu que não pode. Eu, algo incrédulo, perguntei-lhe se já comprara bilhete; disse-nos que vai comprá-lo amanhã. A minha ideia é que ele espera achar todas as passagens tomadas, e adiar a viagem por força maior. Não lho disse, mas tudo se deve esperar dos homens, e particularmente dos namorados.

Foi ontem que falamos disso os três; Aguiar estava presente e não opinou. Pouco depois chegou o desembargador com a sobrinha; tinham saído em visita ao presidente do tribunal, mas apenas na rua, Fidélia propôs ao tio virem passar a noite no Flamengo, e vieram; eram nove horas.

Tudo o que se passou até às dez e meia teria aqui três ou quatro páginas, se eu não sentisse algum cansaço nos dedos. Páginas de conjeturas, porque os dous apenas se falaram,

———
64. *Ego conjugo vos* (latim): "eu vos uno".

mas conjeturas firmadas na comoção visível de um e de outro, nos silêncios da Fidélia, embora orlados da atenção que dava à amiga. Os quatro homens pouco a pouco nos ligamos. Campos chegou a propor cartas, nenhum de nós três aceitou a ideia. Aguiar ia aceitando, ainda que a meia-voz, mas Tristão alegou dor de cabeça ou dor nas costas, e era verdade; tinha passado toda a manhã curvado, a arranjar cousas velhas. O mesmo cansaço dos dedos agora é resto da fadiga de ontem; ficamos a conversar, até que as duas visitas saíram, e eu com elas.

---

20 de Dezembro.

Sucedeu como eu cuidava. Tristão achou todas as passagens de 24 vendidas. Vai no dia 9. O pior é que, sendo natural comprar bilhete desde logo, para lhe não acontecer o mesmo, não comprou cousa nenhuma. Sei disto por ele, a quem perguntei se se não aparelhava já; respondeu que não, que há tempo. Agora imagino que, se houver tempo e achar bilhete, ele pode converter a necessidade de amar a moça no desejo de ceder aos velhos, e ficará mais duas ou três semanas. Os velhos não serão a causa verdadeira, mas não há só filhos de empréstimo, há também causas de empréstimo.

---

22 de Dezembro.

A verdadeira causa – ou uma delas, estava hoje no Flamengo, acabando a marinha. Tristão lá estava também, e ambos faziam a estética um do outro. Ele admirava menos a tela que a pintora, ela menos o espetáculo que o admirador, e eu via-os com estes olhos que a terra fria há de comer.

Dona Carmo dava-me a parte de atenção a que a cortesia a obrigava, mas tão somente essa. Olhava para os dous a miúdo, a espreitá-los, e, se fosse preciso, a animá-los. Mas já não era preciso. Um e outro esqueciam-se de nós e deixavam-se ir ao som daquela música interior, que não é nova para ela.

Observando a moça e os seus gestos, pensei no que me disseram há uma semana, a ideia que ela teve de ir passar o verão em Santa-Pia, que ainda não vendeu. Não lhe importaria lá ficar com os seus libertos; faltou-lhe pessoa que a acompanhasse. Ultimamente pensou em ir para Petrópolis, mas aí é provável que fosse também Tristão, e a intenção dela era fugir-lhe, creio eu. Creio também que ela foi sincera em ambos os projetos. Fidélia ouviu à porta do coração aquele outro coração que lhe bate, e sentiu tais ou quais veleidades de trancar o seu. Digo veleidades, que não obrigam nem arrastam a pessoa. A pessoa quer cousa diversa e oposta, e o sentimento, se não é já dominante, para lá caminha.

Uma impressão que trago do Flamengo é que dona Carmo despediu-se de mim, quando me levantei, com o mesmo prazer que lhe dei há dias, para ficar a sós com eles. Não lhes terá dito nada com palavras, mas até onde pode ir a alma sem elas, foi decerto. Só a compostura da boa senhora terá impedido que os abrace e lhes diga: Amem-se, meus filhos!

---

28 de Dezembro.

Estive hoje com Tristão, e não lhe ouvi nada a não ser que recebeu cartas de Lisboa, cartas políticas; também as recebeu do pai e da mãe. A mãe, se ele se demorar muito, diz que virá ver a sua terra. Deu-me notícias dos seus outros pais de cá, mas não falou da moça.

1889

1889

2 de Janeiro.

Enfim, amam-se. A viúva fugiu-lhe e fugiu a si mesma, enquanto pôde, mas já não pode. Agora parece dele, ri com ele, e no dia 9 chorará por ele, naturalmente, se ele lhe não estancar a fonte das lágrimas com um gesto. As visitas são agora diárias, os jantares frequentes; dona Carmo acompanha algumas vezes o afilhado a Botafogo, e Aguiar vai buscá-los.

Se já estão formalmente declarados é o que não sei; terá faltado ocasião ou ânimo a ele para confiar à outra o que ela sabe pelos olhos, mas não tardará muito. O que aí digo é o que sei por observações e conjeturas, e principalmente pela felicidade que há no rosto do casal Aguiar. A mana não tem saído de casa; no dia de ano-bom fui jantar com ela, mas não falamos disso.

---

7 de Janeiro.

Tristão já não vai a 9, por uma razão que me não deu, nem lha pedi. Só me disse que não vai; escreveu para Lisboa e ia levar as cartas ao correio.

---

9 de Janeiro.

Segundo aniversário da minha volta definitiva ao Rio. Não ouvi hoje os pregões do ano passado e do outro. Desta vez lembrou-me a data sem nenhum som exterior; veio de si mesma. Esperei ver a mana entrar-me em casa e convidar-me a ir com ela ao cemitério. Não veio (são quatro horas da tarde) ou porque se não lembrou, ou por lhe não parecer necessário todos os anos.

Quem sabe se não iríamos dar com a viúva Noronha ao pé da sepultura do marido, as mãos cruzadas, rezando, como há um ano? Se eu tivesse ainda agora a impressão que me levou a apostar com Rita o casamento da moça, poderia crer que tal presença e tal atitude me dariam gosto. Acharia nelas o sinal de que não ama a Tristão, e, não podendo eu desposá-la, preferia que amasse o defunto. Mas não, não é isso; é o que vou dizer.

Se eu a visse no mesmo lugar e postura, não duvidaria ainda assim do amor que Tristão lhe inspira. Tudo poderia existir na mesma pessoa, sem hipocrisia da viúva nem infidelidade da próxima esposa. Era o acordo ou o contraste do indivíduo e da espécie. A recordação do finado vive nela, sem embargo da ação do pretendente; vive com todas as doçuras e melancolias antigas, com o segredo das estreias de um coração que aprendeu na escola do morto. Mas o gênio da espécie faz reviver o extinto em outra forma, e aqui lho dá, aqui lho entrega e recomenda. Enquanto pôde fugir, fugiu-lhe, como escrevi há dias, e agora o repito, para me não esquecer nunca.

---

12 de Janeiro.

Amanhã (13) faz anos a bela Fidélia. Tal a razão que levou Tristão a transferir a viagem de 9 para outro dia que ainda não fixou. Assim o disse aos padrinhos que o aprovaram naturalmente e alegremente; esta mesma razão me foi confessada por ele hoje, quando o encontrei a buscar uma lembrança para deixar à viúva. Tais foram as suas palavras, mas não traziam alma de convicção. A razão da ficada é outra.

_____

13 de Janeiro.

Antes de me despir quero escrever o que ouvi agora há pouco (meia-noite) à picante Cesária. Vim com ela e o marido da casa do desembargador onde fomos tomar chá com a graciosa viúva. Os amigos desta lá estiveram, menos Rita, que mandou cartão de cumprimentos; parece que está adoentada.

Não escrevo porque seja verdade o que dona Cesária me disse, mas por ser maligno. Esta senhora se não tivesse fel talvez não prestasse; eu nunca a vejo sem ele, e é uma delícia. Ou já sabia da afeição da viúva ao Tristão, ou reparou nela esta noite. Fosse como fosse, disse-me que Tristão não voltará tão cedo a Lisboa.

– Sim – concordei –, parece que lhe custa muito deixar os padrinhos.

– Os padrinhos? – redarguiu Cesária rindo. – Ora, conselheiro! Certamente chama assim aos dous olhos da viúva, que são bem ruins padrinhos. Mas lá tem consigo a água benta para o batizado.

Não entendendo, perguntei-lhe que água benta era, e que batizado. O marido, com a sua rabugem do costume, respondeu que a água benta era o dinheiro, e esfregou o polegar e o índice; ela riu apoiando, e eu compreendi que atribuíam ao moço uma afeição de interesse.

Quis ponderar à dama que isto que me dizia agora estava em contradição com o que uma vez lhe ouvi. Ouvi-lhe então (e creio que o escrevi neste *Memorial*) que Tristão preferia a política à viúva, e por isso a deixava. Não lho lembrei por duas razões, a primeira é que seria inútil, e até prejudicial às nossas relações; a segunda é que ofenderia a própria natureza. Dona Cesária pensa realmente o mal que diz. A contradição é aparente; está toda no ódio que ela tem a Fidélia, e este sentimento é a causa íntima e única das duas opiniões opostas. Preterida pela política ou preferida pelo dinheiro, tudo é diminuir a outra dama. A essas duas razões para ouvi-la calado acresceu a forma. Tudo lhe sai com palavras relativamente doces e honestas, ficando o veneno ou a intenção no fundo. Há ocasiões em que a graça de dona Cesária é tanta que a gente tem pena de que não seja verdade o que ela diz, e facilmente lho perdoa.

Tudo isto considerado, e mais a hora, a viagem curta, e a presença do marido, que diabo ganhava eu em desfazer o que ela dizia? Comigo, sim, logo que eles me deixaram, vim pensando no Tristão, que é também rico, que ama deveras a viúva, é amado por ela, e acabará casando. Vim recordando a noite e os seus episódios, que não escrevo por ser tarde, mas foram interessantes. O desembargador parece que já descobriu a inclinação da sobrinha, e não a desaprova. O casal Aguiar estava feliz; ainda lá ficou para vir com o afilhado.

---

23 de Janeiro.

Agora me lembra que amanhã faz um ano das bodas de prata do casal Aguiar. Lá estive naquela festa íntima, que me deu prazer grande. Também lá esteve Fidélia, e fez o seu brinde de filha à boa Carmo, tudo correu na melhor harmonia. Ainda cá não chegara Tristão, nem era esperado. Oxalá me não esqueça de lhes mandar cedo o meu bilhete de felicitações, e pode ser que lá vá de noite. Vou, vou.

... Rita escreveu-me agora (seis da tarde) pedindo que a espere amanhã, à noite, para irmos juntos ao Flamengo. Vou; há seis dias que lá não piso.

---

25 de Janeiro.

Não havia muita gente no Flamengo. Os quatro – casal Aguiar, Tristão e Fidélia (não conto o desembargador, que estava jogando), os quatro pareciam viver de uma novidade recente e desejada. Quem sabe se a mão da viúva não foi já pedida e concedida por ela? Comuniquei esta suposição a Rita, que me disse suspeitá-la também.

---

29 de Janeiro.

Tínhamos razão na noite de 24. Os namorados estão declarados. A mão da viúva foi pedida naquele mesmo dia, justamente por ser o 26º aniversário do casamento dos padrinhos de Tristão; foi pedida em Botafogo, na casa do tio, e em presença deste, concedida pela dona, com assentimento do desembargador, que aliás nada tinha que opor a dous corações que se amam. Mas tudo neste negócio devia sair assim, de acordo uns com outros, e todos consigo.

Dona Carmo e Aguiar, que haviam abraçado a Tristão com grande ternura antes e depois do pedido, estavam naquela noite em plena aurora de bem-aventurança. Valha-me Deus, pareciam ainda mais felizes que os dous. A viúva punha certa moderação na ventura, necessária à contiguidade dos dous estados, mas esquecia-se algumas vezes, e totalmente no fim. Nada se sabia então da novidade, e agora mesmo creio que só eu a sei (assim mo disse hoje o noivo);

alguns poderiam supô-la, como a mana Rita, que já sabia metade dela; os menos sagazes terão dito consigo, ao vê-los, que é bom que Fidélia vá aliviando o luto do coração.

Referindo-me o que se passou há cinco dias, Tristão explicou esta comunicação nova: sentia-se obrigado a contar-me o final de um idílio, cujo princípio me confiara em forma elegíaca. Usou dessas mesmas expressões, e quase me citou Teócrito[1]. Eu apertei-lhe a mão com sincero gosto, e prometi calar.

Em verdade, estimo vê-los unidos. Já escrevi que era um modo de acudir à tristeza do casal Aguiar. Agora acrescento (se já o não disse também) que eles se merecem, são moços, belos, amam-se, têm o direito natural e legítimo de se possuírem.

– Não publicamos oficialmente o nosso casamento próximo – concluiu Tristão –, porque eu escrevi a meus pais, e só nos casaremos depois que me chegar a resposta. A resposta é sabida, e se pudesse ser contrária, nem por isso deixaríamos de casar-nos; todavia, não quero publicar já o acordo, é uma forma de respeito aos velhos.

Em seguida começou a desfiar as excelentes qualidades da moça. Já lhe ouvira algumas e conhecia-as todas, mas quando se trata com esta espécie de gente é preciso ter a maior indulgência do mundo. Tristão falava com tal sinceridade e gosto que seria duro não lhe dar ouvidos complacentes e palavras de aprovação; dei-lhos; ele acabou pedindo-me o primeiro abraço de pessoa estranha; dei-lho apertado.

---

1. *Teócrito* (*c.* 310 a.C.–250 a.C.): poeta grego cujas composições denominadas "idílios" exerceram influência na poesia bucólica do romano Virgílio (70 a.C.–19 a.C.), em poetas do Renascimento (como Camões) e de poetas árcades do século XVIII (por exemplo, Tomás Antônio Gonzaga).

2 de Fevereiro.

O abraço que lá contei atrás fez-me bem; foi sincero. Podia ser afetado ou apenas de cortesia, mas não foi; gostei de ver feliz aquele rapaz, e com ele a dama, e com eles os dous velhos de cá e os de lá.

Talvez seja engano meu, mas acho a viúva agora mais bonita. A causa disto pode ser a mudança próxima do estado. A melancolia de antes era verdadeira, mas estranha ou hóspede, não sei como diga para significar uma espécie de visita de pêsames, poucos minutos e poucas palavras. Já lá escrevi, há três semanas, a 9 do mês passado, alguma cousa que de certo modo explica e ata os dous estados.

6 de Fevereiro.

Não há como um grande segredo para ser divulgado depressa. Além de mim, que sei, e de Rita, que desconfia, há já quem afirme que os dous se casam; ou porque o sabem ou porque desconfiam somente, mas afirmam. Osório, que ouviu falar disso, recebeu a notícia como um grande golpe novo e inesperado. Nem faltarão outros que gostem dela ou morram por ela, e façam figas ao Tristão.

Verdade é que Osório estava já desenganado, mas foi isto mesmo que lhe reabriu a ferida. O desengano da parte dela era a fidelidade ao morto; desde que ela vai para outro, podia ir para ele, e é isto que o irrita, como sucede ao parceiro do gamão que dá com o copo no tabuleiro se lhe sai o pior número de dados.

10 de Fevereiro.

A felicidade é palreira[2]. Dona Carmo ainda não me disse que os dous estão para casar, mas já hoje me confiou que escreveu à comadre, mãe de Tristão, a quem não escreve há muito. Justamente pelo mesmo paquete que levou a carta do afilhado. Naturalmente reforçou o pedido e analisou as graças físicas e morais de Fidélia, e se lhe não pediu que os deixe cá, e venha ela também, acabará por aí. Nessa ocasião me dirá o resto, ou antes.

---

12 de Fevereiro.

Estava com desejo de ir passar um mês em Petrópolis, mas o gosto de acompanhar aqueles dous namorados me faz hesitar um pouco, e acabará por me prender aqui. Rita tem o mesmo gosto, e já agora os frequenta mais. Ontem disse-me que o casamento é certo.

– Mas quem disse a você que eles se casam?

– Ninguém me disse; eu é que adivinhei. Dona Carmo, a quem falei nisto, ficou um pouco embaraçada; não queria confessar e tinha vergonha de negar, é o que é; mas eu desconversei e falei de outra cousa. Só se eles não lhe disseram ainda nada...

Não sei que escrúpulo me deteve a língua; não lhe contei o que sabia da parte do próprio Tristão, mas não me custou nada; apenas retruquei disfarçando:

– Bem, a viúva não casa comigo, casa com outro, segundo lhe parece: mas então você confessa que perdeu a aposta.

– Não digo que não. Tudo está nas mãos de Deus.

2. *Palreira*: tagarela.

– Lembra-se daquele dia no cemitério?

– Lembra-me; há um ano.

Repito, não me custou ser discreto; é virtude em que não tenho merecimento. Algum dia, quando sentir que vou morrer, hei de ler esta página a mana Rita; e se eu morrer de repente, ela que me leia e me desculpe; não foi por duvidar dela que lhe não contei o que já escrevi atrás.

Leia, e leia também esta outra confissão que faço das suas qualidades de senhora e de parenta. Talvez eu, se vivêssemos juntos, lhe descobrisse algum pequenino defeito, ou ela em mim, mas assim separados é um gosto particular ver-nos. Quando eu lia clássicos lembra-me que achei em João de Barros[3], certa resposta de um rei africano aos navegadores portugueses que o convidaram a dar-lhes ali um pedaço de terra para um pouso de amigos. Respondeu-lhes o rei que era melhor ficarem amigos de longe; amigos ao pé seriam como aquele penedo contíguo ao mar, que batia nele com violência. A imagem era viva, e se não foi a própria ouvida ao rei de África, era contudo verdadeira.

---

12 de Fevereiro, onze horas da noite.

Antes de me deitar, reli o que escrevi hoje ao meio-dia, e achei o final demasiado cético. A mana que me perdoe.

Chego do Flamengo, onde achei Aguiar meio adoentado, na sala, numa cadeira de extensão, as portas fechadas, grande silêncio, os dous sós. Tristão saíra para Botafogo, não que não quisesse ficar, mas padrinho e madrinha disseram-lhe que fosse, que Fidélia podia ficar assustada se ele não apare-

---

3. *João de Barros* (*c.* 1496-1570): ilustre historiador e gramático português. Autor de *Décadas da Ásia*.

cesse, que lhe desse lembranças. Tristão cedeu e foi. Eu cederia também, sem teimar muito, como provavelmente este não teimou nada.

Não me disseram as cousas naqueles termos instantes, mas os que empregaram vinham a dar neles. Continuam a calar o negócio do casamento.

A doença do Aguiar parece que é um resfriado, e desaparecerá com um suadouro; nem por isso ele me despediu mais cedo. Dona Carmo teimava em fazê-lo recolher, e eu em sair, mas o homem temia que eu viesse meter-me em casa sozinho e aborrecido; foi o que ele mesmo me disse, e reteve-me enquanto pôde. Não saí muito tarde, mas tive tempo de ver a dona da casa ir de um para outro cabo do espírito, entre os cuidados de um e as alegrias de outro. Interrogativa e inquieta, apalpava a testa e o pulso ao marido; logo depois aceitava a ponta da conversação que ele lhe dava, acerca da Fidélia ou do Tristão, e a noite passou assim alternada, entre o bater do mar e do relógio.

---

13 de Fevereiro.

Mandei saber do Aguiar; amanheceu bom; não sai para se não arriscar, mas está bom. Escreveu-me que vá jantar com eles. Respondi-lhe que a doença foi um pretexto para passar o dia de hoje ao pé da esposa, e por isso mesmo não me é possível ir contemplar de perto esse quadro de Teócrito.

Realmente, não posso, tenho de ir jantar com o encarregado de negócios da Bélgica. Confesso que preferia os Aguiares, não que o diplomata seja aborrecido, ao contrário; mas os dous velhos vão com a minha velhice, e acho neles um pouco da perdida mocidade. O belga é moço, mas é belga.

Quero dizer que, cansado de ouvir e de falar a língua francesa, achei vida nova e original na minha língua, e já agora quero morrer com ela na boca e nas orelhas. Todos os meus dias vão contados, não há recobrar sombra do que se perder.

"Quadro de Teócrito", escreveu-me Aguiar em resposta à minha recusa, "quer dizer alguma cousa mais particular do que parece. Venha explicar-mo amanhã, entre a sopa e o café, e contar-me-á então os planos secretos da Bélgica. Tristão diz-me que jantará também, se Vossa Excelência vier. Veja a que ponto chegou este ingrato, que só janta conosco, se houver visitas; se não, some-se. Virá, conselheiro?"

Respondi que sim, e vou. A frase final do bilhete traz uma afetação de mágoa, algo parecido com prazer que se encobre; por outras palavras, sabe-lhes aquela ausência do rapaz, uma vez que tudo é amarem-se duas criaturas que os amam, e a quem eles amam também. Hei de ver que, acabado o jantar, os primeiros que o remetem para Botafogo são eles mesmos.

---

15 de Fevereiro.

Não, não remeteram Tristão para Botafogo. Creio que o desejassem e o fizessem, mas não tiveram tempo. Tão depressa acabamos de jantar, apareceram Fidélia e o tio. Concluí que os dous namorados houvessem concertado isto mesmo.

Noite boa para todos. Eu próprio achei prazer em observar os dous. Não é que eles não buscassem disfarçar, ela principalmente, mas não há disfarce que baste em tais lances. A agitação interior transtornava os cálculos, e os olhos contavam os segredos. Quando falavam pouco ou nada, o silêncio dizia mais que palavras, e eles davam por si pendentes um do outro, e ambos do céu. Foi o que me pareceu. Não me pareceu menos que o céu os animava e que eles os mandavam a todos os diabos, a mim e aos três velhos, e aos pais de Tristão, aos paquetes, às malas, às cartas que esperavam, a tudo que não fosse um padre e latim – latim breve e padre brevíssimo, que os aliviasse do celibato e da viuvez. E desta maneira diziam tudo o que sabiam de si.

Sabiam tudo. Parece incrível como duas pessoas que se não viram nunca, ou só alguma vez de passagem e sem maior interesse, parece incrível como agora se conhecem textualmente e de cor. Conheciam-se integralmente. Se alguma célula ou desvão lhes faltava descobrir, eles iam logo e pronto, e penetravam um no outro, com uma luz viva que ninguém acendeu. Isto que digo pode ser obscuro, mas não é fantasia; foi o que vi com estes olhos. E tive-lhes inveja. Não emendo esta frase, tive inveja aos dous, porque naquela transfusão desapareciam os sexos diferentes para só ficar um estado único.

---

16 de Fevereiro.

Esqueceu-me notar ontem uma cousa que se passou anteontem, no começo do jantar do Flamengo. Aqui vai ela; talvez me seja precisa amanhã ou depois.

As primeiras colheres de sopa foram tanto ou quanto caladas e atadas. Tinham chegado cartas da Europa (duas) e Tristão as leu à janela, rapidamente, parecendo não haver gostado do assunto. Comeu sem atenção nem prazer, a princípio. Naturalmente os padrinhos desconfiaram alguma cousa, mas não se atreveram a perguntar-lhe nada. Olharam para ele, à socapa; eu, para lhes não perturbar o espírito, não trazia assunto estranho, e comia comigo. Depressa acabou o constrangimento, e o resto do jantar foi alegre. Já lá deixei notado o que foi o resto da noite.

Se eu quisesse saber o que diziam as cartas bastaria ser indiscreto ou descortês; era perguntar-lho em particular. Tristão me confiaria, creio, visto que entro cada vez mais no coração daquele moço. Ouve-me, fala-me, busca-me, quer os meus conselhos e opiniões. Mas a impressão má foi tão breve que provavelmente não foi grande, e ele acabaria referindo tudo aos padrinhos quando ficaram sós, e mais certamente à noiva, ontem. Devem estar já no período dos segredos comuns.

---

18 de Fevereiro.

Telegrama dos pais de Tristão, dizendo-lhe que sim, que aprovam, que os abençoam. O estilo telegráfico é mais conciso, mas foi assim que Tristão mo traduziu de cor; contentamento traz derramamento. Apertei-lhe a mão com prazer; ele quis um abraço. Foi aqui em casa, quando eu ia a sair, duas horas da tarde. Saímos juntos, e tive de ouvir três panegíricos, um dos pais, outro dos padrinhos, e o terceiro (aliás vigésimo) da própria dama dos seus pensamentos.

– Dona Fidélia ficou contentíssima; diz que nunca duvidou da resposta, mas a declaração telegráfica mostra que os velhos não se puderam guardar para o correio, e responderam logo. Agora esperamos cartas, mas a publicação do casamento faz-se já.

Ao sair do bonde ouvi um quarto panegírico, o dos seus chefes políticos que estão ansiosos por vê-lo na câmara dos deputados e escreveram-lhe. Um deles chegou a confessar--lhe que abandonaria a política, se ele a deixasse também.

– É exagero – concluiu Tristão sorrindo –, mas isto prova que me querem. Também pode ter sido um meio de me chamar depressa; o outro limitou-se a dizer que a minha eleição é certa, e a candidatura vai ser apresentada.

– Sim? Felicito-o.

– Não já, nem publicamente. Não disse nada disto aos padrinhos; a dona Fidélia, sim, contei-lho em particular, e agora a Vossa Excelência, pedindo-lhe a maior reserva.

Provavelmente eram as duas cartas do outro dia. Mas, de fato, partirá ele, ou ainda está incerto se cederá ou não à esposa, caso ela pense em ficar? A reserva que me pediu explicará uma e outra solução...

———————

22 de Fevereiro.

Está publicado o casamento de Tristão e de Fidélia, não nos jornais, e antes fosse neles também; está só publicado entre as relações das duas famílias...

Eu gosto de ver impressas as notícias particulares, é bom uso, faz da vida de cada um ocupação de todos. Já as tenho visto assim, e não só impressas, mas até gravadas. Tempo há de vir em que a fotografia entrará no quarto dos moribundos para lhes fixar os últimos instantes; e se ocorrer maior intimidade entrará também.

———————

25 de Fevereiro.

Quando mana Rita veio trazer-me a notícia oficial do casamento mostrei-lhe a minha carta de participação, e fiz um gesto de triunfo, perguntando-lhe quem tinha razão no cemitério, há um ano. Ainda uma vez concordou que era eu, mas emendou em parte, dizendo que a nossa aposta é que ela casaria comigo, e citou a aposta entre Deus e o Diabo a propósito de Fausto, que eu lhe li aqui em casa no texto de Goethe.

– Não, trapalhona, você é que me incitou a tentá-lo, e desculpou a minha idade, com palavras bonitas, lembra-se?

Lembrava-se, sorrimos, e entramos a falar dos noivos. Eu disse bem de ambos, ela não disse mal de nenhum, mas falou sem calor. Talvez não gostasse de ver casar a viúva, como se fosse cousa condenável ou nova. Não tendo casado outra vez, pareceu-lhe que ninguém deve passar a segundas núpcias. Ou então (releve-me a doce mana, se algum dia ler este papel), ou então padeceu agora tais ou quais remorsos de não havê-lo feito também... Mas, não, seria suspeitar demais de pessoa tão excelente.

Aí fica, mal resumida, a nossa conversação. Não falamos da data do casamento, nem da partida do casal, se partisse. Rita era pouca para referir anedotas, repetir ditos e boatos, nenhum malévolo nem feio, todos interessantes, ouvidos à gente Aguiar.

Seis horas da tarde.

Vim agora da rua, onde me confirmaram que o corretor Miranda teve hoje de manhã uma congestão cerebral. Rita só me falou disso ao sair daqui, e esqueceu-me escrevê-lo. Estávamos no patamar da escada quando ela me contou que ouvira a notícia, no bonde, a dous desconhecidos.

– Só agora é que você me dá esta novidade? – disse-lhe eu. – Tem razão; a vida tem os seus direitos imprescritíveis;

primeiro os vivos e os seus consórcios; os mortos e os seus enterros que esperem.

Também eu fiz o mesmo; só agora falo do homem.

---

26 de Fevereiro.

Miranda morreu ontem às dez horas; enterra-se hoje às quatro. Creio que deixa a família bem. Dávamo-nos sem ser grandes amigos. Eu, se fosse a somar os amigos que tenho perdido por esse mundo, chegaria a algumas dúzias deles. Os jornais dizem que não há convites para o enterro; irei ao enterro sem convite.

Dez horas da noite.

Lá fui a enterrar o Miranda. Não valeria a pena contá-lo, se não fosse o que me sucedeu no fim. Muita gente, as tristezas do costume. A própria Cesária parecia abatida; não digo se chorava ou não. Aguiar e Campos também compareceram, e outros conhecidos.

No cemitério, deitada a última pá de terra na cova, lembrou-me ir ao jazigo dos meus. Desviei-me e fui; achei-o lavado como de costume, e depois de alguns minutos, vendo que a gente não acabava de sair, caminhei para o túmulo do Noronha, marido de Fidélia. Sabia onde ficava, mas ainda lá não fora.

Agora que a viúva está prestes a enterrá-lo de novo, pareceu-me interessante mirá-lo também, se é que não levara tal ou qual sabor em atribuir ao defunto o verso de Shelley que já pusera na minha boca, a respeito da mesma bela dama: *I can*, etc. Túmulo grave e bonito, bem conservado, com dous vasos de flores naturais, não ali plantadas, mas colhidas e trazidas naquela mesma manhã. Esta circunstância fez-me crer que as flores seriam da própria Fidélia, e um coveiro que vinha chegando respondeu à minha pergunta: "São de uma senhora que aí as traz de vez em quando..."

A pergunta foi feita tão naturalmente que o coveiro não teve dúvida em responder, nem eu em contá-lo aqui. Também não quero calar o que vim pensando comigo. Já não havia ninguém dos que acompanharam o enterro do Miranda. Chegava outro, e entre um e outro meti-me no carro e vim para casa. Em caminho pensei que a viúva Noronha, se efetivamente ainda leva flores ao túmulo do marido, é que lhe ficou este costume, se lhe não ficou essa afeição. Escolha quem quiser; eu estudei a questão por ambos os lados, e quando ia a achar terceira solução chegara à porta da casa. Desci, dei ao cocheiro a molhadura[4] de uso, e enfiei pelo corredor. Vinha cansado, despi-me, escrevi esta nota e vou jantar. Ao fim da noite, se puder, direi a terceira solução: se não, amanhã. A terceira solução é a que lá fica atrás, não me lembra o dia... ah! foi no segundo aniversário do meu regresso ao Rio de Janeiro, quando eu imaginei poder encontrá-la diante da pessoa extinta, como se fosse a pessoa futura, fazendo de ambas uma só criatura presente. Não me explico melhor, porque me entendo assim mesmo, ainda que pouco. Dona Cesária, se vier a sabê-lo, é capaz de ir dizê-lo ao próprio Tristão, com uma gota amarga ou corrupta, ou ambas as cousas para variar... Já já, não; está ainda com a morte do cunhado na garganta, mas tudo passa, até os cunhados.

---

4. *Molhadura* (gíria): pagamento.

Sem data.

Já lá vão dias que não escrevo nada. A princípio foi um pouco de reumatismo no dedo, depois visitas, falta de matéria, enfim preguiça. Sacudo a preguiça.

A noite passada estive em casa da viúva Noronha, quase que a sós com ela; havia a mais o tio, um colega da Relação e uma parenta velha. Tristão fora a Petrópolis, levado pelos padrinhos até à barca da Prainha, e por mim que os vi passar na Rua da Quitanda, e subi ao carro convidado por eles. Não lhes ouvi então o motivo da ida a Petrópolis, mas já o sabia de véspera; foi examinar uma casa para o noivado. Concluí, não sei por quê, que eles ficavam morando aqui.

Posso dizer que verdadeiramente fiquei a sós com ela. Tendo ouvido ao tio que a sobrinha andava com saudades do velho amigo – que sou eu –, imaginei que era mentira; o tio queria parceiro para cartas. Não fui e acertei; a parenta foi ao voltarete com os dous magistrados.

Eu, relativamente a Fidélia, já cheguei à liberdade de lhe perguntar se não tinha saudades do noivo. A resposta foi afirmativa, mas calada, um sorriso breve e um gesto de sobrancelhas. Tristão foi o assunto mais frequente da conversação, dizendo eu todo o bem que penso dele e francamente é muito, ao que ela retrucava sem vaidade, antes com modéstia e discrição; em si mesma devia estar feliz. Disse-me que ele recebera cartas da família, confirmando por extenso o que já lhe mandara em resumo. A da mãe era toda ternura, citou-me algumas frases da futura sogra, e foi buscar a carta dela para que eu a lesse também.

– Cartas políticas não vieram?

– Parece que vieram.

Li e louvei muito a carta da paulista, que achei efetivamente terna, ainda que derramada, mas ternura de mãe não conhece sobriedade de estilo. Era escrita à própria Fidélia.

Vendo que esta gostava da conversa, não lhe pedi música; ela é que foi de si mesma tocar piano, um trecho não sei de que autor, que se Tristão não ouviu em Petrópolis não foi por falta de expressão da pianista. A eternidade é mais longe, e ela já lá mandou outros pedaços da alma; vantagem grande da música, que fala a mortos e ausentes.

Sábado.

Fidélia parece retrair-se agora depois das primeiras confidências que me fez, e é natural. Como eu lhe pedisse notícias de Tristão, respondeu-me que não as tinha, e falou de outra cousa; mas, falando-lhe eu da alegria recente de dona Carmo, referiu-me as tristezas que lhe ouviu uma vez a propósito da volta do afilhado, e do conselho que então lhe deu de ir com ele; ao que a boa senhora retrucou que seria preciso separar-se do marido e não podia.

– Veja o perigo de dividir a alma com duas pessoas; eu, em moço, nunca o fiz, menos o faria agora depois de velho.

Sobre isto (que não tinha sentido claro nem intenção) dissemos cousas que não importa escrever aqui. Ela falou com graça, e provavelmente com verdade, mas não tratamos do assunto principal do coração da moça. Eu deleitava-me em apreciá-la por dentro, e por fora, não a achando menos curiosa interna que externamente. Sem perder a discrição que lhe vai tão bem, Fidélia abre a alma sem biocos[5], cheia de confiança que lhe agradeço daqui.

_____

9 de Março.

Tristão voltou de Petrópolis. Deixou casa alugada em Westfalia, casa posta pelo comendador Josino, que a vai deixar por algum tempo e segue com a família para o sul; passou-lhe o contrato por três meses. Dona Carmo e Fidélia sobem a vê-la esta semana. Andam agora muito mais juntas, em casa ou na rua, naturalmente a confidência é maior. Também eu ando com elas se as encontro, também ouço as palavras de ambas.

– Mana – disse eu a Rita contando-lhe estas cousas em Andaraí –, eis aqui em que acaba um velho e grave diplomata aposentado, sem os cansaços do ofício, é certo, mas também sem as esperanças da promoção.

Rita entendeu e quase me puxou o nariz; preferiu dizer com saudade e consolação que não tivesse ideias de cemitério. Esta alusão à visita que fizemos ao jazigo da família, há mais de um ano, levou-me quase a confessar o sentimento paterno que Fidélia acaso acorda em mim, mas recuei a tempo. Era provável que Rita me dissesse, como fez um dia, que eram desculpas de mau pagador. A mana gosta de mofar, sem criar ódio a ninguém, e menos a mim que a outro. Ao cabo, há cousas que apenas se devem escrever e calar, é o que eu faço a esta espécie de afeição nova que acho na viúva.

_____

5. *Biocos*: reservas.

13 de Março.

Não há como a paixão do amor para fazer original o que é comum, e novo o que morre de velho. Tais são os dous noivos, a quem não me canso de ouvir por serem interessantes. Aquele drama de amor, que parece haver nascido da perfídia da serpente e da desobediência do homem, ainda não deixou de dar enchentes a este mundo. Uma vez ou outra algum poeta empresta-lhe a sua língua, entre as lágrimas dos espectadores; só isso. O drama é de todos os dias e de todas as formas, e novo como o sol, que também é velho.

---

20 de Março.

Dona Carmo tomou a si adornar a casa dos noivos. Soube isto pelo desembargador, que chegou de Petrópolis e deixou a casa "uma beleza" com a ordem em que ela dispõe os móveis e os adornos, alguns destes obra já de suas mãos.

– Já? – perguntei.

– Já; dona Carmo trabalha depressa, e neste momento com grande afeição; deu-lhes também muitos trabalhos seus. Converse com o Aguiar, que lhe dirá a mesma cousa, e Tristão também; Fidélia é do mesmo parecer.

Rita, sem nada ver, acredita que seja assim; foi o que me respondeu. Quanto a dona Cesária também não viu nada, mas inclina-se a crer que lhe falte alguma harmonia.

– Pode ser que não – aventurei.

– Não digo que dona Carmo não pudesse fazer alguma cousa capaz, mas com esta pressa, às carreiras, não é provável. Demais ela não possui tanto gosto como se quer; algum tem, mas falta-lhe graça. Aos noivos também; ele parece-me espalhafatoso...

Quis defender os três, mas a certeza de que ela não tem de mim melhor opinião, fez-me recuar, e dizer-lhe que nunca lhe achei tanto espírito. Fui além; gabei-lhe os olhos. Como então passasse os dedos pelas sobrancelhas, gabei-lhe a mão, e iria aos pés, se me mostrasse os pés, mas não me mostrou mais nada.

---

21 de Março.

Explico o texto de ontem. Não foi o medo que me levou a admirar o espírito de dona Cesária, os olhos, as mãos, e implicitamente o resto da pessoa. Já confessei alguns dos seus merecimentos. A verdade, porém, é que o gosto de dizer mal não se perde com elogios recebidos, e aquela dama, por mais que eu lhe ache os dentes bonitos, não deixará de mos meter pelas costas, se for oportuno. Não; não a elogiei para desarmá-la, mas para divertir-me, e o resto da noite não passei mal. Estava em casa dela, onde a irmã escurecia tudo com a sua viuvez recente. Dona Cesária disse muitas cousas de fel e de mel, trocando-as e completando-as com tal arte que alguma vez uma cousa parecia outra, e ambas pareciam as duas unidas.

---

22 de Março.

A reflexão que vou fazer é curta; se tal não fora, melhor seria guardá-la para amanhã, ou logo mais tarde, quando me recolher; mas é curta.

Curta e lúcida. Tristão pode acabar deitando ao mar a candidatura política. Pelo que ouvi e escrevi o ano passado da primeira parte da vida dele, não se fixou logo, logo, em uma só cousa, mudou de afeições, mudou de preferências, a própria carreira ia ser outra, e acabou médico e político; agora mesmo, vindo a negócios e recreios, acaba casando. Nesta parte não há que admirar; o destino trouxe-lhe um feliz encontro, e o homem aceitará algemas, se as houver bonitas, e aqui são lindas.

Já me fala menos de partidos e eleições, e não me conta o que os chefes lhe escrevem. Comigo, ao menos, só me fala da viúva, e não creio que com outros seja mais franco, nem mais extenso, dizendo as suas ambições políticas próximas e remotas. Não; todo ele é Fidélia, e pode bem mandar a cadeira das Cortes[6] ao Diabo, se a noiva lho pedir. Dir-se-á que é um versátil, cativo do mais recente encanto? Pode ser; tanto melhor para os Aguiares. Se assim acontecer, lerei esta página aos dous velhos, com esta mesma linha última.

---

25 de Março.

Era minha ideia hoje, aniversário da Constituição, ir cumprimentar o imperador, mas a visita de Tristão fez-me abrir mão do plano. Deixei-me estar a conversar com ele de mil cousas várias, depois saímos, passeamos e tornamos a casa.

Não aceitou jantar comigo por ter de ir jantar com ela. Naturalmente falamos dela algumas vezes, ele com entusiasmo, eu com simpatia. Talvez eu falasse menos que ele, é verdade; mas eu sou apenas amigo de ambos, e, de costume, prefiro ouvir.

Outro assunto que nos prendeu também, menos que ela, foi a política, não a de cá nem a de lá, mas a de além e

6. *Cortes*: parlamento português.

de outras línguas. Tristão assistiu à Comuna[7], em França, e parece ter temperamento conservador fora da Inglaterra; em Inglaterra é liberal; na Itália continua latino. Tudo se pega e se ajusta naquele espírito diverso. O que lhe notei bem é que em qualquer parte gosta da política. Vê-se que nasceu em terra dela e vive em terra dela. Também se vê que não conhece a política do ódio, nem saberá perseguir; em suma, um bom rapaz, não me canso de o escrever, nem o calaria agora que ele vai casar; todos os noivos são bons rapazes.

---

26 de Março.

Or bene[8], marcou-se o dia do casamento de Tristão e Fidélia; é a 15 de maio. Já estava disposto entre eles, secretamente, para que os papéis corressem em Lisboa, a tempo. Os de cá vão correr já.

Foi a própria dona Carmo que me deu a notícia hoje, antes que me venha por carta, como se tratasse de pessoas minhas, noivo e noiva, tão frequentes somos os três e os quatro, mas logo reduziu tudo a si mesma.

– Realiza-se um grande sonho meu, conselheiro – disse ela. – Tê-los-ei finalmente comigo. Espero arranjar-lhes casa aqui mesmo no Flamengo. Ela disse-me uma vez que seria minha filha…

– Foi por ocasião das suas bodas de prata, não foi?

– Ouviu?

7. *Comuna de Paris*: primeiro caso histórico de governo proletário, que perdurou de março a maio de 1871, quando a comuna foi derrotada pelas forças conservadoras da França com apoio da Prússia.
8. *Or bene* (italiano): "ora bem; pois bem".

– Não ouvi; mas vi-lhe um gesto que vinha a dar na mesma. Lembre-se que eu estava a seu lado, e ela ao pé de seu marido; a distância era curta, e eu não esqueço nada.

– Justamente. Senti-me feliz, mas não contei que a felicidade viesse a ser maior.

Eu, para levar a conversa a outro ponto, insisti que não esqueço nada, e referi várias anedotas de lembrança viva, todas verdadeiras, mas da minha mocidade. Agora muita cousa me passa, muitas se confundem, algumas trocam-se. Mas, enfim, mudara o caminho da conversação, que é o que eu queria para não atalhar a felicidade da boa Aguiar com pergunta indiscreta acerca de política. Não contei que ela própria falasse disso, como fez. Tristão já lhe não toca em política e as cartas escasseiam ou tratam de matéria aborrecida, que ele não comunica a ninguém, guardando-as ou lendo-as por alto e de passagem. A mãe escreveu-lhe ultimamente.

– A comadre mandou-me dizer que eu lhe quero roubar o filho, e ameaçou-me de o vir buscar com uma esquadra; respondi-lhe gracejando também.

Dona Cesária, que entrava então na sala, recebeu a notícia do dia do casamento; ouvira falar disso, e vinha saber se era verdade. O alvoroço e doçura com que falou à outra compensou em grande parte o mal que me dissera dela, e por outra maneira confirmou o que lá pensei uma vez (e não sei se escrevi) sobre a propriedade deste mundo. Deus vencia aqui o Diabo, com um sorriso tão manso e terno que faria esquecer a existência do imundo consócio. O marido daquela dama não seria capaz de tamanho contraste, creio eu; falta-lhe disposição, e principalmente maneiras. É sujeito capaz de pagar com um pontapé a notícia que lhe trouxeram da sorte grande. Não sabe ser feliz, posto não lhe custe nada; não sei se me explico bem, mas basta que o sinta comi-

MEMORIAL DE AIRES   267

go. Isto e outras cousas que fui pensando vieram comendo o tempo, e às onze horas estava em casa.

Antes de me meter na cama, refleti que efetivamente Tristão já me não fala em política, nem me cita as cartas que recebe, e pode ser que elas escasseiem deveras. Soubesse eu fazer versos e acabaria com um cântico ao deus do amor; não sabendo, vá mesmo em prosa: "Amor, partido grande entre os partidos, tu és o mais forte partido da terra..." Lerei esta outra página aos dous moços, depois de casados.

---

4 de Abril.

Não esperava por esta. Tristão veio pedir-me que lhe sirva de padrinho ao casamento. Não podia negar-lho, e aceitei o convite, ainda que sem grande gosto. Aí tinha ele o Aguiar, ou o Campos, mas enfim, quero ajudar a felicidade de todos. Deu-me outros pormenores: casamento à capucha[9], entre onze horas e meio-dia, almoço no Flamengo, em família, e os dous serão levados à Prainha modestamente, embarcarão ali para Petrópolis. Minúcias escusadas, mas tudo se deve escutar com interesse a um coração que ama.

---

8 de Abril.

– Sabe o que dona Fidélia me escreveu agora? – perguntou-me Aguiar. – Que o Banco tome a si vender Santa-Pia.

– Creio que já ouvi falar nisso...

– Sim, há tempos, mas era ideia que podia passar; vejo agora que não passou.

9. *À capucha*: discreto.

– Os libertos têm continuado no trabalho?

– Têm, mas dizem que é por ela.

Não me lembra se fiz alguma reflexão acerca da liberdade e da escravidão, mas é possível, não me interessando em nada que Santa-Pia seja ou não vendida. O que me interessa particularmente é a fazendeira – esta fazendeira da cidade, que vai casar na cidade. Já se fala no casamento com alguma insistência, bastante admiração, e provavelmente inveja. Não falta quem pergunte pelo Noronha. Onde está o Noronha? Mas que fim levou o Noronha?

Não são muitos que perguntam, mas as mulheres são mais numerosas – ou porque as afligiam as lágrimas de Fidélia – ou porque achem Tristão interessante –, ou porque não neguem beleza à viúva. Também pode ser que as três razões concorram juntas para tanta curiosidade; mas, enfim, a pergunta faz-se, e a resposta é um gesto parecido com esta ou outra resposta equivalente: – Ah! minha amiga (ou meu amigo), se eu fosse a indagar onde param os mortos, andaria o infinito e acabaria na eternidade.

É engenhoso, mas não é bom, principalmente não é certo. Os mortos param no cemitério, e lá vai ter a afeição dos vivos, com as suas flores e recordações. Tal sucederá à própria Fidélia, quando para lá for; tal sucede ao Noronha, que lá está. A questão é que virtualmente não se quebre este laço, e que a lei da vida não destrua o que foi da vida e da morte. Creio nas afeições de Fidélia; chego a crer que as duas formam uma só, continuada.

Quando eu era do corpo diplomático efetivo não acreditava em tanta cousa junta, era inquieto e desconfiado; mas, se me aposentei foi justamente para crer na sinceridade dos outros. Que os efetivos desconfiem!

15 de Abril.

Já se não vende Santa-Pia, não por falta de compradores, ao contrário; em cinco dias apareceram logo dous, que conhecem a fazenda, e só o primeiro recusou o preço. Não se vende; é o que me disseram hoje de manhã. Concluí que o casal Tristão iria lá passar o resto dos seus dias. Podia ser, mas é ainda mais inesperado.

O que ouvi depois é que Tristão, sabendo da resolução da viúva, formulou um plano e foi comunicar-lho. Não o fez nos próprios termos claros e diretos, mas por insinuação. Uma vez que os libertos conservam a enxada por amor da sinhá-moça, que impedia que ela pegasse da fazenda e a desse aos seus cativos antigos? Eles que a trabalhem para si. Não foi bem assim que lhe falou; pôs-lhe uma nota voluntariamente seca, em maneira que lhe apagasse a cor generosa da lembrança. Assim o interpretou a própria Fidélia, que o referiu a dona Carmo, que mo contou, acrescentando:

– Tristão é capaz da intenção e do disfarce, mas eu também acho possível que o principal motivo fosse arredar qualquer suspeita de interesse no casamento. Seja o que for, parece que assim se fará. – E andam críticos a contender sobre romantismos e naturalismos!

Parece que dona Carmo não me achou graça à exclamação, e eu mesmo não lhe acho graça nem sentido. Aplaudi a mudança do plano, e aliás o novo me parece bem. Se eles não têm de ir viver na roça, e não precisam do valor da fazenda, melhor é dá-la aos libertos. Poderão estes fazer a obra comum e corresponder à boa vontade da sinhá-moça? É outra questão, mas não se me dá de a ver ou não resolvida; há muita outra cousa neste mundo mais interessante.

19 de Abril.

Tristão, a quem falei da doação de Santa-Pia, não me confiou os seus motivos secretos; disse-me só que Fidélia vai assinar o documento amanhã ou depois. Estávamos no Carceler tomando café. Ouvi-lhe também dizer que recebeu cartas de Lisboa, duas políticas; instam por ele. Quis saber se acudiria ao chamado, mas o gesto com que ele via subir o fumo do charuto parecia mirar tão somente a noiva, o altar e a felicidade; não ousei passar adiante.

Saindo do Carceler, ouvi-lhe que ia fazer uma encomenda; talvez algum presente para a noiva, mas não me disse o que era, nem o destino. Falou-me, sim, da madrinha e da amizade que ela lhe tem; ao que redargui, confirmando:

– Posso dizer-lhe que é grande.

– É grande e antiga.

Contou-me então o que eu já sei, anedotas da infância e da adolescência, e nisto me entreteve andando alguns minutos largos; parece-me realmente bom e amigo. A idade em que foi daqui e o tempo que tem vivido lá fora dão a este moço uma pronúncia mesclada do Rio e de Lisboa que lhe não fica mal, ao contrário. Despedimo-nos à porta de um ourives; há de ser alguma joia.

---

28 de Abril.

– Lá se foi Santa-Pia para os libertos, que a receberão provavelmente com danças e com lágrimas; mas também pode ser que esta responsabilidade nova ou primeira…

---

6 de Maio.

A gente Aguiar parece estar sobressaltada. Tristão recebeu novas cartas e alguns jornais de Lisboa, e longamente os leu para si, agora alegre, logo carrancudo. O que leu nos jornais foram trechos marcados a lápis azul e a tinta preta, e nada referiu aos dous velhos. Ao contrário, levou os jornais para o quarto, onde nenhum deles lhos foi pedir nem ver. Também não lhe perguntaram nada, ele ficou a pensar consigo, e assim correu o resto da tarde. Depois de jantar foram para Botafogo.

Lá se desfizeram as sombras, porque o encontro de Tristão e Fidélia era sempre uma aurora para ambos, a preocupação dos Aguiares passou, e a noite acabou com a mesma família de bem-aventurados.

Não estive lá; soube isto por mana Rita, que conversou com dona Carmo, e veio confiar-me tudo "como a um cofre", disse ela. Eu aceitei a confidência e agradeci a definição, e aqui as deixo com esta linha última. Em verdade, Tristão é feito de modo que a política o pode levar sem esforço, e Fidélia retê-lo sem dificuldade.

---

8 de Maio.

Tristão quer ser casado pelo padre Bessa e pediu-lho. O padre mal pôde ouvir o pedido, consentiu e agradeceu deslumbrado. Há uma ideia de simetria na bênção do casamento dada pelo mesmo sacerdote que o batizou, que entrará por alguma cousa na resolução do noivo, mas também pode ser que a principal intenção fosse fazê-lo feliz. Aquele sacerdote obscuro e escondido na Praia Formosa virá subir a escadaria da matriz da Glória (o casamento é na matriz da Glória) para abençoar o casamento de duas pessoas lustrosas e vistosas. Aguiar disse-me que o padre está que parecia ser ele próprio o noivo.

– Note bem, conselheiro – concluiu ele, dando-me aquela notícia que é já de alguns dias –, note que quando Tristão lhe fez presente de uma batina nova, o padre Bessa recebeu-a vexado, porque então a velhice da sua lhe entrou melhor pelos olhos. Agora a alegria é grande e franca, não imagina. Creio que é do papel espiritual e sacramental que lhe oferecem; ele já não casa ninguém há muitos anos.

---

15 de Maio.

Enfim, casados. Venho agora da Prainha, aonde os fui embarcar para Petrópolis. O casamento foi ao meio-dia em ponto na matriz da Glória, poucas pessoas, muita comoção. Fidélia vestia escuro e afogado, as mangas presas nos pulsos por botões de granada, e o gesto grave. Dona Carmo, austeramente posta, é verdade, ia cheia de riso, e o marido também. Tristão estava radiante. Ao subir a escadaria, troquei um olhar com a mana Rita, e creio que sorrimos; não sei se nela, mas em mim era a lembrança daquele dia do cemitério, e do que lhe ouvi sobre a viúva Noronha. Aí vínhamos nós com ela a outras núpcias. Tal era a vontade do Destino. Chamo-lhe assim, para dar um nome a que a leitura antiga me acostumou, e francamente gosto dele. Tem um ar fixo e definitivo. Ao cabo, rima com *divino*, e poupa-me a cogitações filosóficas.

Na igreja havia curiosos do bairro, damas principalmente. Cada uma destas era pouca para apanhar com os olhos as figuras dos noivos, desde a porta até o altar-mor. Movimento, sussurro, cabeças inclinadas, tudo isso encheria este pedaço de papel sem proveito. Mais interessante seria o que alguma boca disse do primeiro casamento e suas alegrias, e da viúva e suas tristezas, e os demais quartos dessa perpétua Lua da criação.

Quando acabou a cerimônia e o padre Bessa deixou o altar, a efusão da madrinha foi grande. Vi o abraço que deu aos dous, um depois de outro, e afinal juntos; Tristão beijou-lhe a mão, Fidélia também, ambos comovidos, e ela, ainda mais comovida que eles, selou tudo com dous beijos de mãe. À uma hora da tarde estávamos de volta ao Flamengo, e pouco depois almoçávamos. Venho cansado demais para dizer tudo o que ali se passou antes, durante e depois da comida, até à hora em que fomos levar os recém-casados à Prainha. Passou-se o costume, salvo a nota particular que os quatro me deram e foi profunda. Não citei entre os assistentes o Campos, que não era dos menos satisfeitos, embora Tristão lhe leve a sobrinha, meia esposa e meia filha pela ordem que lhe punha em casa desde que foi viver com ele. Também não falei do filho dele, primo dela. O resto, pessoas íntimas e poucas.

Um incidente, tão ajustado que pareceu de encomenda. Em meio do almoço chegou um telegrama de Lisboa para Tristão com duas palavras, dous nomes e a data: "Deus abençoe". Os pais sabiam pelo correio que o casamento era hoje, e quiseram mandar-lhes a bênção pelo cabo. Tristão leu as palavras para si e depois para todos, e o papel correu a mesa. Naturalmente os recém-casados apertaram as mãos, e dona Carmo adotou o texto da verdadeira mãe com o seu olhar de mãe postiça. Eu deixei-me ir atrás daquela ternura, não que a compartisse, mas fazia-me bem. Já não sou deste mundo, mas não é mau afastar-se a gente da praia com os olhos na gente que fica.

Daí a brindar pelos noivos não me custou nada; fi-lo discretamente, e estendi o brinde à gente Aguiar, que me ficou reconhecida. Rita disse-me, ao voltar da Prainha, que as minhas palavras foram deliciosas. Confessei-lhe que seriam mais adequadas se eu as resumisse em emendar Bernardim Ribeiro[10]: "Viúva e noiva me levaram da casa de meus pais para longes terras…" Mas, além de lembrar o primeiro marido, podia estender as longas terras além de Petrópolis, e viria afligir a festa tão bonita.

– Foi melhor ficar nas palavras deliciosas que eu disse – concluí modestamente.

---

26 de Maio.

Nestes últimos dias só tenho visitado o casal Aguiar, que parece meter-me cada vez mais no coração. Vivem felizes, recebem e mandam notícias aos dous filhos de empréstimo. Estes descerão na semana próxima para subir no mesmo dia; o único fim é abraçar os velhos.

Em Petrópolis tem chovido, mas também há dias bonitos, e deles e das chuvas Fidélia manda impressões interessantes; talvez a principal causa destas seja o próprio estado conjugal. A alma da gente dá vida às cousas externas, amarga ou doce, conforme ela for ou estiver, e o texto de Fidélia é dulcíssimo. Dona Carmo mostrou-me ontem a última carta da moça, escrita nas quatro páginas, letra miú-

---

10. *Bernardim Ribeiro* (*c.* 1482-*c.* 1552): escritor renascentista português. Autor da novela *Saudades*, que se inicia com a frase "Menina e moça me levaram de casa de minha mãe para muito longe […]".

da e cerrada, e linhas estreitas. A ternura não embarga a discrição nem esta diminui aquela. No fim da carta, Fidélia insinua a ideia de irem todos quatro à Europa, ou os três, se Aguiar não puder deixar o Banco. A velha vai dizer que não pode ser por ora.

– Nem por ora, nem jamais – concluiu dobrando a carta –; estou cansada e fraca, conselheiro, e meia doente. Não dou para folias de viagens.

– Viagens dão saúde e força – opinei.

– Pode ser, mas em outra idade; na minha é já impossível.

Seguiu-se uma pausa, durante a qual Aguiar olhou de soslaio para a mulher, ela para si, e eu para ambos alternadamente. Entrou um vizinho, e falamos de outras cousas.

Quinta-feira.

Tristão e Fidélia desceram hoje e Aguiar os foi buscar à Prainha. Dali vieram almoçar ao Flamengo, onde dona Carmo esperava os recém-casados e os abraçou cheia de coração. O velho ficou de ir do Banco à Prainha, quando a barca houvesse de sair à tarde para Petrópolis.

Tudo isso ouvi de noite aos dous velhos, e ouvi mais que a velha e os moços passaram um dia deleitosíssimo. Não foi este o próprio vocábulo empregado por ela; já lá disse algures que dona Carmo não possui o estilo enfático. Mas o total do que me disse vem a dar nele.

Conversaram os três de várias cousas, de Petrópolis, de música e de pintura; os dous tocaram piano, e logo depois saíram à praia, com a velha. Justamente na praia, Fidélia pegou da ideia que propusera em carta de fazerem uma viagem à Europa, à qual dona Carmo se recusou por débil e cansada.

Então Fidélia explicou o que seria a viagem; em primeiro lugar curta, a Lisboa, para ver a mãe de Tristão, depois a Paris, e se houvesse tempo, à Itália; partiriam em agosto ou setembro, e em dezembro estariam de volta.

– Não é o tempo, filha – replicou dona Carmo –; pouco ou muito, desde que lá estivesse iria ao fim, mas é este corpo já cansado, e depois, não indo Aguiar, quem há de cuidar dele?

– Pois ele que vá também – acudiu Tristão.

– Este ano não pode.

A conversação foi andando com eles, ao longo da praia, onde o mar, indo e vindo, era como se os convidasse a meterem-se nele até desembarcar "no porto da ínclita Ulisseia"[11], como diz o poeta. Dona Carmo ainda se lembrou de lhes perguntar por que não transferiam a viagem para o ano; Aguiar poderia ir também. Não responderam.

– Recusaria o acordo eu – disse Aguiar à noite –, ao me contarem isto. Assim repliquei aos dous na Prainha, quando ali os fui meter na barca. Também eu não deixaria Carmo.

---

11 de Junho.

Hoje apareceram-me os recém-casados pela primeira vez, encontro casual, na Rua do Ouvidor, às duas horas da tarde; iam a compras. Gostei de os ouvir, e ainda mais de a ver. A graça com que ela dava o braço ao marido e deslizava na rua era mais completa que a anterior ao casamento; obra do casamento e da felicidade. Iam ouvindo, iam falando, iam parando aos mostradores[12].

11. *Ulisseia*: Lisboa.
12. *Mostradores*: vitrines.

Descem definitivamente no dia 20 deste mês, e partem nos primeiros dias de agosto para Lisboa; irão logo a outras partes.

– Por que não vem daí, conselheiro? – perguntou-me Tristão.

– Depois de tanta viagem? Sou agora pouco para reconciliar-me com a *nossa* terra.

Sublinho este *nossa*, porque disse a palavra meio sublinhada; mas ele creio que não a ouviu de nenhuma espécie. Olhava para a consorte, como avivando o programa da viagem que iam fazer, e seguiram pela rua abaixo com a mesma graça vagarosa.

---

25 de Junho.

Campos e Aguiar queriam, à sua vez, que o jovem casal viesse aposentar-se em casa deles, e alegaram a razão de ser por poucos dias, pois que tinham de embarcar. Tristão e Fidélia recusaram e foram para o Hotel dos Estrangeiros. A razão alegada por estes foi a mesma dos poucos dias, e eu creio que era verdadeira, mas principalmente seria a de não dar preferência a um nem a outro.

– Passaremos estes últimos dias nas duas casas, alternadamente – propôs Tristão.

– Não, isso não – acudiu o desembargador –; passaremos todos no Flamengo.

Era natural e cortês, sendo ele só e Aguiar casado. Assim fazem desde o dia 20, em que os dous desceram de Petrópolis; lá os vi ontem, dia de São João.

Não escrevo o que lá se passou para me não demorar a dizer tudo, que é muito. Vi-os felizes a todos quatro. Dona Carmo parecia esconder a tristeza da viagem que se aproxima, ou temperá-la com a ideia da volta, a que aludia frequentemente e a propósito de tudo, como a avivar a obrigação. Assim correram as horas depressa. Saí com eles até o Hotel; dali seguiu Campos para Botafogo e vim eu para o Catete.

---

29 de Junho.

A outra visita foi por noite de São João; hoje, noite de São Pedro, chegarei também ao Flamengo, e, se couber, falaremos também das cousas antigas.

---

30 de Junho.

Lá estive na casa Aguiar. Não falamos de cousas velhas nem de cousas novas, mas só das futuras. No fim da noite adverti que falávamos todos, menos o casal recente; esse, depois de algumas palavras mal atadas, entrou a dizer de si mesmo, um dizer calado, espraiado e fundido. De quando em quando os dous davam alguma sílaba à conversação, e logo tornavam ao puro silêncio. Também tocaram piano. Também foram falar entre si ao canto da janela. Sós os quatro velhos – o desembargador com os três – fazíamos planos futuros.

Certo é que dona Carmo alguma vez acompanhou os dous com os seus olhos inquietos, como a perguntar-lhes que parte viriam eles ter no futuro que ela e nós imaginávamos; mas o receio de os interromper na felicidade tapava-lhe a boca, e a santa senhora contentava-se de os mirar e amar. Ao chá a conversação fez-se de todos, e Tristão referiu alguns casos de Lisboa, casos de política e de recreação.

Vindo para casa acudiu-me em caminho uma ideia, indiscreta, decerto, mas felizmente não a disse a ninguém, e mal a deixo nesta folha de papel. A ideia é saber se Fidélia terá voltado ao cemitério depois de casada. Possivelmente, sim; possivelmente não. Não a censurarei, se não: a alma de uma pessoa pode ser estreita para duas afeições grandes. Se sim, não lhe ficarei querendo mal, ao contrário. Os mortos podem muito bem combater os vivos, sem os vencer inteiramente.

Sem data.

Hoje foi a última recepção dos Aguiares, e eu quis despedir-me dos viajantes que embarcam depois de amanhã. Bastante gente, entre ela o Faria e dona Cesária, e a viúva do corretor Miranda, ainda abatida. A nota geral da noite não era alegre, ao contrário: todos buscavam ir pelo tom da casa, que era tristonho. A própria Fidélia parecia definhar-se ao pé da amiga, e uma vez a mana Rita a foi achar que dizia à outra:

– Dona Carmo, por que não vem conosco? Ainda é tempo de comprar bilhetes, e se os não houver, Tristão adia a viagem, e vamos no outro paquete.

Dona Carmo respondia que não; sentia-se cansada e abatida.

– Viagem não cansa, e lá chegando cria alma nova.

Rita juntou o seu voto ao da moça, e ambas teimaram com ela, mas não puderam nada. Como última razão, vinha a separação do marido, razão velha e parece que decisiva. Rita notou que as duas estavam sinceramente desconsoladas, mas dona Carmo buscava fortalecer-se, enquanto que Fidélia não acabava de vencer o desgosto.

– Olhe, mano, eu ainda creio que ela desfaz a viagem...

Era no escuro, à vinda da praia; por isso a mana não me pôde ver o gesto incrédulo, mas certamente o adivinhou e trocou o que disse. "Não, que desfaça não digo, mas daria muito para não ter consentido em partir." Repetiu-me as palavras que Fidélia lhe disse de dona Carmo, chamando-lhe boa e santa, "a santa Aguiar".

Confesso que vim de lá aborrecido; preferia não ter ido, ou quisera ter saído logo. Tristão vem cá almoçar comigo amanhã.

Véspera do embarque.

Tristão cumpriu a promessa, veio almoçar comigo, eram onze horas e meia. Vinha triste – triste e calado. Quer dizer que falamos muito pouco. Não havendo melhor assunto de conversa que esse mesmo silêncio, lembrou-me dizer-lhe que compreendia as saudades que ele levava daqui, já da terra, já das pessoas, e particularmente das duas pessoas que lhe queriam tanto. A ocasião era boa para dizer dos dous velhos as melhores cousas – ou repeti-las, pois já mas tinha confiado várias vezes; outrossim, inteirar-me dos seus planos de futuro, até onde ia a viagem, e em que tempo tornaria com a formosa esposa. Não me disse nada; afirmou de cabeça e mergulhou no mesmo grande silêncio do princípio. Creio que não me ouviu metade.

No fim do almoço, como fumássemos, deu-me novamente a indicação da casa em Lisboa, o título da folha política em que colabora, e ia confiar-me alguma cousa mais que calou, pareceu-me. Mergulhou outra vez no silêncio. Eu respeitava aquela melancolia e deixava-me ir atrás do fumo do charuto. Tristão finalmente despediu-se.

– Não nos veremos mais? – perguntou-me.

– Irei ao cais Pharoux, pode ser que a bordo também.

– Até amanhã; vá fazendo as encomendas.

Levei-o até à escada, que ele começou a descer vagarosamente, depois de me apertar a mão com força. A meio caminho deteve-se e subiu outra vez.

– Olhe, conselheiro, Fidélia e eu fizemos tudo para que a velha e o velho vão conosco; não podem, ela diz que está cansada, ele que não se separa dela, e ambos esperam que voltemos.

– Pois voltem depressa – aconselhei.

Tristão fitou-me os olhos cheios de mistérios, e tornou à sala; vim com ele.

– Conselheiro, vou fazer-lhe uma confidência, que não fiz nem faço a ninguém mais; fio do seu silêncio.

Fiz um gesto de assentimento. Tristão meteu a mão na algibeira das calças e tirou de lá um papel de cor; abriu-o e entregou-mo que lesse. Era um telegrama do pai, datado da véspera; anuncia-lhe a elèição para daqui a oito dias.

Ficamos a olhar um para o outro, calados ambos, ele como que a apertar os dentes. Depois de alguns segundos de pausa:

– Eleição certa – disse ele. As cartas já me faziam crer isto, mas não cuidei que fosse tão próxima.

Restituí-lhe o telegrama. Tristão insistiu pelo meu silêncio, e acrescentou:

– Queria que eles viessem conosco; eu lhes diria a bordo o que conviesse, e o resto seria regulado entre as duas – ou entre as três, contando minha mãe. Fidélia mesma é que me lembrou este plano, e trabalhou por ele, mas não alcançamos nada; ficam esperando.

Quis dizer-lhe que era esperarem por sapatos de defunto[13], mas evitei o dito, e mudei de pensamento. Como ele não dis-

13. *Esperar por sapatos de defunto*: esperar por algo muito improvável.

sesse mais, fiquei um tanto acanhado; Tristão, porém, completou a intenção do ato, acrescentando:

– Confesso-lhe isto para que alguém que nos merece a todos dê um dia testemunho do que fiz e tentei para me não separar dos meus velhos pais de estimação; fica sabendo que não alcancei nada. Que quer, conselheiro? A vida é assim cheia de liames e de imprevistos...

Não sei que disse mais; a mim chegava-me outra ideia que também deixei passar, não querendo ser indiscreto. Era indagar se Fidélia sabia já do telegrama; ele dissera-me que o não mostrara a ninguém, mas é claro que a mulher era ele mesmo, e estava excluída do silêncio que tivera com os outros.

---

18 de Julho.

Vim de bordo, aonde fui acompanhar os dous, com o velho Aguiar, o desembargador Campos e outros amigos. Dona Carmo foi só até o cais; estava sucumbida, e enxugava os olhos. Ficou parada, a ver a lancha em que íamos, dizendo adeus com o lenço; não tardou que o espaço nos separasse inteiramente da vista.

Fidélia ia realmente triste; o mar não tardaria em espancar as sombras, e depois a outra terra, que a receberia com a outra gente. Eu, no tombadilho do paquete, imaginei o cemitério, o túmulo, a figura, as mãos postas e o resto. Tristão, à despedida, disse palavras amigas e saudosas a Aguiar, mandou outras para a madrinha, e a mim pediu-me que não esquecesse os pais de empréstimo e os fosse ver e consolar. Prometi que sim. Descemos para a lancha e afastamo-nos do paquete.

Tenho embarcado e desembarcado muitas vezes, devia estar gasto. Pois não estou. Não sentia a separação, é verdade; trazia os olhos no velho Aguiar e o pensamento na velha Carmo. Quanto ao desembargador vinha triste com a separação, mas a sobrinha obrigou-o a prometer, à última hora, que iria vê-la no ano próximo, e ele não advertiu que o pedido desdizia da promessa que lhe tinha feito de regressar no fim do ano ao Rio de Janeiro.

Despedimo-nos no cais. Aguiar seguiu para o Banco, eu vim para casa, onde escrevo isto. De noite irei ao Flamengo, a cumprir desde já a promessa que fiz a Tristão e a Fidélia.

Não acabarei esta página sem dizer que me passou agora pela frente a figura de Fidélia, tal como a deixei a bordo, mas sem lágrimas. Sentou-se no canapé e ficamos a olhar um para o outro, ela desfeita em graça, eu desmentindo Shelley com todas as forças sexagenárias restantes. Ah! basta! Cuidemos de ir logo aos velhos.

Dez horas da noite.

Venho do Flamengo. Quisera ficar mais tempo, mas eles precisavam descansar da separação. Campos também lá foi, e ambos saímos cedo, nove e meia; não se falou dos viajantes.

---

29 de Agosto.

Chegou paquete da Europa, trouxe cartas de Lisboa e notícias políticas. As cartas eram saudosas, e as notícias interessantes; aliás só vieram à noite. Na rua tinha-me Aguiar dito o que havia nas cartas de Tristão e de Fidélia e na que a comadre escrevera a dona Carmo; fui vê-las ao Flamengo. A da comadre era cheia de louvores à nora, que achava mais bela que no retrato, e mais terna que ninguém; foram as próprias palavras dela, e para uma sogra não me destoaram muito. Assim o disse a dona Carmo, que sorria complacente, com uma espécie de ternura mórbida. Éramos sós os três, e a saudade grande.

Pouco depois chegou Campos. Vinha aturdido, e ao dar comigo pareceu querer falar-me em particular. Em particular, a um canto, disse-me que Tristão lhe escrevera dizendo achar-se eleito deputado quando desembarcou em Lisboa, e pedindo-lhe que desse a notícia à gente Aguiar como entendesse melhor; não lhes escrevia a eles sobre isso para evitar o sobressalto. Que me parecia?

– Sempre se lhes há de dizer tudo – respondi –; o melhor é que seja logo, e aqui estamos para dizer as cousas cautelosamente.

– Também me parece.

– Eu engenharei uma fábula...

Engenhei o que pude. Falei do golpe que o moço recebeu quando desembarcou deputado, e viu misturadas as alegrias dos pais com as dos amigos políticos; devia dizer também que a primeira ideia de Tristão foi rejeitar o diploma e vir para Santa-Pia; mas que o partido, os chefes, os pais... Não fui tão longe; seria mentir demais. Ao cabo, não teria tempo. Os dous velhos ficaram fulminados, a mulher verteu algumas lágrimas silenciosas, e o marido cuidou de lhas enxugar.

Assim correram as cousas, a mentira e os efeitos. Os dous procuramos levantar-lhes o ânimo. Eu empreguei algumas reflexões e metáforas, afirmando que eles viriam este ano mesmo ou no princípio do outro; bastava saberem a dor que causava aqui a notícia.

Dona Carmo não parecia ouvir-me, nem ele; olhavam para lá, para longe, para onde se perde a vida presente, e tudo se esvai depressa. Aguiar ainda pegou na carta que o desembargador lhe mostrava; leu para si as palavras de Tristão, que eram aborrecidas em si mesmas, além da nota que o autor intencionalmente lhes pôs. Dona Carmo pediu-lha com o gesto, ele meteu-a na carteira. A boa velha não insistiu. Campos e eu saímos pouco depois.

---

30 de Agosto.

Praia fora (esqueceu-me notar isto ontem), praia fora viemos falando daquela orfandade às avessas em que os dous velhos ficavam, e eu acrescentei, lembrando-me do marido defunto:

– Desembargador, se os mortos vão depressa, os velhos ainda vão mais depressa que os mortos... Viva a mocidade!

Campos não me entendeu, nem logo, nem completamente. Tive então de lhe dizer que aludia ao marido defunto, e aos dous velhos deixados pelos dous moços, e concluí que a mocidade tem o direito de viver e amar, e separar-se alegremente do extinto e do caduco. Não concordou – o que mostra que ainda então não me entendeu completamente.

Sem data.

Há seis ou sete dias que eu não ia ao Flamengo. Agora à tarde lembrou-me lá passar antes de vir para casa. Fui a pé; achei aberta a porta do jardim, entrei e parei logo.

– Lá estão eles – disse comigo.

Ao fundo, à entrada do saguão, dei com os dous velhos sentados, olhando um para o outro. Aguiar estava encostado ao portal direito, com as mãos sobre os joelhos. Dona Carmo, à esquerda, tinha os braços cruzados à cinta. Hesitei entre ir adiante ou desandar o caminho; continuei parado alguns segundos até que recuei pé ante pé. Ao transpor a porta para a rua, vi-lhes no rosto e na atitude uma expressão a que não acho nome certo ou claro; digo o que me pareceu. Queriam ser risonhos e mal se podiam consolar. Consolava-os a saudade de si mesmos.

Título	*Memorial de Aires*
Autor	Machado de Assis
Apresentação	Ieda Lebensztayn
Estabelecimento de Texto e Notas	José de Paula Ramos Jr.
Editor	Plinio Martins Filho
Produção Editorial	Carlos Gustavo Araújo do Carmo
Ilustrações da Capa	Itens pessoais de Machado de Assis. Foto: Academia Brasileira de Letras
Revisão	José de Paula Ramos Jr.
Editoração Eletrônica e Capa	Camyle Cosentino
Formato	12 x 18 cm
Tipologia	Minion Pro
Papel	Chambril Avena 80 g/m² (miolo) Cartão Supremo 250 g/m² (capa)
Número de Páginas	288
Impressão e Acabamento	Bartira Gráfica